L'HERMITE

DE BELLEVILLE.

TOME SECOND.

PARIS. — IMPRIMERIE LE NORMANT,
rue de Seine, nᵒ 8.

L'HERMITE

DE BELLEVILLE,

OU

CHOIX D'OPUSCULES

POLITIQUES, LITTÉRAIRES ET SATIRIQUES

DE CHARLES COLNET,

TIRÉS DE LA GAZETTE DE FRANCE ET AUTRES RECUEILS PÉRIODIQUES,

PRÉCÉDÉS

D'UNE NOTICE SUR LA VIE DE L'AUTEUR,

ET DE DEUX FRAGMENS INÉDITS
DE L'ART DE DINER EN VILLE.

Je ne sais ni tromper, ni feindre, ni mentir,
Et quand je le pourrais, je n'y puis consentir.
BOILEAU, *Satire* I.

PARIS.

BUREAU DE LA GAZETTE DE FRANCE, RUE DU DOYENNÉ, No 12.
Vᴱ LE NORMANT, LIBRAIRE, RUE DE SEINE.
G. DENTU, LIBRAIRE, PALAIS-ROYAL, GALERIE D'ORLÉANS.

1833.

L'HERMITE

DE BELLEVILLE.

MON APOLOGIE.

Je jure à l'Institut une guerre éternelle.

Dialogue entre un membre de l'Institut et l'auteur.

LE MEMBRE DE L'INSTITUT.

Arrêtez.

L'AUTEUR.

Laissez-moi.

LE MEMBRE DE L'INSTITUT.

L'intérêt le plus tendre
M'amène près de vous.

L'AUTEUR.

Faudra-t-il donc l'entendre ?
Tous ces mauvais auteurs s'attachent à mes pas.

LE MEMBRE DE L'INSTITUT.

Je suis de l'Institut.

L'AUTEUR.

Je ne me trompais pas.

LE MEMBRE DE L'INSTITUT.

Recevez un conseil que l'amitié m'inspire :
Il en est temps encore, abjurez la satire.
Médire est un tourment pour tous les cœurs bien nés.

L'AUTEUR.

J'ai vu par le public mes essais couronnés.

LE MEMBRE DE L'INSTITUT.

L'Institut a proscrit et l'auteur et l'ouvrage.

L'AUTEUR.

C'est un crime, à mes yeux, d'obtenir son suffrage.

LE MEMBRE DE L'INSTITUT.

Au lieu de le braver, aspirez aux honneurs
Dont il comble à son gré nos plus fameux auteurs;
Obtenez un fauteuil dans notre académie.

L'AUTEUR.

Me préservent les dieux d'une telle infamie!
Allez offrir ce prix à vos lâches flatteurs :
Ils ont trop mérité ces coupables honneurs.
Non, jamais vos lauriers ne flétriront ma tête.
Si je n'ai le talent, j'ai l'orgueil d'un poëte.
Vous ne me verrez pas, candidat suppliant,
Prostituer ma plume au crime triomphant,
Souiller les premiers pas d'une noble carrière,
Et follement épris d'un éclat éphémère,
Briguer le déshonneur d'être assis parmi vous.

LE MEMBRE DE L'INSTITUT.

Jeune homme, réprimez un impuissant courroux;
Imitez mon exemple, et cessez de médire.

Jadis, d'un fiel amer empoisonnant ma lyre,
D'un trait vif et piquant j'ensanglantais les sots,
Et les faisais trembler au bruit de mes bons mots.
Flétrissant les talens, insultant au génie,
Sans cesse je criais contre la calomnie :
Vous m'en voyez rougir.

L'AUTEUR.

Pour la première fois.

LE MEMBRE DE L'INSTITUT.

Apprenez, insolent, à respecter vos rois.

L'AUTEUR.

Les avez-vous détruits pour vous mettre à leur place ?

LE MEMBRE DE L'INSTITUT.

Je pourrais, d'un seul mot, terrasser votre audace.
Ma Muse hier encore a dîné chez Merlin;
Chez ceux qui l'ont chassé je dînerai demain.
Tout Paris retentit du bruit de ma puissance;
Et vous, rimeur obscur, vous bravez ma vengeance;
Tremblez, c'est par l'exil que je punis un vers :
Interrogez Cayenne et ses affreux déserts.

L'AUTEUR.

Je te reconnais là, douce philosophie :
Tes enfans pour le crime ont toujours du génie.

LE MEMBRE DE L'INSTITUT.

Que leur reprochez-vous ?

L'AUTEUR.

Tous les maux de l'État.
De l'empire français le vaste assassinat,

Sous un fer meurtrier la patrie expirante,
Dans la nuit des cachots la vertu gémissante,
Et l'innocence en pleurs peuplant les échafauds,
Et tout le sang versé par la main des bourreaux.
Grands dieux ! ils sont encor présens à ma mémoire
Ces temps qui rougiront les pages de l'histoire ;
Jours d'éternel opprobre, où la pâle terreur
Glaça tous les Français d'épouvante et d'horreur.
Le signal est donné : la vengeance et la rage
Des enfers étonnés évoquent le carnage,
Et répandant au loin les alarmes, le deuil,
Convertissent la France en un morne cercueil.
On immole à la fois les enfans et les femmes ;
Les vieillards innocens sont jetés dans les flammes.
En vain le malheureux s'adresse à tous les cœurs ;
Dans des yeux desséchés trouverait-il des pleurs ?
Hélas ! il n'en est point pour la vertu proscrite :
Jusque sous le couteau la plainte est interdite.
Les bourreaux en forfait transforment un soupir ;
Le Français ne sait plus que tuer ou mourir.
Le crime est consommé : la patrie éplorée,
Sur des monceaux de morts tombant désespérée,
S'agite et se débat sous un fer assassin ;
Et ce sont ses enfans qui lui percent le sein !
N'as-tu pas entendu ces cris épouvantables,
Ces gémissemens sourds, ces plaintes lamentables ?
Vois le char de la mort où siége la terreur ;
Dans sa course rapide il traverse la France ;
Tout fuit à son aspect, tout est glacé d'horreur ;
L'échafaud est son but ; son guide est la vengeance ;

Il appelle le meurtre, et son impatience
Accuse en frémissant la lenteur du couteau :
Le coup part, et la mort suit la main du bourreau.
Alors, tressaillant d'aise à cette horrible fête,
Sur ses doigts tout sanglans il compte chaque tête ;
Et poussant dans les airs d'affreux rugissemens,
Outrage la victime en ses derniers momens.
C'est ce peuple, c'est lui, dont la haine implacable
Fatigant sur Bailly sa rage infatigable,
Et de l'humanité violant tous les droits,
Avant qu'il expirât, le fit mourir cent fois.
Malesherbes, touchant à son heure dernière,
Dans les bras de la gloire achevait sa carrière.
Qu'il meure... C'en est fait, ce grand homme n'est plus ;
La hache a fait tomber un siècle de vertus.
Ce sont là tes forfaits, secte philosophique !
C'est toi qui d'échafauds couvris la république.
Les chefs des assassins furent tes partisans ;
Aux pieds de tes autels ils t'offraient leur encens :
Roberspierre et Collot ensanglantant la France,
Invoquaient de concert ton nom et ta puissance.

LE MEMBRE DE L'INSTITUT.

A trop d'emportement cessez de vous livrer ;
Déplorez nos malheurs, sans les exagérer.

L'AUTEUR.

Peut-on exagérer quand on trace vos crimes ?
Faut-il de leurs tombeaux exhumer vos victimes ?
Leur sang, leur sang vengeur ne se taira jamais ;
Jusque dans l'avenir il crira vos forfaits.

LE MEMBRE DE L'INSTITUT.

A mon humanité rendez plus de justice.
Jamais de ces forfaits mon cœur ne fut complice.
Eh! que n'accusez-vous ceux qui les ont commis?

L'AUTEUR.

Sont-ils moins criminels ceux qui les ont permis?
C'est vous dont la fatale et lâche complaisance
Des bourreaux conjurés caressa la puissance;
Dont la muse a chanté, dans des vers imposteurs,
La sensibilité de nos Néron-penseurs.
Célébrez, j'y consens, leurs touchantes maximes;
Que le nom de G*** attendrisse vos rimes.
L'aimable R*** est si compatissant!
G***, si sensible et si reconnaissant!
Leurs plumes ont souvent répandu bien des larmes;
Mais à persécuter leur cœur trouve des charmes;
Et si par leurs écrits nous devons les juger,
C'est par humanité qu'ils nous font égorger.
O douceur sans égale! ô sagesse profonde!
Pour sauver un principe, ils détruisent le monde.
Leurs mains sur des débris fondent l'égalité,
Et sur des échafauds posent la liberté.
Effrontés prédicans de la philosophie!
Tyrans qui déclamez contre la tyrannie!
Ma plume, contre vous soulevant tous les cœurs,
Vous dénonce à l'État comme ses oppresseurs.
Ennemis des vertus, ardens à les proscrire,
Vous n'avez qu'un talent, c'est celui de détruire.
Vos coupables succès ont ouvert tous les yeux;

Le crime couronné paraît plus odieux :
Faibles, on vous plaignait ; puissans, on vous abhorre.

LE MEMBRE DE L'INSTITUT.

Qu'importe ? l'on nous craint... Mais vous, si jeune encore,
Contre tant d'ennemis prétendez-vous lutter ?
Et ne craignez-vous pas...

L'AUTEUR.

Que puis-je redouter ?
Qu'ils vomissent sur moi tous les flots de leur rage :
J'oppose à leurs poignards mes mœurs et mon courage ;
Voilà mes défenseurs : où sont mes ennemis ?
Ils peuvent étouffer l'auteur et ses écrits ;
La Bastille, rouvrant ses horribles abîmes,
Peut dévorer encor de nouvelles victimes.
Inutiles efforts ! l'auguste vérité
Traverse des cachots la sombre obscurité.
Enfin, libre du joug qui la tient oppressée,
On voit en traits de feu s'élancer la pensée :
Faux sages, pâlissez ; tremblez, vils charlatans :
Elle éclaire le monde et détruit les tyrans !

LE MEMBRE DE L'INSTITUT.

La vérité n'a point ce ton dur et farouche ;
Ces accens furieux ne souillent pas sa bouche.
D'autant plus éloquent qu'il va plus près du cœur,
Son aimable langage est rempli de douceur ;
Elle ignore ces mots de haine et de vengeance ;
Elle pardonne en mère à l'erreur qui l'offense ;
Et conjurant toujours, ne menaçant jamais,
C'est en persuadant qu'elle obtient des succès :

Telle est la vérité. Voulez-vous la défendre?
Avant tout, à mon cœur sachez vous faire entendre.
Qu'une douce indulgence anime vos écrits,
Et de tous vos lecteurs vous fasse des amis.
Au nom du bien public, oubliez vos injures;
Cessez de déchirer ces sanglantes blessures,
Que les bienfaits du temps pourront un jour guérir:
Qui ne sait pardonner, mérite de souffrir.
Ce n'est pas que toujours je blâme la satire;
Il est même des cas où vous devez médire.
Frappez nos ennemis; dans leurs cœurs criminels
Enfoncez bien avant vos traits les plus mortels;
Je verrai d'un œil sec expirer ces victimes:
L'amour de la patrie ennoblit tous les crimes.
Étouffer la nature, insulter au malheur,
Immoler les proscrits, c'est l'effort d'un grand cœur.
Outragez sans pitié les vertus les plus pures,
Sur un pape expirant versez des flots d'injures;
Osez, géant superbe, escalader le ciel,
Et jusque sur son trône attaquer l'Éternel.
Pour hâter les progrès de la philosophie,
Tout vous sera permis, même la calomnie.
Mais braver l'Institut, dont la prose et les vers
Des Français trop ingrats ont su rompre les fers!
Insulter nos savans!... Ah! brisez votre lyre,
Ou sachez expier un coupable délire.
Vous outragez Mercier, le phœnix des penseurs!
Vous ne respectez pas ses sublimes erreurs!
Sa plume, je l'avoue, inégale en son style,
Peut blesser quelquefois un lecteur difficile.

Cet écrivain-prodige, en ses tableaux nerveux
Dédaigne de vains mots l'étalage pompeux;
Et tout plein de Caton, son génie en extase
Ne s'abaisse jamais à polir une phrase.
De ce rêveur profond ambitieux rival,
Garat à l'Institut marche seul son égal :
Condillac tout entier en ses écrits respire;
Oh! qu'il vous instruirait, si vous pouviez le lire!
Et le grand Rœderer, objet de vos mépris,
Savez-vous qu'il travaille au *Journal de Paris*,
Et que tous les matins sa plume sur la terre,
Rivale du soleil, épanche la lumière?
Lisez, lisez encor les OEuvres de Dupuy :
Jamais on n'a pensé comme on pense aujourd'hui;
Notre philosophie, en sa marche féconde,
De ses feux bienfaisans embrasera le monde;
Vous serez renversés, chimériques autels,
Encensés trop long-temps par les faibles mortels.
Rien n'est sacré pour nous, et rien ne nous résiste;
Nous voulons la lumière, et la lumière existe.
Voyez comme l'éclat de ses traits radieux,
Triomphant de l'erreur, dessille tous les yeux.
Tombez, voiles obscurs! fuyez, vaines ténèbres
Qui couvrez l'univers de vos crêpes funèbres!
L'Institut est vainqueur : tout cède à ses efforts,
Et jusqu'à nos laquais, on ne voit qu'esprits forts.

Rends grâce, ma patrie, au soleil qui t'éclaire;
De ses rayons naissans, tu jouis la première.
Ami, plaignons le sort de nos pauvres aïeux;

Les bonnes gens croyaient qu'il existait des dieux :
Et, privés du flambeau de la philosophie,
Ils rêvaient, insensés! l'espoir d'une autre vie.
Il est évanoui ce prestige imposteur,
Nous ne caressons plus une funeste erreur,
Et ces songes brillans ont passé comme l'ombre.

Quels prodiges nouveaux ! quels miracles sans nombre
Descendent sur la terre avec la vérité!
Mère des grands talens, l'auguste liberté,
Des beaux arts éperdus animant le courage,
Rallume le génie éteint dans l'esclavage.
Déjà, pour célébrer nos Achilles nouveaux,
Les Homères francais saisissent leurs pinceaux,

. . . .

. . . .

Quels temps furent jamais plus féconds en merveilles!
Le théâtre Français reproduit des Corneilles.
Voltaire n'est point mort : le sublime Chénier
A nos désirs ardens l'a rendu tout entier.
L'histoire a son Tacite, et l'ode ses Pindares.
Les grands hommes vraiment ne sont plus aussi rares.
On voit en un seul jour éclore mille auteurs,
Philosophes profonds, poëtes, orateurs.

L'AUTEUR.

Des poëtes! Grands dieux! ah! je vous en conjure,
A ce nom révéré cessez de faire injure...
Des poëtes! Eh! quoi! de fades prosateurs,
De maussades écrits insipides auteurs,

Usurpant les lauriers destinés aux poëtes,
De la palme d'Homère ombrageraient leurs têtes,
Et jaloux de l'encens qu'on rend aux immortels,
Oseraient demander un culte et des autels!
Non... J'irai furieux, au sein du Capitole,
Détruire ces autels et renverser l'idole.
Mais vous qui, flétrissant les lauriers d'Apollon,
Voulez en couronner les rivaux de Pradon,
Téméraire, apprenez quel est le vrai poëte.
Des oracles divins, l'organe et l'interprète,
Pour charmer les mortels, il emprunte à la fois
La lyre d'Apollon, son langage et sa voix.
Un feu sacré l'inspire et l'agite et l'enflamme;
Les vers en traits brûlans s'élancent de son âme;
Abaissant sur la terre un regard dédaigneux,
Plein d'audace, il s'élève au sein même des dieux,
Et des concerts divins respirant l'harmonie,
Au flambeau de l'Olympe allume son génie.
Ce n'est plus un mortel : un Dieu vit en son cœur,
Et dicte ses écrits, qu'embrase sa chaleur.
Que dis-je? le poëte est un Dieu sur la terre :
Il bannit de ses chants un langage vulgaire;
Tout s'anime en ses mains : le charme de ses vers
De la nuit du chaos fait jaillir l'univers;
Voyez comme à sa voix tout renaît : la nature
S'empresse d'étaler sa plus riche parure.
Et la terre, à son gré variant ses couleurs,
Se change sous sa lyre en un tapis de fleurs.
Quel tableau ravissant! Les Nymphes demi-nues
Font briller à l'envi leurs grâces ingénues;

Anacréon les voit, et leurs attraits touchans
Doivent un nouveau charme au pouvoir de ses chants.
C'est ainsi qu'un poëte, animant ses ouvrages,
Offre aux yeux enchantés les plus vives images.
Puissance du génie! un vers audacieux
Du Parnasse usurpé fait tomber les faux dieux;

. . . .

. . . .

Sur un Louvre odieux précipite la foudre,
Disperse Thélusson, met le Portique en poudre,
Et d'un second Molière exhumant les travaux,
Ensevelit Chénier dans la nuit des tombeaux!

LE MEMBRE DE L'INSTITUT.

Quel est donc le démon qui vous force à médire?

L'AUTEUR.

Qu'ils se taisent.

LE MEMBRE DE L'INSTITUT.

Je crois qu'ils ont le droit d'écrire.

L'AUTEUR.

J'ai celui de siffler.

LE MEMBRE DU L'INSTITUT.

A ces auteurs divers
Vous ôtez le sommeil.

L'AUTEUR.

Eh! qu'ils lisent leurs vers.
Mon âme est sans pitié pour ces rimeurs bizarres.
Rien ne peut me fléchir. La pitié... les barbares!

En ont-ils donc pour moi, quand je lis leurs écrits ?
Muse, point de pardon : frappe mes ennemis ;
Et que tes traits sanglans, châtimens exemplaire,
Épouvantant les sots, les forcent à se taire.
Eh ! pourrais-je applaudir aux crimes de leurs vers,
Flatter ces écrivains prêchant dans les déserts,
Encenser l'Institut, adorer la sottise ?
Non... tant de lâcheté répugne à ma franchise.
Et dussé-je être un jour ou T** ou pendu,
Je le dis hautement, le bon goût est perdu.

. . . .

. . . .

LE MEMBRE DE L'INSTITUT.

Consentez donc enfin à cesser de médire.

L'AUTEUR.

C'en est fait ; pour jamais j'abjure la satire.
En dépit du bon goût, rimez impunément ;
Cotins, dormez en paix : je vous rends au néant.
Auteurs de Thélusson, sans génie et sans verve,
Insultez à la fois Apollon et Minerve ;
Vous ne m'entendrez plus, incommode censeur,
Blâmer de vos écrits l'insipide douceur.
Qu'à son gré désormais chacun de vous compose.
B** soit sot en vers ; L** soit sot en prose ;
Que l'insensé Mercier, que le pesant Dupuy,
Sur leurs pauvres lecteurs versent des flots d'ennui ;
Dors, mon cher Dusausoir, aux doux sons de ta lyre :
Je ne veux plus troubler ton innocent délire.
Exerce sur des riens tes sublimes talens :

On n'est pas criminel, pour manquer de bon sens.
Que le charmant Vigée, Ovide des caillettes,
Vante sa renommée, acquise à leurs toilettes,
Et que, le front meurtri de ses coups d'encensoir,
Il promène ses vers de boudoir en boudoir;
Que L**, produisant un nouveau Périandre,
Pour punir les sifflets nous oblige à l'entendre :
Je ne m'abaisse plus à de tels ennemis,
Indignes de mes coups, dignes de mes mépris.
Eh! du nom de B** pourquoi salir mes rimes?
Choisissons désormais de plus nobles victimes :
Leur défaite du moins honorera mes vers.

LE MEMBRE DE L'INSTITUT.

Croyez-vous étouffer la voix de l'univers?
Ces hommes, dont les noms embellis par l'histoire
En dépit de l'envie escaladent la gloire,
Trouveront dans leur siècle un appui respecté.

L'AUTEUR.

Eh bien! moi, j'en appelle à la postérité;
D'un siècle corrompu que m'importe l'hommage?
Je le méprise trop pour compter son suffrage.
Que de vils écrivains, lâches adulateurs,
La honte sur le front, mendiant les honneurs,
Fassent pour y monter un pacte avec le crime.
Moi, dans le noble élan d'un orgueil légitime,
Je foule avec dédain ces honneurs flétrissans
D'un siècle raisonneur qui brave le bon sens.
L'on ne m'achète pas : ma plume, libre et fière,
Ne vend pas pour de l'or un encens mercenaire.

. . . .

. . . .

Les voyez-vous pâlir, ces fiers usurpateurs,
Des sottises du temps insolens défenseurs?
Je les prends corps à corps, et montant sur leur trône,
A leurs fronts tout sanglans j'arrache la couronne.

LE MEMBRE DE L'INSTITUT.

La lutte est inégale ; il faudra succomber :
Qui s'élève si haut est bien près de tomber.

L'AUTEUR.

Il n'est pas de dangers pour qui cherche la gloire ;
Le péril à mes yeux embellit la victoire.

UNE RÉVOLUTION

EST-ELLE ENCORE POSSIBLE?

Marchons, marchons, suivons notre destinée ;
le terme fatal sera la mort.

BOSSUET, *Histoire universelle.*

L'affligeante prédiction que cette épigraphe renferme sera-t-elle justifiée par l'événement? Le Ciel, dans sa colère, nous a-t-il condamnés à subir le fléau d'une seconde révolution? En est-ce fait encore une fois de la royauté en France? Faut-il dire pour elle les prières des quarante heures et sonner son agonie?

M. J.-B. Férat n'en doute pas : son épigraphe le prouve assez; une révolution, suivant lui, n'est pas seulement possible, mais certaine; prophète de malheur, il nous l'annonce comme inévitable. A la vérité il indique quelques remèdes qui, employés à propos, pourraient nous en préserver; mais il est persuadé qu'on n'aura pas la sagesse d'y recourir, et qu'au lieu de combattre avec courage un ennemi facile à vaincre, si l'on savait mesurer sa faiblesse, on continuera à avoir pour lui de honteux ménagemens et à le fortifier par de lâches transactions. Ainsi pour nous plus d'espoir : nous suivons notre destinée, nous marchons vers *le terme fatal, et ce terme c'est la mort.*

L'arrêt est bien cruel, mais est-il irrévocable ? Je ne puis pas encore le croire : non que je sois de ces bonnes gens qui, lorsqu'ils voient le drapeau blanc sur le château des Tuileries et Henri IV sur son cheval de bronze, disent, en se frottant les mains : *Tout va bien ; point de révolution à craindre.* Je conviens avec M. Férat que les circonstances sont graves. J'entends comme lui gronder l'orage ; mais je suis très-convaincu qu'on peut encore le détourner, même sans coups d'Etat, puisque les libéraux défendent à la légitimité d'en faire. Enfin, malgré les violentes attaques auxquelles elle est aujourd'hui en butte, je ne désespère pas de la royauté ; car pour qu'elle périsse, il faut qu'elle y consente ; elle sera sauvée si elle veut l'être, et j'aime à croire que telle est son intention.

Qui l'a perdue une première fois ? c'est la faiblesse : elle le sait, et cette leçon qui lui a coûté si cher ne sera pas sans doute perdue pour elle. Malheureusement, disait M. de Malesherbes, toutes les vertus qui, dans les temps ordinaires, font les bons rois, deviennent dans des temps de révolution autant et plus funestes que les vices. L'époque à laquelle je me reporte ne confirme que trop cette triste vérité. Le plus vertueux des rois n'a pas la force de résister à de coupables exigences, il accorde tout ce qui lui est demandé ; résigné à tous les sacrifices, il se laisse dépouiller de toutes ses prérogatives. Le somme-t-on de renvoyer les ministres qui ont sa confiance, docile à cette insolente injonction, il les congédie le lendemain. Leurs successeurs déplaisent-ils encore au parti dominant, Louis XVI en appelle d'autres, et bientôt c'est parmi ses plus grands ennemis qu'il se voit obligé de choisir ses conseillers; les dépositaires de son pouvoir expirant. Eh bien! qu'arriva-t-il? Quel fut le résultat de tant de complaisance? Prêtez l'oreille : n'entendez-vous pas le canon du 10 août?... *nunc reges intelligite.*

Voilà ce que nous avons vu, et le verrons-nous une seconde fois? L'auteur de la petite brochure que j'annonce nous le donne très-clairement à entendre. Philosophe chrétien, il s'enveloppe de son manteau et déclare qu'il n'espère plus rien des grands de la terre. S'il faut l'en croire, le matérialisme politique s'est insinué jusqu'au sein des cours et a tout corrompu. Il voit le pouvoir traiter la vérité en ennemie, et malgré de salutaires avertissemens, s'endormir d'un sommeil de paix quand tout menace et conspire autour de lui. « Comme on n'a pas de foi en soi, dit-il, on « agira comme si on doutait de la justice de sa

« cause; comme on aime à s'endormir sur l'édre-
« don, on dira : chaque jour amène son pain.
« Comme on a une vue faible et troublée, on
« grossira les forces et les ressources de son en-
« nemi, et au lieu de l'attaquer avec courage on
« finira par subir sa loi. » On le voit, M. Férat
parle net et sans ambiguités; il résulte évidemment de ce qu'il nous dit que les ministres vont
conseiller honteusement à la royauté de se laisser
faire et de transiger avec l'ennemi, n'importe à
quelles conditions. Si je les en croyais capables,
je les prierais aussi, moi, de se retirer et de céder
leurs places à d'autres : mais j'ai d'eux une meilleure opinion. M. Férat les connaît mal; ils savent
aussi bien que lui que les timides conseils ne sont
plus de saison, et ils lui prouveront, j'espère,
que le pouvoir ne dort pas : leur conduite répondra à la gravité des circonstances. Il n'ont pas la
vue assez faible, assez troublée pour ne pas voir
que de lâches concessions ne peuvent conduire
qu'au mépris de l'autorité, et chez nous l'autorité qu'on méprise existe-t-elle encore? On ne
règne pas long-temps à de si humiliantes conditions, et nous avons, grâce au ciel, un roi qui
le sait. Une couronne avilie n'aurait plus de prix
à ses yeux; il veut, quels que soient les événemens, pouvoir dire aussi : *Tout est perdu hors
l'honneur ;* quand un roi a ces nobles sentimens

et qu'il est bien décidé à ne pas rendre son épée, tout est bientôt sauvé.

C'est, je me plais à le reconnaître, dans des intentions très-pures et très-louables que l'opuscule, sujet de cet article, a été écrit ; mais je conseille à tous ceux qui voudront le lire de s'armer d'un grand courage, car il est vraiment fort effrayant. M. Férat ne se contente pas de dire qu'une révolution est imminente, il veut que nous la regardions comme nécessaire, comme une terrible leçon dont nous avons encore besoin, et voici sur quels motifs il fonde cette désespérante opinion. Le bonheur social que nous poursuivons avec tant d'ardeur fuira long-temps encore devant nous ; l'état actuel de nos mœurs, notre perversité le repoussent. Suivant M. Férat, nous n'en jouirons qu'au jour où la morale sera pratiquée partout, « et ce jour brillera quand les bouleversemens politiques dont l'avenir est gros nous feront sentir l'aiguillon du malheur ; » mais M. Férat est-il bien certain que les bouleversemens politiques dont il nous menace auront l'heureux résultat qu'il en attend, et feront enfin triompher la morale de l'Évangile ? Ce serait pour nous, comme pour lui, une consolation ; mais je n'y compte pas. Il nous dit : « Le sang qui coule dans les révolutions est la piscine où le peuple se régénère. C'est un cruel, mais salutaire enseignement. » Fort bien ; mais ce cruel enseignement, nous l'avons déjà reçu, et comme il nous a été fort peu salutaire, espérons que le Ciel trouvera un moyen plus doux de nous régénérer, et qu'il ne nous forcera pas à entrer une seconde fois dans la redoutable piscine de M. Férat.

Cet écrivain n'a pu dans une brochure de trente pages qu'effleurer légèrement l'importante question dont il s'est occupé. S'il avait eu le temps de la considérer sous toutes les faces qu'elle présente, il se fût convaincu qu'avant de triompher la révolution qu'il nous annonce comme très-prochaine aura bien des obstacles à renverser ; car la royauté n'est pas seule intéressée dans cette affaire, et au moment du danger elle trouvera (qu'elle n'en doute pas) de nombreux auxiliaires. Je mets à leur tête la première de nos chambres délibérantes, qui a promis de l'aider à déjouer de coupables manœuvres, et qui sera fidèle à cette promesse. On nous trompe quand on nous dit que quelques uns de ses membres désirent un changement politique. Il n'y en a pas un seul qui soit assez insensé pour aiguiser une arme dont il serait frappé le premier. Leurs seigneuries ont des priviléges, et même de fort beaux ; mais la démocratie n'en veut aucun ; tous lui sont odieux, surtout l'hérédité, dans laquelle elle voit une monstruosité politique.

On ne peut pas raisonnablement supposer qu'après avoir détruit, il y aura bientôt quarante ans, une noblesse sans pouvoir dans l'État, elle en laisserait subsister une qui est revêtue d'une si grande autorité. Si donc une révolution avait lieu, la pairie ne survivrait pas d'un quart d'heure à la royauté; on la supprimerait en criant : *A bas l'aristocratie! à bas la féodalité!* Les nobles pairs rentreraient dans la foule, et pourraient envoyer leurs beaux manteaux si richement brodés à la friperie.

Je vois encore accourir au secours de la royauté en péril toute notre magistrature, étrangère aux passions qui nous agitent; et qui sait d'ailleurs ce qu'elle aurait à attendre d'un bouleversement politique? Elle siége aujourd'hui sur les fleurs de lis; elle y siége à vie, moins dans son intérêt que dans celui de ses justiciables. Mais arrive une révolution, que deviendra cette précieuse inamovibilité? Alors plus d'emplois inamovibles ni dans l'ordre judiciaire ni dans l'ordre administratif : nous nommerons nos juges comme nos maires, et seulement pour un temps très-court, afin que chacun puisse être juge et maire à son tour. Nous serons bien certainement beaucoup plus mal jugés et beaucoup plus mal administrés; mais qu'importe? *Tout par le peuple.* Ce grand principe sera de nouveau consacré.

Une révolution ! Ce mot peut sourire à ces publicistes éclairés qui ont plus de lumières que d'argent, plus d'appétit que de dîners ; mais il épouvante tous ceux qui ont quelque chose à perdre. *Guerre aux châteaux, paix aux chaumières* ; les propriétaires s'en souviennent. Puis dans une révolution, plus de commerce, plus d'industrie ; j'entends M. Férat qui me dit : « Les théories commerciales , industrielles et d'un intérêt bien entendu prévalent dans la société actuelle. Ces filles bâtardes de la doctrine de la souveraineté du peuple portent les citoyens à secouer le joug des principes conservateurs des Etats.... L'industrialisme prépare la chute de l'administration par son système des gouvernemens à bon marché..... Si cette théorie ne favorise pas le partage égal des terres, elle y conduit peu à peu les malheureux prolétaires accablés par l'avarice de l'aristocratie de comptoir. » Quoi qu'il en soit, qu'une révolution se présente, et je ne serais pas surpris de voir reculer d'effroi les commerçans et les industriels, surtout nos très-riches et par conséquent très-honorables banquiers, qui feraient mal leurs affaires avec elle, et qui se trouveront toujours beaucoup mieux de la dynastie des Bourbons que de la dynastie des sans-culottes. Ce que l'auteur appelle l'aristocratie de comptoir serait alors fort menacé ; quand il n'y aurait plus d'autre aristocratie que celle-là, c'est à elle qu'on en voudrait. Elle est riche, et les révolutions qui ont toujours besoin d'argent en prennent où elles en trouvent. M. Férat prétend qu'elle est avare; mais bon gré mal gré il faudrait bien qu'elle ouvrît ses coffres pour contribuer au bonheur commun. On nous dit encore que l'industrialisme n'aime que les gouvernemens à bon marché; mais nous en avons eu un de ces gouvernemens-là, et on sait tout ce qu'il a dévoré en peu d'années : le tiers consolidé, honnêtes rentiers, ne l'oubliez pas, est une de ses économies. Appelons-en donc ici à la morale des intérêts, qui est aujourd'hui si bien comprise, si bien pratiquée, et concluons que, malgré toutes les belles théories qu'on nous prêche, les commerçans et les industriels, à moins qu'ils ne soient en délire, ne doivent pas désirer une révolution; je compte même sur eux pour la repousser : c'est très-certainement leur intérêt bien entendu.

Croyez-vous, c'est M. Férat qui le demande, que le peuple soit à l'abri des caresses et des séductions d'ambitieux tribuns, et qu'il trouvera toujours en lui-même assez de force pour résister à de coupables manœuvres? Cette question est assez embarrassante. Quoi qu'il en soit, j'y réponds affirmativement, parce que je vois que le peuple, instruit par l'expérience, sait très-bien qu'il n'a rien à gagner aux révolutions, et que c'est lui au contraire qui en paie tous les frais. On pourra, si ceux que ce soin regarde n'y mettent ordre, le corrompre par de funestes doctrines et l'inquiéter par de perfides insinuations; mais je serais bien trompé s'il se levait au profit de ces ambitieux tribuns qu'on nous signale, et qui spéculent aujourd'hui sur nos libertés publiques comme ils spéculaient naguère sur notre servitude. On a beau lui dire qu'il est souverain, cet hommage le touche fort peu. Il a de très-grand cœur donné sa démission; et voulez-vous savoir pourquoi? C'est qu'il n'a jamais été plus malheureux qu'à l'époque où il exerçait sa prétendue souveraineté. Le pauvre souverain! c'était pitié de le voir! Quelle misère! il régnait et il mourait de faim!...

Je soutiens encore contre M. Férat que dans la lutte qui s'engage les assaillans sont moins nombreux que les assaillis. Oui, quoi qu'il puisse dire de la perversité du siècle, les honnêtes gens, pardon du terme, sont encore chez nous en majorité; malheureusement les uns se tiennent à l'écart et s'annulent en s'isolant; les autres ne sont pas très-unis; mais leurs adversaires le sont-ils davantage? Puis, quel est leur but? Je vois bien ce qu'ils ne veulent pas, mais je cherche en vain ce qu'ils veulent, et peut-être ne pourraient-ils pas eux-mêmes me le dire. Est-ce la république? On en a fait l'essai, et il n'a pas très-bien réussi. Est-ce un nouvel usurpateur? L'Europe qui déjà nous regarde ne le souffrirait pas. Un nouvel usurpateur! En vérité, je le plaindrais fort; il finirait encore plus mal que l'autre; et si on le nommait à la pluralité des voix, comme je suis très-convaincu qu'il serait pendu tôt ou tard, je me croirais en conscience obligé de donner la mienne à celui que je jugerais le plus digne de la potence.

Du 22 mars 1830.

BUONAPARTE, PREMIER CONSUL,

ET

LA REVOLUTION DE JUILLET,

MIS EN REGARD

> Si j'avais commandé l'artillerie de Louis XVI
> le 10 août, j'aurais mitraillé cette canaille qui
> osait se présenter aux Tuileries.
>
> BUONAPARTE, *Mémoires de Bourienne.*

Je ne viens pas faire ici l'apologie de Buonaparte, et chercher à excuser des fautes qui sont inexcusables ; mais il nous a rendu d'éminens services qu'il ne nous est pas permis de méconnaître et de dissimuler. La France lui a beaucoup dû ; elle ne saurait l'oublier sans ingratitude. Je ne parle pas de ses victoires assez vantées par d'autres, de ses prodigieuses conquêtes qui ont coûté si cher à l'humanité, et dont il ne nous reste plus qu'un très-douloureux souvenir. Pour moi, sa véritable gloire est ailleurs.

Je la trouve dans les actes des deux premières années de son consulat, qui sont certainement les plus belles de sa vie, et peut-être ne sera-t-il pas sans quelque utilité de rappeler aujourd'hui les moyens qu'il employa pour rétablir en France

l'ordre public dont il ne restait plus un seul ves-
tige, pour nous délivrer de l'anarchie qui nous
dévorait, enfin pour recréer la société que les fureurs révolutionnaires avaient entièrement dissoute. Sa conduite fut habile; et quand on rap-
proche ce qu'il fit alors de tout ce que nous voyons
depuis un an, on ne peut s'empêcher de se demander en tremblant où veut nous conduire la
révolution de juillet qui suit des voies différentes?
On croit juger cette révolution avec beaucoup
d'indulgence en ne l'accusant que d'ineptie et de
stupidité.

Où en étions-nous quand Buonaparte s'empara
du pouvoir suprême ? Ici, tous les historiens
dignes de quelque confiance sont d'accord. Le
mérite partout persécuté, les hommes honnêtes
partout chassés des fonctions publiques, des scélérats armés de la puissance, des apologistes de
la terreur à la tribune nationale, la spoliation ré-
tablie sous le titre d'emprunt forcé, des milliers
de victimes désignées sous le titre d'otages.....
Voilà quelle était la position de la France quand
Buonaparte en prit le gouvernement; voilà l'état où
l'avaient réduite ses misérables gouvernans, dignes
successeurs de la Convention nationale. La journée
du 18 fructidor, dit un écrivain que je cite d'autant plus volontiers qu'il a su, dans des Mémoires
qui ne sont pas assez connus, distribuer avec im-

partialité le blâme et l'éloge, cette funeste journée avait tari toutes les sources de la prospérité publique : le peuple périssait dans la misère et l'oisiveté, les finances étaient désespérées, l'industrie éteinte, le commerce anéanti. Plus de liberté, plus de propriété, plus de sûreté pour les personnes, plus de crédit pour l'État; il faut le savoir, pour apprécier le bien qu'en arrivant au pouvoir suprême Buonaparte fit à la France : c'était un véritable chaos; il l'organisa.

On sait avec quelle facilité il renversa le Directoire, et chassa du lieu de leurs délibérations les complices d'un pouvoir également odieux à tous les partis. Ces législateurs, car ils s'appelaient ainsi, avaient juré de mourir comme les sénateurs romains sur leurs chaises curules; mais à peine eurent-ils aperçu les moustaches d'un grenadier de Buonaparte, qu'on les vit s'élancer par les fenêtres, fuir à travers les jardins de Saint-Cloud, et pour n'être pas reconnus, jeter dans les fossés leur toge nationale. C'était plaisir de voir comme ils couraient. Les sénateurs romains avaient, je le crois bien, plus de courage; mais, à coup sûr, ils n'avaient pas de si bonnes jambes.

La France, qui depuis long-temps ne voyait dans ceux qui se disaient ses représentans que des oppresseurs, se montra peu sensible à leur mésaventure; elle ne fit qu'en rire. Jamais révo-

2.   3

lution ne s'opéra plus paisiblement. La tranquillité de Paris ne fut pas troublée un seul instant.
Malheur, dit Buonaparte dans une de ses proclamations, malheur à ceux qui voudraient le trouble
et le désordre! Les hommes dont il venait de détruire l'infernale puissance en frémissaient; mais
ils savaient à qui ils avaient à faire; et après avoir
fait trembler toute la France, ils tremblaient à
leur tour. Il n'y eut point d'attroupemens sédi-
tieux, il n'y eut point d'émeutes. Buonaparte aurait si bien réprimé la première, que très-certainement on n'en eût pas vu une seconde. Ne
soyez donc pas surpris si on s'est souvenu de lui
dans ces derniers temps. Je ne suis pas napoléo-
niste, et pourtant il m'est arrivé, au moins deux
fois depuis un an, de m'écrier : *O Napoléon! où
es-tu?* Mais, heureusement pour moi, on ne m'a
pas entendu; partant, point de procès.

Fermeté et justice, telle fut la première devise
de Buonaparte. Eh! que n'y est-il toujours resté
fidèle! Mais il n'est ici question que des com-
mencemens de son consulat, et il faut bien convenir qu'ils furent heureux. A peine arrivé au
pouvoir, il abolit la loi sur l'emprunt forcé, loi
non moins absurde que tyrannique; il se rendit à
la maison du Temple, et il en fit sortir les malheureux otages que le Directoire y avait enfermés.
Chaque jour était marqué par une réparation. Les

déportés, il y en avait plusieurs milliers, furent
rappelés, et Buonaparte eut le bon esprit de ne pas
leur imposer, à eux et aux émigrés qui obtenaient
leur radiation, un serment dont leur conscience
pût s'alarmer. Il se contenta d'une simple promesse de soumission aux lois, voulant rallier à lui
toutes les opinions, tous les intérêts. Il ne dit pas,
avec un dépit mal dissimulé, aux royalistes, aux
partisans de la dynastie déchue : « Je ne vous
accorderai que la plus stricte justice. » Beaucoup
mieux avisé, il leur accorda une bienveillante
protection, et n'en arriva que plus vite au but
qu'il se proposait. Il n'y eut bientôt plus qu'un
seul parti en France, ce fut le sien.

Une conduite si sage et si politique ne pouvait
produire que d'heureux résultats. On vit en peu
de temps la confiance renaître, et le crédit se rétablir; la hausse des effets publics fut prodigieuse.
Sous le Directoire, comme aujourd'hui, c'était à
qui vendrait ses rentes, et, dès les premiers jours
du consulat, ce fut à qui les racheterait. Les riches,
que la terreur et la persécution avaient éloignés
de Paris, s'empressèrent d'y rentrer; l'argent sortit
de la terre où il était enfoui, le commerce et l'industrie se ranimèrent; les propriétaires qui ne
veulent pas, disait si bien Buonaparte, que le sol
tremble, ne craignirent plus de se voir enlever les
fruits de leurs travaux; le sol était affermi, et la

propriété fortement garantie. Enfin la face de
cette France, que Buonaparte avait trouvée si
pauvre, changea en peu de jours comme par en-
chantement; l'étranger qui l'avait vue avant le
18 brumaire ne pouvait plus la reconnaître.

Et toi, révolution de juillet, qu'as-tu fait? que
fais-tu encore tous les jours? Ces intérêts que
Buonaparte a tant rassurés et confondus, tu les
menaces, tu les divises. Ces haines politiques qu'il
a apaisées, tu les aigris, tu les animes. Il pacifiait
les partis, tu les rends irréconciliables; on dirait
que tu crains de n'avoir pas assez d'ennemis.
Sotte et dangereuse politique dont la France
porte la peine! Vois à quel triste état cette France,
que la restauration t'a laissée si florissante, est
aujourd'hui réduite; vois ses souffrances qui sont
ton ouvrage, et dont le terme est encore si éloigné. Plus d'industrie, plus de commerce; tout
languit, tout meurt. Ne peut-on pas dire à la révolution de juillet, à ses ayans-cause, surtout à
ses ministres, ce que Buonaparte disait le 18 brumaire à ceux qui l'accusaient de conspirer: « Vous
« parlez de conspiration; la plus grande de toutes,
« n'est-ce pas cette misère publique qui nous ac-
« cable? » Il leur disait encore: « Qu'avez-vous fait
« de la gloire et des millions de l'État? » Espérons
qu'on ne pourra jamais dire à la révolution de
juillet : Qu'as-tu fait de la gloire d'Alger, de cette

gloire si belle, si pure et si chère à l'humanité?
Quant aux millions trouvés à la Casauba et en-
voyés en France, je ne demande pas ce qu'ils sont
devenus.

Buonaparte, qui connaissait l'importance des
opinions religieuses, et qui savait quel empire
elles exercent sur les cœurs, se garda bien de se
mettre en état d'hostilité avec elles; il voulut,
au contraire, se les rendre favorables, et, on peut
le croire, les faire servir à l'accomplissement de
ses desseins. Chacun put donc, dès les premiers
jours de son consulat, suivre les exercices de son
culte, aller à la messe et à vêpres sans craindre
d'être regardé comme fanatique et traité comme
tel. Les églises ne furent plus détournées de leur
pieuse destination, et la liberté religieuse, cette
liberté qui était placée en tête de toutes nos
constitutions, mais dont nous n'avons jamais
joui, fut enfin consacrée. La Vendée était encore
agitée. Buonaparte y envoya, non des agens de
police, non des Vidocq, mais des négociateurs
d'un esprit doux et conciliant, et d'un caractère
honorable. Les Vendéens redemandèrent leurs
temples, leur culte et leurs prêtres : Buonaparte
les leur rendit ; la Vendée fut pacifiée.

Un crime exécrable avait été commis par le
Directoire; au sein de l'hiver, dit l'écrivain que
j'ai cité plus haut, des soldats eurent l'ordre de

transporter le vertueux Pie VI dans l'intérieur de
la France. Il traversa les Alpes et le Mont-Genèvre
par un froid excessif. Ni le respect dû à son rang,
ni ses vertus, ni ses cheveux blancs, ne purent
adoucir la cruauté de ses tyrans. Ce vénérable
pontife avait terminé peu de jours après à Va-
lence sa douloureuse carrière, et ses bourreaux
avaient laissé ses cendres sans honneurs. Buonaparte lui décerna de solennelles obsèques, et fit
élever sur sa tombe un monument destiné à rappeler l'élévation de son rang et l'auguste dignité
dont il était revêtu. Cette réparation lui gagna
les cœurs de tous les catholiques, et les protes-
tans eux-mêmes y applaudirent. N'en faites honneur qu'à sa politique; je le veux bien. Je sais
comme vous que Buonaparte n'était pas très-reli-
gieux; mais au moins, vous en conviendrez, il
était habile : les actes de son consulat le prouvent. Il possédait parfaitement un art difficile
dont nos pauvres hommes d'État d'aujourd'hui
ne connaissent même pas les premiers élémens,
il savait gouverner.

Peu de temps après, malgré l'opposition des
philosophes et des doctrinaires, il fit avec le saint-
siége un concordat qui réconcilia la France non
seulement avec Rome, mais encore avec l'Europe
catholique; et le jour où ce concordat fut publié, il se rendit à Notre-Dame ; son cortége était

nombreux et brillant; rien n'avait été négligé pour donner à cette fête tout l'appareil d'une grande solennité. Il fut alors ordonné de chanter dans toutes les églises le *Domine salvum...* Mais remarquez-le bien, je vous en prie, les chantres ne le chantaient pas seuls, tous les assistans le chantaient avec eux : tous faisaient des vœux pour le restaurateur de leur religion, pour ce Buonaparte qui depuis..... mais alors il avait, je crois, plus d'amis qu'il n'a aujourd'hui d'admirateurs.

Et toi, révolution de juillet, qu'as-tu fait? Cette religion que Buonaparte a honorée, tu l'as outragée, elle et ses ministres; ces croix qu'il a relevées, tu les as abattues; cet archevêché qu'il a embelli, tu as voulu le démolir; nos temples eux-mêmes n'ont pas été à l'abri de ton marteau destructeur. Ces rapprochemens sont pénibles; je n'en ferai plus qu'un seul. Quelqu'un a dit que Buonaparte était doué d'une vertu élective; beaucoup de ses choix me disposent à le croire. A l'époque du concordat, il crut devoir créer un ministère des cultes, et comme il ne voyait plus ni vainqueurs ni vaincus, il confia cet important ministère à un royaliste que les démocrates eux-mêmes ne pouvaient s'empêcher d'estimer, à M. Portalis, homme d'un savoir éminent et d'une religion éclairée. C'est ainsi que plus tard, lorsqu'il organisa son Université, il choisit pour en être le grand-maître M. de Fontanes, et certes il ne pouvait faire un meilleur choix. Les cultes et l'instruction publique, aujourd'hui réunis, ne forment qu'un seul ministère ; et quel est le ministre qui remplace à la fois Portalis et Fontanes? C'est M. de Montalivet!!! La révolution de juillet n'a rien de mieux à nous donner. Comme nous descendons! M. de Montalivet dira lui-même, et cette fois bien à propos, que *cela fait mal au cœur*.

Lors de l'avènement de Buonaparte au consulat, l'anarchie régnait dans les tribunaux comme dans toutes les parties de l'administration : les juges étaient nommés par la multitude, et les factions dominaient au barreau comme dans les assemblées populaires. Un des premiers soins de Buonaparte fut l'organisation de l'ordre judiciaire; et que n'a point fait la révolution de juillet pour le désorganiser? Il lui fallait de nouveaux juges, dociles à tous ses caprices et favorables à toutes ses exigences; les anciens lui étaient odieux. *Les juges de Charles X!* elle ne les appelait pas autrement; elle demandait à grands cris leur destitution, et ne l'ayant point obtenue, elle s'en est vengée par des outrages répandus avec profusion dans ses pamphlets et ses journaux. Buonaparte voulut que la magistrature fût respectée et

honorée : la révolution de juillet a tout fait pour
l'avilir.

Avant le consulat, c'étaient les passions et
l'esprit de parti qui dictaient les lois ; Buonaparte
créa trois commissions qui furent chargées de
rédiger de nouveaux codes, et voulant honorer
le courage et la vertu, il mit à la tête d'une de
ces commissions un homme qui serait aujour-
d'hui traité en vaincu, et auquel M. Casimir
Périer n'accorderait que la plus stricte justice,
le sénateur Tronchet, l'un des défenseurs de
Louis XVI. Toutes les lois qui blessaient la morale et la raison furent sur-le-champ abolies.
Ainsi, pour citer un exemple, les filles qui devenaient mères hors du mariage furent privées de
la gratification que la Convention nationale leur
avait si libéralement accordée. L'Etat cessa de
donner au libertinage une si belle prime d'encouragement. La lui rendra-t-on?

Jusqu'alors il avait été permis de divorcer pour
cause d'incompatibilité d'humeurs, et dans une
seule année on avait compté à Paris six mille
divorces. Probablement on n'en compterait pas
moins aujourd'hui si, comme quelques écrivains
qui se disent les organes de la révolution de
juillet le demandent dans leurs brochures, on
rendait aux époux la même liberté, car jamais les
humeurs n'ont été plus incompatibles. Un grand

scandale cessa : le divorce fut rendu beaucoup plus difficile; l'opinion fit le reste.

La Convention nationale avait à peu près détruit toute l'autorité paternelle; le code civil la fortifia autant du moins que les circonstances difficiles où l'on se trouvait alors pouvaient le permettre. La révolution de juillet lui sera-t-elle aussi favorable? Est-ce pour donner plus de force à cette autorité qu'on enseigne aujourd'hui publiquement, devant un auditoire bien disposé à goûter une pareille doctrine, que le droit d'héritage est un privilége abusif et odieux, qu'il faut se hâter d'abolir, si on veut sauver la société! Nous en sommes là. C'est ainsi qu'ils veulent nous sauver.

Je m'arrête : la grande ombre de Buonaparte vient de m'apparaître. C'est assez, m'a-t-elle dit, c'est même déjà trop. Ne continuez pas un parallèle qui m'offense. J'obéis à l'ombre.

Du 15 août 1851.

LES BAGNES.

(ROCHEFORT.)

... qui peut vivre infâme, est indigne du jour.
CORNEILLE , *le Cid*.

On ne voit aujourd'hui que philantropie; on n'entend parler que de philantropie: c'est la vertu du siècle; et je suis bien éloigné de vouloir la décrier, car moi aussi j'honore beaucoup la philantropie, quand elle s'annonce avec simplicité, sans faste et sans orgueil; mais j'aimerais qu'elle fût un peu plus éclairée, et que dans les plans de réforme qu'elle nous propose elle tînt plus de compte des intérêts de la société. Je trouve fort bon qu'elle s'apitoie et qu'elle appelle la commisération publique sur le triste sort des criminels condamnés par nos cours d'assises; mais je désirerais qu'elle voulût bien songer un peu à ceux qui plus tard peuvent devenir leurs victimes, et qui ont aussi, à ce qu'il me semble, quelques droits à sa sollicitude; ce n'est pas, je pense, se montrer trop exigeant.

Voici que cette philantropie demande à grands cris dans les journaux, dans les brochures et même à la tribune, l'abolition de la peine de mort. Il y a mieux, elle accuse de barbarie quiconque en défend la nécessité. Cette peine est dans nos lois, elle y sera probablement encore long-temps; mais si un jour, grâce à je ne sais quelle *omnipotence* dont on le gratifie si généreusement, le jury, se mettant chez nous à la place du législateur, et en écartant la *préméditation*, si bien prouvée qu'elle fût, rendait la loi tout-à-fait illusoire, aurions-nous, je le demande, à nous en féliciter? Je ne le crois pas, et voici sur quoi je fonde mon opinion.

Depuis que pour l'honneur du siècle les forçats évadés ou libérés ont cru devoir publier leurs Mémoires particuliers, nous savons pertinemment que la peine capitale est la seule qui épouvante les criminels, et qu'ils font tous une étude approfondie de nos lois pénales et de la jurisprudence des cours d'assises, afin d'éviter soigneusement tout ce qui pourrait les conduire à la place de Grève. Supprimez cette peine qui leur inspire seule une crainte salutaire, et voyez les conséquences! Sans doute les criminels vous en sauront beaucoup de gré; tous béniront votre douce philantropie qui, en les délivrant de toute inquiétude, leur permettra d'exercer ce qu'ils appellent leur *profession* avec sécurité; mais la société, croyez-le bien, ne partagera pas leur reconnais-

sance; car tous les avantages seront pour eux,
et tous les risques pour elle. Soyons donc philantropes, je le veux bien ; mais n'oublions pas
qu'une philantropie sans lumières et sans prévoyance a ses dangers, et craignons de devenir
inhumains par trop d'humanité.

Au reste, que nos philantropes ne s'abusent
pas. On dirait à les entendre que ce n'est que
d'aujourd'hui qu'on s'occupe d'améliorer le sort
des condamnés, que personne avant eux n'y avait
encore songé, et que l'humanité les attendait
pour faire valoir ses droits méconnus et outragés.
L'auteur de l'ouvrage que j'annonce ne paraît pas
éloigné de partager cette opinion. « Voilà que
« tout à coup, dit-il, des voix éloquentes protes-
« tent contre un préjugé barbare, et attirent l'at-
« tention du législateur sur ces tombeaux où l'on
« jette vivans les hommes que la société a rejetés
« de son sein. Cette *intervention* de la philantropie
« a soulevé des question du plus haut intérêt... »
Apprenons, puisqu'il le faut, à M. Maurice Alhoy
et à tous les philantropes de notre époque, que
cette cause, qui est celle de la religion et de l'humanité, a été avant leur *intervention* noblement
plaidée par des voix pour le moins aussi éloquentes que les leurs, et que la charité évangé-
lique, devançant la philantropie, a depuis long-
temps appelé l'attention et la sollicitude de l'au-

torité sur les prisons et les bagnes. Un seul fait suffira pour le prouver.

Quelques années avant la révolution, un orateur chrétien, appelé à Versailles pour prêcher devant Louis XVI le sermon de la *Cène*, ne craignit pas de révéler à sa bonté bien connue d'effrayantes vérités. Il lui fit connaître l'état déplorable des prisons du royaume et de ces cachots infects où l'on enfermait les grands criminels, véritable séjour du désespoir où toutes les misères et toutes les horreurs étaient rassemblées. L'émotion des auditeurs fut sensible; celle du jeune roi se manifesta par les signes les moins équivoques; et l'orateur, en voyant l'impression que ses paroles avaient produite, s'écria : « Jour immortel ! soyez « béni. J'ai acquitté le vœu de mon cœur de dé- « charger le poids d'une si grande douleur dans le « sein du meilleur des monarques. » Il ne se trompait pas : c'était bien en effet devant le *meilleur des monarques* qu'il avait défendu les droits de l'humanité; on ne tardera pas à s'en apercevoir. Louis XVI, à qui il suffisait de montrer le bien pour qu'il le fît, ordonna le même jour de remédier sans délai aux abus qui venaient de lui être signalés et qu'il avait jusqu'alors ignorés. Une commission fut nommée; on combla plusieurs cachots, d'autres furent assainis, et les premières classes de la société, secondant à l'envi les généreuses intentions du monarque, les prisonniers furent consolés et secourus. Si une réforme commencée sous de si heureux auspices n'a point été consommée, c'est à la révolution seule, qui donna aux esprits une tout autre direction, qu'il faut s'en prendre. Ainsi, que nos philantropes veuillent bien rabattre quelque chose de leurs hautes prétentions; ils voient que s'ils réclament aujourd'hui de bienfaisantes réformes dans le régime des maisons de détention, d'autres les ont provoquées long-temps avant eux, et qu'on n'a pas attendu que M. Appert vînt au monde pour s'occuper du soulagement des prisonniers et des forçats.

C'est pour ces derniers que M. Maurice Alhoy plaide aujourd'hui. Il a vu les galériens sur leur banc de douleur, les a suivis dans leurs travaux, a bu à leur tasse et mangé à leur *baquet*; et pendant le séjour assez long qu'il a fait à Rochefort, il a conçu l'idée d'une réforme administrative dont l'utilité lui paraît incontestable; mais il désespère aujourd'hui de la voir s'opérer, et veut-on savoir pourquoi? c'est qu'il y a un nouveau ministère. « M. Hyde de Neuville, dont je « sollicitais la philantropie, n'est plus, dit-il, mi- « nistre de la marine; la civilisation et l'humanité « y perdront. » Jeune philantrope de mauvaise humeur, bannissez ces craintes injurieuses. Le ministère est changé; mais, rassurez-vous, l'humanité et la civilisation n'ont rien à y perdre. Proposez aux nouveaux ministres les améliorations que vous avez conçues, et ils les exécuteront volontiers, pourvu toutefois qu'elles soient compatibles avec la sûreté publique; car, sachez-le bien, il n'y a que celles-là de bonnes. Les forçats ne sont pas la seule partie intéressée dans cette affaire; il faut bien s'en souvenir.

On sait que les criminels condamnés aux travaux forcés ont été, sous le dernier ministère, répartis dans les différens ports du royaume « en « raison de *la durée* de la peine qu'ils ont à « subir. » M. Maurice Alhoy voit dans cette mesure « l'œuvre d'une haute philantropie. » Quant à moi, tout en rendant justice aux intentions qui l'ont dictée, je crains fort qu'elle n'atteigne pas le but qu'on s'est proposé en l'adoptant. Il me semble qu'il y avait mieux à faire pour la réforme des bagnes, si, comme je me plais à le croire, les bagnes sont réformables. Ce n'est pas toujours par la gravité de la peine qu'on peut juger le plus aisément de la dépravation des condamnés. Voulez-vous, on l'a dit avant moi, interrompre de funestes traditions; voulez-vous que vos prisons et vos bagnes ne soient plus justement appelés les Universités du vice, ne confondez pas les âges. Séparez les instituteurs des élèves, et ne réunissez dans les mêmes lieux que ceux qui n'ont plus rien à apprendre. Cette mesure sans aucun doute serait plus salutaire, et pourtant il ne faudrait pas trop en attendre; car grâce à une précoce corruption, fruit naturel de l'absence d'une éducation morale et religieuse, il est aujourd'hui de très-jeunes condamnés qui, aussi eux, *n'ont plus rien à apprendre*, et qui en savent tout autant que les vieux criminels; ils connaissent toutes les *funestes traditions*, et n'en doutez pas, le vice trouverait en eux d'excellens instituteurs.

Parmi les forçats célèbres dont M. Maurice Alhoy nous donne la biographie, j'en vois un, le fameux Arigonde, qui a commis tant de délits et de crimes, et qui s'est si souvent échappé des bagnes que, si jamais la justice peut mettre la main sur lui, il n'aura pas moins de cinquante-deux ans de travaux forcés à subir. Et quel est son âge? A peine a-t-il atteint sa majorité! Cet exemple prouve assez qu'aujourd'hui

Le crime n'attend pas le nombre des années.

Les registres de nos cours d'assises confirmeront au besoin cette affligeante vérité.

Plus de *chaînes*, plus de *ferremens*, plus d'accouplement de forçats! L'auteur de l'ouvrage que j'annonce croit que ces précautions sont aussi vaines que barbares. S'il en est ainsi, je vote avec lui leur prompte suppression; mais il prouve beaucoup mieux leur insuffisance que leur inutilité : « C'est au bagne, dit-il, que se manifeste « l'amour de la liberté. » Je le conçois : quand on est là, on n'a certainement rien de mieux à faire que de chercher à en sortir. M. Maurice Alhoy ajoute que les forçats viennent facilement à bout de rompre les chaînes les plus fortes, et qu'il n'y a pas de semaine où quelques évasions n'attestent le défaut de vigilance. Et que faut-il en conclure? Si, malgré toutes les précautions que l'on prend dans les bagnes, on compte aujourd'hui tant de forçats évadés, n'en comptera-t-on pas davantage quand on y aura renoncé? Toute la question est là. M. Maurice Alhoy voudrait qu'au moins les galériens fussent débarrassés de leurs fers lorsqu'ils travaillent dans le port; l'État y gagnerait. Les forçats d'un seul port ont procuré dans une seule année à l'administration un bénéfice de plus de 200,000 francs. « Admettons, « dit M. Maurice Alhoy, l'emploi de forçats non « enchaînés, et le chiffre s'élèvera encore. » Oui, mais en élevant le chiffre des produits, n'élèvera-t-on pas aussi celui des évasions? Encore une fois, voilà le problème qu'il s'agit de résoudre dans l'intérêt de la société; nous savons ce qu'elle a à craindre des forçats évadés qui sont ses ennemis naturels : *les Mémoires de Vidocq*, qui font aujour-

d'hui autorité en cette matière, nous l'ont appris.
Quoi qu'il en soit, je prie fort M. Maurice Alhoy
de croire que je n'aime pas beaucoup plus que lui
les chaînes, les ferremens et l'accouplement des
forçats; si on peut se passer de toutes ces précautions, qu'on y renonce, j'y consens; ce que je
demande, c'est que la surveillance n'en souffre
pas, et que les forçats soient toujours bien gar-
dés; car quelque intérêt qu'on leur porte, quelque
bien qu'on leur veuille, on ne peut pas, pour
contenter la philantropie, les laisser au bagne sur
leur parole d'honneur.

Si nous devons en croire M. Maurice Alhoy, la
barbarie dans les bagnes sert d'auxiliaire à la vigilance; les galériens, à toute heure du jour, sont
victimes de la féroce brutalité de leurs gardiens.
Passent-ils devant les *adjudans*, ils ôtent civile-
ment leur bonnet. Heureux, ajoute M. Maurice
Alhoy, lorsqu'un coup de canne ne prévient pas ou
ne récompense pas cet acte d'humilité. Quant aux
gardes chiourmes, ce sont de véritables bourreaux
qui voient dans les condamnés, non des hommes,
mais « des choses qu'un arbitraire cruel peut dé-
« figurer et détruire. » Ils bâtonnent, ils sabrent,
ils *massacrent* impitoyablement les condamnés :
auprès d'eux les furies de l'enfer des anciens seraient aimables; on les prendrait pour des anges
d'humanité.

Cependant les règlemens défendent de frapper
les condamnés, et il y a dans les bagnes un commissaire chargé de veiller à leur exécution. M. Maurice Alhoy le sait; mais il prétend que ce commissaire, M. Cr..., « laissant *son cœur à domicile*,
« semble toujours à l'affût de tout ce qui peut
« rendre la condition des forçats plus misérable. »
L'accusation est grave; mais est-elle bien fondée?
M. Cr... va, je n'en doute pas, la repousser avec
avec indignation, et il lui sera d'autant plus facile de s'en justifier, que M. Appert lui-même l'a
jugé bien différemment, et a vu en lui *un homme
probe, remplissant ses fonctions avec intégrité*;
et M. Appert, on le sait, n'a pas traité avec trop
de faveur les agens de l'autorité : une excessive
indulgence n'est pas son défaut capital.

Je n'ai plus qu'un mot à ajouter : le préfet ma-
ritime de Rochefort est M. l'amiral Jurieu, auquel
M. Maurice Alhoy a cru devoir payer un juste
tribut d'éloges et de reconnaissance. Or, je le
demande, ce haut fonctionnaire, dont le nom se
présente toujours quand il y a un acte de justice
à faire ou un abus à réprimer, souffrirait-il de
pareilles indignités? Au reste, je ne veux élever ici
aucun doute sur la sincérité de M. Maurice Alhoy;
mais a-t-il été témoin oculaire de toutes les atro-
cités qu'il signale dans son ouvrage? Ne lui a-t-on
pas fait d'infidèles rapports? N'a-t-il pas trop

légèrement ajouté foi aux dénonciations intéressées des forçats avec lesquels il s'est entretenu?
Le témoignage de ces gens-là est un peu suspect;
un forçat peut mentir.

Je répugne encore souverainement à croire
qu'à l'hôpital de Rochefort, par une *convention
tacite*, on essaie sur les forçats de nouveaux « mé-
« dicamens qu'on n'administrerait qu'avec crainte
« aux marins. » L'autorité le saurait, et sans doute
elle y mettrait ordre : je demande donc qu'il en
soit plus amplement informé. Quant aux sœurs
de saint Vincent de Paule, chargées de soigner les
forçats malades, M. Maurice Alhoy n'a du moins
que du bien à nous en dire ; il voit en elles des
anges consolateurs; il nous les montre « se dispu-
« tant à l'envi les fonctions les plus pénibles et
« les plus rebutantes. » N'en soyez pas surpris :
telle est leur sainte vocation, et partout elles y
sont fidèles, ne demandant rien à la terre, et attendant de plus haut le prix de leurs nobles sacrifices. J'honore la philantropie; mais je l'hono-
rerai encore bien davantage quand elle inspirera
de si héroïques dévouemens.

Du 12 janvier 1850.

LA BASTONNADE

ET

LA FLAGELLATION.

> Tous les soldats qui auraient commis quelque
> faute ne monteront pas demain à l'assaut.
> *Ordre du jour du maréchal de Richelieu.*

Voici un ouvrage qui, quoi qu'en dise son docte
auteur, ne nous sera guère profitable. Je pourrais, comme M. Pincé, en donner trois raisons;
mais la première sera si bonne, qu'on me dispen-
sera de passer à la seconde. Bien avant la révolution, la bastonnade avait disparu de nos codes;
et M. le comte Lanjuinais sait aussi bien que moi
que depuis long-temps la flagellation en est également bannie. A qui donc en veut-il? Il faut
avoir du temps à perdre pour écrire contre deux
peines correctionnelles dans un pays qui ne connaît ni l'une ni l'autre. O l'habile médecin que le
noble pair! il se charge de guérir toutes les maladies que nous n'avons pas.

Sa Seigneurie observe que « la France n'est pas
« tout le monde; » et c'est une vérité géogra-
phique que je ne prétends pas contester. Mais
M. Lanjuinais se flatte-t-il que, grâce à sa petite

brochure, la bastonnade et la flagellation vont être supprimées dans tous les pays où l'on a encore du goût pour elles? Que le noble pair se détrompe; il faudrait quelque chose de mieux pour détruire une si vieille et si bonne habitude.

Savons-nous d'ailleurs si ce mode de correction, qui est dans les lois de plusieurs peuples, n'est pas aussi dans leurs mœurs? Alors ils demanderaient à M. le comte Lanjuinais de quoi il se mêle, et ils lui diraient ce que dit Martine, dans *le Médecin malgré lui*, quand on veut empêcher son mari Sganarelle de la corriger trop conjugalement : « Il me plaît à moi d'être battue; ce ne sont pas vos affaires. » Au reste, d'autres que lui ont écrit sur le même sujet et avec plus de talent, mais toujours sans utilité. J'en conclus que, dans un moment où la chambre dont il est membre va s'occuper de très-graves questions, M. le comte Lanjuinais, qui bien ou mal voudra parler sur toutes, aurait eu mieux à faire que de compter sans profit pour personne tous les coups de bâton, de verges et de martinet qui ont été administrés depuis le commencement du monde jusqu'à nos jours.

Il y a de durs publicistes qui croient que de tous les moyens qu'on peut employer pour civiliser un peuple, le plus puissant, le plus actif, c'est le bâton. Je suis persuadé qu'ils lui font un

peu plus d'honneur qu'il n'en mérite ; mais il
n'en est pas moins vrai de dire que les anciens
législateurs semblent s'être donné le mot pour
en recommander l'emploi. Vous le trouvez placé
comme épouvantail en tête du code pénal de tous
les peuples, à commencer par les Egyptiens, qui
recevaient si souvent la bastonnade, que j'aime
à croire qu'ils finissaient par s'y accoutumer.

Les Israélites furent aussi soumis à ce régime ;
mais, moins pressés apparemment de se civiliser,
ils en usèrent avec plus de discrétion. La loi défendait de faire donner plus de quarante coups de
bâton ; et même, comme l'observe M. Lanjuinais, « par l'usage et par la tradition, ces qua-
« rante coups furent réduits à trente-neuf. » C'est
un grand adoucissement ; toutefois, si M. le comte
voulait un instant se mettre à la place du patient, il trouverait que ce nombre est encore fort
honnête.

On ne peut quitter les Juifs sans rappeler ce
que dit Salomon dans le *Livre de la Sagesse :*
« Épargner les verges aux enfans, c'est les haïr. »
M. Lanjuinais n'ose attaquer de front une autorité si respectable : Salomon lui impose ; mais il
observe que ce qui convenait aux enfans des Juifs
ne convenait pas du tout aux nôtres. Avis fort
inutile ; car voit-on encore des verges dans nos
écoles ? Est-ce que chez nous les enfans sont

corrigés? Ce sont eux au contraire qui trouvent quelquefois convenable de corriger leurs maîtres.

Il est vrai que, il y a quelque soixante ans, les choses se passaient différemment; mais M. Lanjuinais devrait-il se souvenir de si loin? Il fait bon voir avec quelle indignation il parle encore aujourd'hui des pauvres *correcteurs* de nos anciens colléges. Cicéron plaidant contre Catilina n'est pas plus véhément! Le noble pair aurait-il donc eu à se plaindre de leur puissant ministère? La brochure qu'il vient de publier si peu à propos serait-elle le fruit d'une vieille rancune? C'est son secret, et il ne nous est pas permis de le pénétrer.

La bastonnade et la flagellation ont fait le tour du monde; l'auteur les suit partout, en Perse, dans les Indes, où du moins on pouvait les recevoir par procureur. Enfin M. Lanjuinais arrive avec elles chez les Romains; car, il est bon qu'on le sache, le peuple-roi a été bâtonné comme les autres. Dans les camps, les centurions étaient tous armés d'un bâton, et on assure qu'ils n'avaient pas la main légère. Pourtant, je prie M. Lanjuinais d'y faire attention, les âmes des guerriers Romains n'en étaient pas moins fières : c'est, j'en suis honteux pour lui, par ces soldats si généreusement bâtonnés, que l'univers a été conquis. On le remarque, non pour faire l'éloge de la bastonnade, dont il y a certainement beaucoup de mal à dire, mais pour prouver à M. Lanjuinais que les reproches qu'il lui adresse ne sont pas tous également mérités.

La féodalité trouva ce régime établi partout où elle s'introduisit; et, pour certaines raisons qu'elle crut bonnes, elle le conserva; du moins avec elle sut-on à quoi s'en tenir. Le nombre de coups que le patient devait recevoir était fixé par la loi; mais bientôt il devint tout-à-fait arbitraire. Et à qui les épaules de nos pères en eurent-elles l'obligation? Ce fut, on s'en étonnera peut-être, aux bacheliers, aux licenciés et aux docteurs en droit, qui, émerveillés des beautés du *Digeste* et du *Code*, unirent leurs efforts pour soumettre la France aux constitutions impériales, beaucoup plus dures que la féodalité. M. le comte Lanjuinais en convient lui-même, quoique, sous le manteau de pair qui le couvre aujourd'hui, on aperçoive encore la vieille robe du professeur en droit.

Croyez-le donc quand ailleurs il vous dit que « la bastonnade et la flagellation deviennent plus « rares à mesure que les lumières s'étendent. » Nos pauvres ancêtres n'en auraient pas été facilement convaincus. Chose très-digne de remarque, c'est précisément lorsqu'ils commencent à s'éclairer que nous les voyons bâtonnés et flagel-

lés avec plus de rigueur ! « On les fouette en pu-
« blic, sous la *custode*, c'est-à-dire dans la pri-
« son. » Et ils ne savent pas quand il plaira au
bras qui les frappe de s'arrêter : voilà le service
que leur ont rendu les lumières naissantes, l'étude
du *Digeste* et du *Code* et les docteurs en droit.

Depuis long-temps, comme on le sait, la bastonnade n'est plus connue chez nous; mais
M. Lanjuinais, sans en donner une seule preuve,
ose affirmer que « lorsque Napoléon eut rap-
« pelé les émigrés, et qu'il en eut placé un grand
« nombre dans nos armées, quelques uns d'entre
« eux avaient réussi à introduire la *schlague* dans
« plusieurs corps. » Je sais bien ce que d'autres
diraient peut-être ici au noble pair; mais je suis
poli, et je me borne à lui faire observer qu'il a
été mal informé, et que si la partie offensée le
voulait bien, cette téméraire imputation ne res-
terait pas impunie. Le cas est prévus par le code
pénal, et il n'y a point de privilége à réclamer :
nous sommes égaux devant la loi, et lorsqu'un
pair commet un de ces délits auxquels le code
applique une peine correctionnelle, sa seigneurie
doit être corrigée.

M. Lanjuinais prétend que les peines corporelles, invention du despotisme, perfectionnée
par les docteurs en droit, « s'aboliront ou devien-
« dront plus rares en tout pays où l'ordre consti-

« tutionnel et représentatif se consolidera. » Le noble pair sait cependant que la bastonnade et le fouet sont toujours en usage chez les descendans de Guillaume Tell. Les Suisses n'ont pu encore obtenir de leurs gouvernemens démocratiques ce que notre ancienne monarchie dite absolue nous avait accordé. Cet exemple suffirait seul pour prouver à M. le comte Lanjuinais que son assertion est au moins très-hasardée; mais en voici un autre qui le lui prouvera encore mieux.

Les Anglais ont certainement une excellente constitution, et il faut bien le croire, puisque c'est sur ce beau patron que la nôtre a été faite. Eh bien! je les ai comptés, on donne en Angleterre plus de coups de bâton ou de verges que dans l'empire ottoman, dont la constitution laisse, je l'avoue, quelque chose à désirer, et où les libertés publiques pourraient être un peu mieux assurées. Ces Anglais, si fiers des droits dont ils jouissent, sont, lorsque le cas l'exige, très-légalement et très-constitutionnellement flagellés. Quant aux Irlandais catholiques, je n'en parle pas; ce sont les ilotes de l'Angleterre qui les traite en conséquence; ce qui durera tant qu'ils voudront bien le souffrir.

La dernière session du parlement nous a fait connaître le rôle important que les verges jouent dans l'armée anglaise. Un membre, n'est-ce pas

M. Hume? demanda qu'elles fussent supprimées.
Lord Lanjuinais aurait certainement appuyé cette
motion; mais lord Palmerston la combattit avec
force : il fit une très-belle apologie des verges,
qu'il termina en priant ses collègues de respecter
un usage « que les Romains avaient introduit en
Angleterre. » Ce trait d'érudition, placé fort à
propos, décida la question, et les soldats de l'armée britannique, par respect pour les Romains,
sont fouettés aujourd'hui comme ils l'étaient
avant la motion de M. Hume, et même, dit-on,
un peu plus fort. Le gouvernement représentatif
n'en est pas moins *consolidé*.

Nous avons vu comment M. Lanjuinais inter-
prétait le passage du *Livre de la Sagesse* où
Salomon recommande le fréquent emploi des
verges. Les Anglais, à ce qu'il paraît, l'interprè-
tent différemment. Le 18 août dernier, un ministre de l'Église anglicane, le révérend M. Ley,
tenant une pension à Tiverton, fut traduit devant
la cour d'assises. Il avait fouetté si cruellement
un de ses élèves, que « le pauvre enfant, disaient
les journaux, pourrait en être estropié pour le
reste de ses jours; » c'était l'avis des hommes de
l'art. M. Ley répondit que son élève *n'ayant pas
vingt et un ans*, et méritant correction, il l'avait
puni ni plus ni moins sévèrement que ses cama-
rades, ce que ces derniers attestèrent et offrirent

de prouver à la cour. Le jury convint que la loi autorisait Sa Révérence à en agir ainsi; mais comme elle avait usé un peu trop largement de son droit, il la condamna *à douze sous* de dommages et intérêts. Le jugement parut fort dur; car chez nos voisins, dans les affaires de cette nature, ce sont ordinairement les battus qui paient l'amende.

Maintenant, que M. Lanjuinais vienne donc nous dire que « dès que l'ordre constitutionnel et représentatif se consolide dans un pays, l'abolition des peines corporelles en est la conséquence. » Les faits lui donnent un démenti formel, et, bon gré mal gré, il faut qu'il en convienne. Il a beau être têtu comme un Breton, les faits sont encore plus têtus que lui.

Les peines corporelles sont abolies en France; mais le sont-elles à jamais? M. Lanjuinais n'en paraît pas aussi convaincu que moi. D'abord il a appris qu'en Espagne on avait bâtonné quelques indiscrets partisans des cortès. Vous voyez que le bâton et le fouet n'ont que les Pyrénées à traverser pour venir tomber sur nos épaules; tremblons. *Jam proximus ardet Ucalegon.*

Puis n'avez-vous pas lu, dans le dernier ouvrage de M. Benjamin-Constant, ce passage que M. Lanjuinais cite comme *très-remarquable?* « La Chine, dit M. Benjamin-Constant, avec laquelle l'Europe acquiert chaque jour une ressemblance frappante, est gouvernée par la *Gazette impériale* et par le bâton; la Chine est, pour les nations européennes, ce qu'étaient les momies dans les festins de l'Égypte, l'image d'un avenir sur lequel on s'étourdit, mais vers lequel on marche à grands pas.» M. Lanjuinais, esprit réfléchi, ne s'étourdit pas, lui, sur ce lugubre avenir : il en est épouvanté.

Ce qui lui donne encore beaucoup à penser, c'est votre nouvelle loi des élections, c'est votre chambre septennale. Que de dangers elles présentent à son imagination! Le gouvernement représentatif recule au lieu d'avancer, et de là aux peines corporelles il n'y a pas loin. Que sais-je, moi? M. Lanjuinais voit peut-être la bastonnade dans le double vote, et la flagellation dans la septennalité.

Que le très-noble comte se rassure : les peines corporelles ne seront jamais rétablies en France; on n'y est pas d'humeur à le souffrir. Dans tous les cas, Sa Seigneurie n'a aujourd'hui rien à craindre; c'est à nous, petites gens, qu'on s'adresserait. La haute dignité de M. le comte Lanjuinais le mettrait hors de la loi commune, et je serais le premier à demander une exception en sa faveur : on ne traite pas un pair de France comme un mandarin chinois.

Du 7 mars 1825.

LES OCCIDENTALES.

Delenda est Carthago.

L'épigraphe de *ces Lettres critiques* nous fait connaître de quel sentiment l'auteur a été animé après avoir lu les *Orientales* de M. Victor Hugo. Il n'y a pas un moment à perdre, s'est-il écrié ; hâtons-nous de détruire le romantisme, et de chasser du temple des muses françaises les barbares qui profanent leur culte. Mais bientôt sa colère s'est apaisée ; une gaieté moqueuse, comme il le dit lui-même, lui a succédé ; et après avoir tonné contre « ces affectations de l'esprit aux dépens de la vérité, contre ces imaginations tantôt monstrueuses, tantôt grotesques, qui ont la prétention d'être merveilleuses tandis qu'elles ne sont qu'insensées, d'être naturelles tandis qu'elles ne sont que triviales, » il a fini par en rire et s'en moquer. Je ne saurais trop l'en féliciter ; ce parti est non seulement le plus gai, mais encore le plus sage. Que tous les bons esprits le prennent, et avant peu c'en sera fait du romantisme ; nous verrons fuir honteusement les barbares qui, dans leur orgueil, croient perfectionner notre littérature lorsqu'ils ne font que nous ramener à l'en-

fance de l'art, sans même lui conserver son seul
mérite, cette précieuse naïveté dont ils sont inca-
pables de sentir le charme.

Le moyen de raisonner et de discuter avec de
tels adversaires? Le critique de M. Victor Hugo
qui, si je ne me trompe, est un des professeurs
de notre Université, aurait très-bien pu se dispenser de prendre cette peine, suivant moi
tout-à-fait inutile. Vous le voyez, à l'exemple des
Romains, qui, dans les calamités publiques, faisaient descendre du Capitole et tiraient du fond
de leurs temples les statues des divinités tutélaires
de l'empire; vous le voyez, dis-je, appeler à son
aide, contre nos Visigoths littéraires, les plus
beaux génies des temps anciens et modernes ;
mais il devrait savoir que les romantiques font
très-peu de cas de ces génies qu'il révère, et qu'ils
les accusent d'une lâche et déplorable timidité.
On ne peut, disent-ils, faire, en suivant leurs
traces, que de la littérature *tirée au cordeau*. Ne
m'a-t-on pas assuré, mais je répugne encore à
le croire, qu'après la première représentation
d'*Henri III*, de jeunes insensés avaient osé souffle-
ter les bustes qui décorent le foyer de la Comédie-
Française, en disant : *Votre règne est fini; on ne
veut plus de classique; le romantique triomphe!
des soufflets à Corneille, à Racine, à Molière.....!*
Certes, le délit est grave, et quelle peine convien-

drait-il d'infliger aux coupables? Notre professeur, quand il est en colère, menace quelquefois de sa férule tous les écoliers romantiques ; mais il me semble que ceux que je lui dénonce ici mériteraient quelque chose de plus.

A quoi bon, lorsqu'il sait que ses écrivains n'aiment pas la littérature *tirée au cordeau*, va-t-il leur rappeler les règles de l'art? C'est précisément à elles qu'ils en veulent, et, dans l'impuissance de les suivre, il y a long-temps qu'ils s'en sont affranchis.

Ces règles, comme le critique l'observe fort bien, ne sont autre chose que le bon sens; mais croit-il donc qu'outrager la raison et le bon sens soit une affaire pour nos romantiques, qui pensent tous, comme M. Victor Hugo, que l'art dit au poëte : « *Va*, et le lâche dans le beau jardin de poésie où il n'y a point *de fruit défendu ?* » De quoi s'avise-t-il encore de leur reprocher la dureté de leur style, *ces rudesses et sauvageries d'oraisons*, comme disait Montaigne ? Ce reproche ne peut les toucher bien vivement. Voyez le cas qu'ils font de Racine. Ce qu'ils redoutent le plus, c'est de lui ressembler. Que M. le professeur se le tienne donc pour dit; qu'il connaisse mieux les oreilles romantiques, et qu'il ne vienne plus parler de mélodie et d'harmonie à des gens qui, lorsqu'ils entendent le rossignol chanter, lui crieraient volontiers : Tais-toi, vilaine bête.

On demandait depuis long-temps aux écrivains romantiques de vouloir bien nous donner un chef-d'œuvre qui pût justifier leur doctrine litté-raire. Le voilà, nous dirent-ils, tout en nous montrant les *Orientales* de M. Victor Hugo, le jour même où elles parurent : le voilà; lisez et admirez. Eh bien! le croirait-on ? aucune de ces *Orientales*, si admirables, n'a le don de plaire à notre professeur; toutes lui paraissent à peu près également bizarres. M. Victor Hugo, dans sa préface, se fait cette question : « A quoi bon ce *Voyage oriental?* » et il répond naïvement : «C'est une idée qui m'a pris d'une façon assez ridicule l'été passé, en allant voir coucher le soleil. Les couleurs orientales sont venues d'elles-mêmes empreindre toutes mes pensées, toutes mes rê-veries;..... je me suis donc *laissé faire* à cette poésie, et, bonne et mauvaise, je l'ai acceptée. » Cela assurément lui était bien permis; mais notre langue ne se *laisse pas faire* si aisément, et il est des idiotismes étrangers dont elle s'accommode mal, et qu'elle ne consentira jamais à accepter. « On ne doit pas, comme le remarque très-judi-cieusement le critique des *Orientales*, forcer le génie d'une langue à admettre celui d'une autre langue, quand ils diffèrent par les points les plus essentiels. » Et voilà, disons-le en passant, le défaut capital du romantisme qui veut, malgré elle, enrichir la langue de Racine et de Fénélon, et qui, si nous n'y prenons garde, l'enrichira tant, qu'il finira par la rendre inintelligible.

La première *Orientale* a pour titre : *Le Feu du ciel* ; il s'agit de la destruction de deux villes coupables, Sodome et Gomorrhe. L'auteur s'est donc *laissé faire à la poésie hébraïque*, mais si malheureusement, que son impitoyable critique ne craint pas d'affirmer que M. de Sacy lui-même chercherait en vain dans cette pièce quelque trace d'une langue qui lui est si familière. « Quant à moi, ajoute-t-il, je n'ai pas reconnu, dans *le Feu du ciel*, les accens de la muse du Thabor, tels que les ont soupirés Racine, Jean-Baptiste Rousseau, et même M. de Lamartine. » Est-ce que, par hasard, M. Victor Hugo aurait trouvé le secret de n'être, dans sa poésie hébraïque, ni Hébreu, ni Français ? ce serait jouer de malheur. Mais venons aux citations.

La voyez-vous passer, la nuée au flanc noir,
Tantôt pâle et tantôt rouge, et splendide à voir ?
. . . .
On croit voir à la fois sur le vent de la nuit
Fuir toute la fumée ardente et tout le bruit
De l'embrasement d'une ville.

Le critique demande comment une nuit *noire*

est tantôt pâle et tantôt rouge, et ne conçoit pas plus facilement qu'à moins de mettre ses oreilles dans ses yeux, on puisse voir fuir *le bruit d'un incendie.* Il aurait bien encore quelque chose à dire d'un éclair qu'il rencontre un peu plus loin, *et qui se déchaine comme un serpent;* mais quoique la comparaison soit drôle, il ne s'y arrête pas, tant il lui tarde de nous montrer le poëte se débattant au milieu des flots.

La mer! partout la mer! des flots, des flots encor.
. . . .
   Ici les flots, là bas les ondes;
Toujours des flots par des flots repoussés,
L'œil ne voit que des flots. . . . .

Bon Dieu! que de flots!..... Racine lui-même n'aurait pu s'en tirer, il s'y fût infailliblement noyé. Mais il faut en convenir, ce n'est pas ainsi qu'*il se laissait faire* à la poésie hébraïque. Il n'aurait pas dit encore, comme M. Victor Hugo : La *flamme*

   S'ouvre comme un goufre,
   Tombe en flots de soufre
   Au palais croulans,
   Et jette, tremblante,
   Sa lueur sanglante
   Sur leurs frontons blancs.

La flamme tombe au palais. Je ne connais pas ce français-là, dit notre professeur, je ne le con-

nais pas plus que lui. C'est peut-être de l'hébreu ?
Non. Toutes réflexions faites, c'est du français,
mais du français de M. Victor Hugo, qui ne se
soucie pas plus des règles de la grammaire et de
la syntaxe que de celles de l'art; qui ailleurs
lutte la nuit de la brume, au lieu de lutter contre
elle; qui vous montre ensuite des monts *s'élar-*
gissant leurs monstrueux degrés; qui..... Mais
poursuivons.

> L'ardente nuée
> Sur vous s'est ruée.

Une *nuée* qui *se rue*, ce serait une beauté dans
Virgile travesti. Le malheureux Scarron était bien
romantique sans le savoir.

> Ce peuple s'éveille,
> Qui dormait la veille,
> Sans penser à Dieu.

Il *dormait la veille*. Il ne dormait donc pas
dans le moment : et cependant le voilà qui s'é-
veille?

Le critique passe en revue quelques autres
pièces du même recueil, et n'en est pas plus
satisfait que de la première. Il n'y a pas jusqu'aux
têtes du sérail qui ne le scandalisent, quoiqu'il y
trouve d'assez heureuses inspirations.

Des têtes qui parlent! et des têtes clouées au
sérail ! M. le professeur crie à l'invraisemblance.

Il ne peut concilier l'immobilité de ces têtes avec le langage tout d'action que le poëte met dans leur bouche : « Son esprit est choqué du démenti continuel que leur repos donne à l'énergie de la parole. » Puis, que disent-elles? que dit celle de Botzaris? *Voilà de Botzaris ce qu'au sultan sublime le ver du sépulcre a laissé;* mais un peu plus bas vous voyez le *corps décapité* de ce héros tressaillir dans la tombe, ce que probablement il ne ferait pas *si les vers l'avaient mangé :* la tête ne sait donc ce qu'elle dit? Il y a ici, comme le remarque notre professeur, une contradiction manifeste que le poëte aurait dû éviter. Qu'il fasse parler des têtes clouées au mur du sérail, on le veut bien; mais qu'il s'arrange pour ne pas les faire déraisonner. Quant à celle de l'évèque Joseph, son exorde est d'une grande simplicité : *Mes frères, Joseph, évêque, vous salue.* Ce style conviendrait assez à un mandement, à une lettre pastorale; mais dans une orientale de M. Victor Hugo, la tête de l'évêque Joseph ne devrait-elle pas s'exprimer un peu plus poétiquement?

Toujours *penché à l'orient,* le poëte chante la fameuse bataille de *Navarin,* et c'est dans cette pièce qu'entre cent beautés du même genre vous trouvez une *torche qui éclaire un incendie,* une autre torche qui *insulte à la hache,* comme on

voit quelquefois la pelle se moquer du fourgon ;
puis des marins *hurlant dans de brûlans ré-*
seaux ; et enfin cette fière apostrophe qui hu-
miliera bien M. de Metternich, s'il n'a pas le bon
esprit d'en rire :

> Ouvre les yeux, regarde, Autriche abâtardie ;
> Que dis-tu de cet incendie ?
> Est-il aussi beau que le tien ?

En attendant que l'*Autriche abâtardie* réponde
à la question saugrenue que lui fait ici M. Victor
Hugo, allons voir avec notre professeur *Danube*
en colère.

Dans cette orientale, Semlin et Belgrade sont
en guerre. Le bruit du canon réveille le *vieillard*
Danube, leur père, qui leur parle en ces termes,
en les appelant par leur nom :

> Allons, la turque et la chrétienne,
> Semlin, Belgrade, qu'avez-vous ?
> On ne peut, le ciel me soutienne,
> Dormir un siècle sans que vienne
> Vous réveiller, d'un bruit jaloux,
> Belgrade ou Semlin en courroux.

N'est-il pas bien touchant de voir ce bon
vieillard Danube ne pouvant dormir seulement
un siècle sans qu'on vienne le réveiller ? Mais
que Semlin et Belgrade, ses filles, y prennent
garde ; leur vieux père est bon, mais il ne faut

pas le mettre en colère, et je le vois qui déjà commence à se fâcher :

> Trève, taisez-vous, les deux villes !
> Je m'ennuie aux guerres civiles.
> Nous sommes vieux ; soyons tranquilles,
> Dormons à l'ombre des bouleaux.

Soit dit en passant, le vieillard qui *s'ennuie aux guerres* civiles est philosophe ; il ne conçoit pas qu'on puisse se battre

> Pour le Coran et l'Évangile ;
> C'est perdre le bruit et le feu :
> Je le sais, moi qui fus un dieu.

Mais il a beau prêcher, Semlin et Belgrade ne l'écoutent pas. Il a beau crier : *Taisez-vous, les deux villes*, elles n'en tiennent aucun compte : jugez s'il doit être en colère.

> Ah ! qu'en vos noires embrasures
> La guerre se taise, ou sinon
> J'éteindrai, moi, votre canon ;
> Car je suis le Danube immense.
> Malheur à vous, si je commence !

Ici notre professeur s'écrie : « O sainte colère d'Homère, de Virgile, et de Racine, osez-vous vous comparer à la colère du Danube ? Les paroles de l'indignation d'Achille, de Neptune et du grand-prêtre Joad, soutiendront-elles le parallèle avec celles-ci : *J'éteindrai, moi, votre canon ; car je suis le Danube immense. Malheur à vous si*

je commence! » Non, sans doute, mais encore
une fois pourquoi M. le professeur cite-t-il toujours les grands maîtres, à l'école desquels son
goût s'est formé? Est-ce que M. Victor Hugo a
songé un instant à les imiter? Il serait au désespoir si on pouvait l'en soupçonner. Au reste, ne
soyez pas surpris que le vieillard Danube le prenne
sur un ton si haut.

> Certes, on peut parler de la sorte,
> Quand c'est au canon qu'on répond,
> Quand des rois on baigne la porte,
> *Lorsqu'on est Danube.* . . . .

Et surtout lorsqu'on a pour interprète un poëte
romantique qui se moque de toutes les règles de
l'art, et qui, *lâché dans ce beau jardin de poésie,*
croit qu'il n'y a point de *fruit défendu.* .

Voici la conclusion du critique : « C'est toujours la même misère de poésie, le même oubli
de la nature, le même outrage au bon sens et
au bon goût. » Ces reproches, sans doute, sont
un peu durs; mais pourquoi, infidèle à son talent, l'auteur des *Orientales* les a-t-il volontaire-
ment encourus? Quant aux plaisanteries de M. le
professeur, quelques-unes m'ont paru d'un goût
peu sévère, mais je m'abstiendrai de les citer;
c'est un plaisir que je veux laisser à M. Victor
Hugo et à ses admirateurs.

1829.

LE GASTRONOME FRANÇAIS.

> « La découverte d'un mets nouveau fait
> plus pour le bonheur de l'humanité que la
> découverte d'une étoile. »
>
> HENRION DE PANSEY.

J'ai entendu dire, mais je ne garantis pas le
fait, que chez nos bons aïeux, moins éclairés
que nous, comme chacun sait, mais qui étaient
un peu plus gais, Thémis avait aussi son carnaval. On m'a assuré que jadis les tribunaux ren-
voyaient aux jours gras certaines causes d'une
nature analogue à cette bouffonne époque de
l'année. Vous croyez facilement que ces causes
étaient plaidées sur un ton convenable au sujet;
le *demandeur* demandait, et le *défendeur* défendait si gaiement, que toute l'assistance entrait
bientôt en belle humeur, et que les huissiers tout
en criant : *Messieurs, ne riez pas*, ne pouvaient
eux-mêmes s'empêcher de rire. La cour en per-
dait sa gravité accoutumée, et il n'y avait pas
jusqu'à ces magistrats qu'un rigorisme outré, tel
que l'enfante toujours l'esprit de secte, distin-
guait parmi leurs confrères, qui, après s'en être
long-temps défendus, ne finissent par s'associer à

l'hilarité générale. Leur front sévère se déridait pendant ces facétieuses audiences, et alors ils eussent été fort aimables, si un janséniste pouvait jamais l'être.

Autorisé par cet exemple, je vais entretenir mes lecteurs du *Gastronome français*. Cet ouvrage est depuis long-temps sur mon bureau, mais je n'osais en rendre compte. Je craignais, en m'en occupant, de scandaliser les estomacs timorés, les amis de la sobriété, que, même dans ce siècle de lumières et de gourmandise, il faut savoir respecter encore; mais l'époque où nous nous trouvons m'encourage. Je crois que malgré la gravité des questions qu'on agite aujourd'hui, malgré tout le sérieux de notre gouvernement représentatif, on peut innocemment, la veille d'un mardi-gras, consacrer quelques lignes à un art que Montaigne appelle, sans doute par ironie, la *science de la gueule*, et qu'il aurait, j'en suis sûr, qualifié plus honorablement, si au temps où il vivait la cuisine eût été aussi perfectionnée qu'elle l'est de nos jours; mais il faut convenir qu'elle avait fait alors bien peu de progrès et qu'elle était bien peu avancée. On mangeait beaucoup; mais que mangeait-on? Il y avait des *gourmands*, sans doute, mais point de *gastronomes :* ces derniers sont venus plus tard.

Il suffit pour s'en convaincre de lire l'*Histoire*

de la cuisine ancienne et moderne que l'on trouve
au commencement du volume que j'annonce.
Vous y voyez que les Italiens, qui s'enrichirent
avant tous les autres peuples des trésors de la
littérature des Grecs et de celle des Romains,
« recueillirent aussi les premiers élémens de la
« cuisine antique. » Ce ne fut que long-temps
après que nous fûmes admis à partager ce précieux héritage. Honneur au XVIIe siècle ! on ne
saurait trop le célébrer ; glorieuse époque, qui a
produit non seulement de grands poëtes et de
grands orateurs, mais encore de bons cuisiniers !
La régence et le règne qui l'a suivie furent également favorables aux progrès de la cuisine ; et,
grâce aux acquisitions qu'elle a faites depuis,
nous pouvons dire sans vanité avec son historien
que, « dans ce grand art, nous surpassons tous
« nos rivaux, italiens, allemands, anglais... » Ils
le savent bien : aussi les vîmes-nous en 1814 se
précipiter chez nos premiers restaurateurs, et
emporter en sortant toutes les cartes qui étaient
sur les tables, et auxquelles ils paraissaient atta-
cher autant de prix qu'aux riches dépouilles de
nos musées.

Ces étrangers firent mieux : ils nous enlevèrent
ceux de nos cuisiniers qui consentirent à les
suivre, car « il n'est pas, dit l'auteur, dans les
« nations policées, de gentilshommes tranchant

« du seigneur qui n'aspire à l'honneur d'avoir un
« cuisinier français; » mais ces gentilshommes ont
beau faire, leur cuisine ne vaudra jamais la nôtre.
Nous ne leur donnons pas, l'auteur aurait dû le
remarquer, ce que nous avons de mieux; ils n'ont
que nos cuisiniers du second et du troisième ordre.
Ceux du premier nous quittent difficilement; et
quand cela arrive, leur absence n'est jamais bien
longue. En vain pour les retenir leur fait-on les of-
fres les plus brillantes, ils savent y résister, tant la
patrie est chère aux cuisiniers bien nés, et l'un
d'eux l'a bien prouvé : c'est l'illustre M. Carême
qui, si je puis m'exprimer ainsi, réunit en lui seul
toutes les gloires de la cuisine. Quel phénomène !
être à la fois grand dans le four, grand sur les
fourneaux, et grand à la broche! « J'ai, dit cet
« artiste dans la préface d'un de ses doctes écrits,
« j'ai refusé d'entrer à la cour de Russie. Je suis resté
« chef de cuisine chez le prince régent d'Angle-
« terre huit mois environ; mais toutes ces posi-
« tions, quoique brillantes, ne pouvaient me con-
« venir; mon âme toute française ne peut et ne
« veut vivre qu'en France. Là, sans fortune, sans
« ambition, je mourrai comme les soldats de la
« vieille garde, enveloppé dans *mon drapeau.* »
D'autres peuvent remarquer que M. Carême aurait dû dire *dans mon tablier.* Quant à moi, je
suis trop touché des nobles sentimens qui l'ani-

ment pour faire cette misérable chicane. Au reste,
observons-le à leur éloge,

De nos grands cuisiniers voilà le caractère.

Leur âme toute française, comme celle de
M. Carême, ne peut et ne veut vivre qu'en France.
ajoutez que l'or les tente peu ; ils cherchent avant
tout des juges capables d'apprécier leur talent, et
ils savent bien qu'ils ne peuvent les trouver que
chez nous.

Le *Gastronome français* renferme tout ce qui
constitue l'art de bien vivre, ou, comme dit le
siècle, de bien manger. Les recettes qu'il nous
donne feront autorité ; ses décisions auront
force de loi en cuisine, et on ne s'en étonnera
pas quand on saura d'où il nous arrive. Nous en
sommes redevables à une société appelée *le Caveau,* et composée des plus hautes notabilités
gourmandes et chantantes. Le *Gastronome français* est le fruit des veilles, ou, si l'on veut, des
digestions de cette société, et j'ajoute avec douleur qu'il peut être regardé comme son testament,
car elle n'existe plus : le Caveau est fermé, ses
fourneaux sont éteints, ses chants ont cessé. Maudite politique ! voilà ton ouvrage. Oui, ce sont,
je le soupçonne, les discussions dont elle a fourni
le sujet qui ont détruit notre académie gourmande ; du moins est-il certain que depuis que

nous avons des sociétés délibérantes nous n'a-
vons plus de Caveau, et je connais des gens de
bon appétit qui demandent très-sérieusement si
nous y avons beaucoup gagné.

On assure cependant que le gouvernement représentatif ne peut manquer d'être favorable aux
progrès de la cuisine. Je le voudrais : cet avantage
compenserait du moins une partie de ses inconvéniens ; mais je ne sais ce qu'il faut en croire.
Comme il me manque dans mes impositions un
petit écu pour être apte à faire un député, les
douze candidats qui, dans mon quartier, aspirent
aux honneurs de la députation n'ont pas songé
à m'inviter à dîner. Je n'ai donc ni bien ni mal
à dire de leur cuisine ; mais il me semble que ces
dîners électoraux dont on nous a tant parlé ne
reviennent pas assez souvent pour exercer une
influence très-sensible sur la cuisine française. Et
voilà, quoiqu'on l'ait négligé dans la discussion ,
le seul argument raisonnable qu'on puisse faire
valoir contre la septennalité.

Les auteurs qui ont fourni de succulens articles au *Gastronome français* sont en si grand
nombre qu'il faut que je renonce à les faire connaître tous ; mais on ne me pardonnerait pas de
passer sous silence celui qu'ils saluent comme
leur maître, M. *Grimod de la Reynière*. Le nom
de cet Apicius moderne, qui vaut bien l'ancien, est

classique dans les fastes de la gastronomie. Les
cuisiniers et leurs marmitons ne le prononcent
jamais sans porter en s'inclinant la main à leur
bonnet. C'est M. Grimod de la Reynière, ils le
savent bien, qui a tiré leur art de l'état d'abais-
sement où les premières années de la révolution
l'avaient jeté. Si la gourmandise est aujourd'hui
en honneur, si notre siècle, au lieu d'en rougir,
s'en glorifie, c'est M. Grimod de la Reynière qu'il
faut surtout en remercier. Ses écrits ont fait pour
le moins autant de gourmands que la nature.
Jamais on n'a mieux apprécié les beautés de l'art
de la cuisine; mais il faut, je l'avoue, les sentir
aussi vivement que lui pour ne pas être quelquefois un peu scandalisé de son enthousiasme gastronomique. Un célèbre professeur de danse disait : Que de choses dans un menuet! M. Grimod
de la Reynière dit, lui : Que de choses dans un...!
devinez de qui il est question. Je n'ose, malgré
l'époque où nous sommes, appeler par son nom
cet animal que les Hébreux abhorrent, mais avec
lequel ils se réconcilieraient, j'en suis sûr, s'ils
savaient tout ce qu'il vaut, s'ils connaissaient
comme nous toutes ses bonnes qualités.

Parmi les articles de notre grand gastronome,
il en est un dont le carnaval lui a fourni le sujet,
et qui plaira non seulement aux gourmands, mais
encore à toutes les âmes sensibles; il s'y plaint

2.   6

avec trop de raison de la manière dont nous traitons notre bœuf gras. On le pare comme une nouvelle mariée; on le promène environné de gardes dans nos plus belles rues; on le fait entrer chez les ministres; il est même présenté à la cour.... et « tant d'honneurs se terminent par une « mort ignominieuse! Cette pompe triomphale « n'est pour lui que le prélude du trépas!!! » Mais c'est en vain que nous nous attendrissons M. Grimod et moi sur la destinée de ce pauvre bœuf plus malheureux encore qu'il n'est gras; en vain le recommandons-nous à la pitié publique, ils le tueront comme ils ont tué ses devanciers, et cependant ils vanteront encore leur humanité!

En lisant cet article sur le carnaval, et beaucoup d'autres dont M. G. D. L. R. a enrichi l'ouvrage que j'annonce, on regrette qu'il ait interrompu ses travaux gastronomiques. Pourquoi donc sa voix si chère aux gourmands a-t-elle cessé de se faire entendre? Tous ceux qui s'intéressent aux progrès de l'art doivent s'en affliger. Mirabeau disait en plaisantant que le silence de M. Sièyes était une *calamité publique*. J'en dis autant du silence de M. G. D. L. R.; mais je le dis, moi, très-sérieusement.

La cuisine française a fait sans doute des progrès très-remarquables dans ces derniers temps;

mais il lui reste encore beaucoup à acquérir.
Nous avons emprunté aux cuisines de nos voisins le peu qu'elles avaient de bon; mais la cuisine des Grecs et celle des Romains ont encore
bien des secrets pour nous. « Les anciens, dit
« avec trop de vérité le *Gastronome français*,
« connaissaient presque tous nos mets, et nous
« n'avons conservé des leurs que le nom. » C'est
donc à les retrouver que, comme il les invite,
tous nos érudits, tous nos antiquaires doivent
aujourd'hui consacrer leurs veilles. De quoi s'occupent ces gens-là ? Ils nous montrent avec orgueil de vieilles médailles rongées par le temps,
des vases sans anse, des pots sans couvercle, qu'ils
ont trouvés dans les ruines d'Herculanum. Voilà
vraiment de beaux présens qu'ils nous font ! Ils
auraient bien plus de droits à notre reconnaissance, s'ils pouvaient seulement nous apprendre
comment le cuisinier de Lucullus accommodait
les œufs de paon.

Je conviens que ce genre de recherches a ses
dangers; on sait que M. Dacier, et sa femme encore plus docte que lui, pensèrent un jour mourir pour avoir mangé de je ne sais quel ragoût
antique dont il avait eu le bonheur de trouver
la recette dans Apulée. Mais ce petit accident ne
doit pas décourager un érudit. Une pareille fin
n'aurait rien que de glorieux pour lui : ce serait

mourir au champ d'honneur. Puis, qu'est-ce pour les gourmands qu'un érudit de moins, quand il s'agit d'avoir un ragoût de plus?

Ce n'est pas tout, a dit un grand maître, que d'être gourmand, il faut encore être poli. L'éditeur du *Gastronome français* a donc inséré dans cet ouvrage un code de politesse gourmande dont aujourd'hui plus que jamais la nécessité est bien sentie. Des hommes que la révolution a enrichis, mais à qui elle n'a pu enseigner la politesse, ont un bon cuisinier; c'est fort bien. Ils donnent souvent à dîner; c'est encore mieux. Mais connaissent-ils les devoirs de leur charge? savent-ils ce qu'on exige de tout amphitryon? En attendant que l'on crée en leur faveur, comme je l'ai déjà demandé, une chaire de *droit gourmand*, qu'ils lisent l'ouvrage que j'annonce; ils y apprendront quels égards et quelles attentions ils doivent avoir pour les honnêtes gens qui leur font l'honneur d'aller dîner chez eux.

L'auteur voudrait encore que l'amphitryon sût bannir l'ennui de sa table, «en dirigeant la con-« versation sur des matières agréables, joyeu-« ses.... » C'est trop exiger aujourd'hui; car si nous ne permettions pas à un amphitryon d'être un sot, il faudrait, sur quatre invitations à dî-ner, en refuser au moins deux.

On trouve dans cet ouvrage, non-seulement

des recettes et des dissertations gastronomiques,
mais encore des chansons. Ne demandez pas si
elles sont bonnes; elles sortent du *Caveau*, et il
suffit pour les louer de nommer leurs auteurs,
les Désaugiers, les Béranger, les Brazier, les Gen-
til, les Moreau.... J'allais oublier M. Capelle; et
ç'eût été de ma part une grande injustice; car
ses couplets sont fort gais et fort spirituels. Mais
pourquoi, sur tant de chansons, n'y en a-t-il que
deux qui lui appartiennent? C'est une parcimonie que je lui reproche; je crois en deviner le
motif: éditeur du *Gastronome français*, qui doit
tant à ses soins, M. Capelle a voulu imiter ces
modestes amphitryons qui « immolent leur appétit à celui de tout le monde », et ne se servent
que lorsque chacun est servi.

1828.

EXAMEN

DE LA DOCTRINE MÉDICALE

GÉNÉRALEMENT ADOPTÉE.

> La philosophie, ainsi que la médecine, a
> beaucoup de drogues, très-peu de bons re-
> mèdes, et presque point de spécifiques.
>
> CHAMPFORT, *Maximes.*

Une révolution est sur le point d'éclater.... Que mes lecteurs se rassurent, au moins ceux qui se portent bien : c'est d'une révolution en médecine que je veux parler. Il est, je crois, convenu qu'une autre est impossible.

Oui, l'empire hippocratique est de nouveau en proie à des divisions intestines; tant qu'il y eut quelque espoir d'accommodement, il convenait de garder le silence et de ne pas révéler des débats affligeans, par respect pour l'art et pour les hommes très-estimables qui le professent. Mais aujourd'hui que gagnerait-on à se taire? Les docteurs insurgés ont publié de violens manifestes et viennent d'entrer en campagne; on assure même qu'il y a déjà eu plusieurs engagemens d'autant plus sérieux, qu'il est bien rare que les

médecins se battent sans que plus d'un malade
reste sur le champ de bataille.

Prenons-y garde. Il ne s'agit point ici d'une de
ces vaines et oiseuses théories qui n'exercent aucune influence sur la conduite du médecin et sur
le traitement des maladies; c'est sous les peines les
plus graves, disons le mot, sous peine de mort, que
dans un de ces manifestes, daté du Val-de-Grâce,
quartier-général de l'insurrection, M. le docteur
Broussais nous recommande de repousser les
secours barbares que ses adversaires prodiguent
aux malheureux qui les consultent; il regarde
comme meurtrière la doctrine que propage une
école célèbre qui compte cependant parmi ses
professeurs tout ce que la médecine a de plus imposant, et je dois ajouter de plus généralement
considéré. Nos plus chers intérêts sont donc ici
débattus, *nostra res agitur*. Et nous pourrions
nous endormir pendant qu'on plaide!

Ceux qui savent que l'école célèbre dont on
ose attaquer la doctrine est au sein même de
cette capitale, et tout au plus à deux portées de
lancette du Val-de-Grâce, peuvent juger de la té-
mérité de M. le docteur Broussais; mais il en a
prévu et il en brave toutes les conséquences. Il
assure qu'on l'a déjà persécuté et qu'on le persé-
cutera encore, parce que telle est la destinée de
tous ceux qui veulent éclairer leurs concitoyens;.

mais rien ne l'effraie, et de quelques dangers qu'il soit menacé, son cœur les accepte. Jamais, quoi qu'il puisse lui arriver, il ne transigera avec une doctrine meurtrière. Il boira, s'il le faut, la médecine la plus amère, il boira un verre de ciguë avant de se réconcilier avec « la secte qui torture « l'humanité. » Ce sont ses douces expressions.

M. Broussais est d'ailleurs lui-même à la tête d'une école très-fréquentée; nombre d'élèves assistent à ses cours et s'y pénètrent de ses principes : jeune et vaillante armée qui ne demande qu'à le seconder dans l'entreprise qu'il a conçue. Enfin il attend des renforts de l'étranger, de l'Allemagne et de l'Italie. Plusieurs médecins de ces contrées partagent ses opinions, et ne sont pas moins ennemis que lui de la doctrine médicale généralement adoptée en France.

Mais comme dans une querelle de ce genre il est bon d'avoir aussi ses malades de son côté, M. le docteur Broussais nous invite à nous informer de ce qui se passe dans l'hôpital du Val-de-Grâce. Autrefois on y mourait prodigieusement; aujourd'hui on y meurt sans doute encore, mais pas beaucoup, et seulement assez pour faire mieux sentir le prix de la convalescence. Dans un des semestres de 1816, sur un nombre très-considérable de malades, on n'en a vu que dix-sept sortir par la mauvaise porte, et encore M. le doc-

teur a-t-il soin de remarquer que les uns arrivèrent beaucoup trop tard et lorsqu'il n'y avait plus
d'espoir de salut; que les autres commirent de
graves imprudences : d'où il faut conclure que si
les uns et les autres sont morts, c'est à eux et
non à leur médecin qu'on doit s'en prendre. M. le
docteur Broussais demande malignement à ses
antagonistes s'ils croient que la doctrine généralement adoptée puisse offrir des résultats aussi
satisfaisans, et il attend leur réponse.

Son savant ouvrage étant surtout destiné aux
gens de l'art, je crois devoir me dispenser d'entrer dans des détails nécessairement fastidieux;
mais puisqu'il nous importe de connaître la cause
première de ces débats, je vais essayer de l'indi-
quer, sans avoir toutefois la ridicule prétention de
m'en établir le juge, car je ne sais qu'être malade.

Peu de mes lecteurs ont, j'en suis sûr, entendu
parler d'un médecin écossais nommé Brown; ce
fut lui cependant qui vint changer, il y a quelques
années, et notre manière d'être malades et presque
toutes les idées reçues en médecine. Avant, lui la
saignée était encore en honneur; et je me souviens très-bien qu'un médecin très-instruit,
M. Bosquillon, qui m'honorait quelquefois de
ses visites, me faisait toujours saigner cinq à six
fois d'entrée de jeu: puis nous causions, et il
voyait ce qu'il avait à faire. Je ne sais pas encore

comment j'ai pu donner tout le sang qu'il m'a demandé. Un autre me saignait moins et me purgeait davantage. Ils avaient sans doute leurs raisons pour se conduire différemment; peut-être aussi n'était-ce qu'une affaire de goût. Je n'ai jamais pris la liberté de m'en informer.

Brown parut, et aussitôt on saigna et on purgea beaucoup moins qu'auparavant. Ce médecin vit ou crut voir que le plus grand nombre des maladies avait pour cause un excès de faiblesse, et il agit en conséquence. Sa doctrine fut à peine connue en France, qu'elle y excita le plus vif enthousiasme. Bientôt on ne rencontra plus que des médecins *browniens* ou *brownistes;* car ce n'est pas la peine de parler de quelques *humoristes* incorrigibles, relégués depuis long-temps sur le bas du pavé, et honteux de leur petit nombre et du discrédit où ils sont tombés. Qui le croirait? les malades eux-mêmes, qui auraient dû garder la plus stricte neutralité, applaudirent par sensualité à cette révolution, et goûtèrent fort une méthode qui substituait à la casse, au séné et à l'ipécacuanha les toniques les plus agréables. Moi aussi je fus charmé de voir qu'au lieu de ces saignées qui m'avaient rendu si blême et de ces purgatifs qui m'avaient toujours inspiré tant de répugnance, les docteurs de l'école moderne m'ordonnaient, au nom de Brown, de boire les vins les plus généreux, le chypre et le malaga, et que si j'avais un rhume ils me prescrivaient chaque soir un bol de punch.

C'est cependant contre cette méthode, suivant lui *barbare* et *meurtrière*, que M. le docteur Broussais s'élève aujourd'hui. Malheur, s'il faut l'en croire, trois fois malheur à tous ceux qui tombent dans les mains d'un disciple de Brown! il les incendie, il les.....; c'est un grand hasard s'ils en reviennent. On frémirait si je répétais ici ce que M. Broussais reproche à ses confrères. Bon Dieu! à qui désormais pourra-t-on se fier? « Paris, s'écrie M. Broussais, Paris, tout Paris « qu'il est, n'a pas moins à gémir des ignorans et « des routiniers que les provinces les plus mal « partagées sous le rapport médical. » Il nous apprend encore que la foi diminue de jour en jour, même dans le sanctuaire, et qu'il existe des médecins qui font la médecine sans y croire, et sont assez ingrats pour médire de l'art qui les nourrit. M. le docteur Broussais veut-il donc nous dégoûter d'être malades?

Ce qui me frappe le plus dans ses accusations, c'est de voir qu'il les appuie de sa propre expérience. Plus jeune, il suivait aussi cette méthode barbare qu'il proscrit aujourd'hui : il incendiait aussi ses malades. Or, que devenaient-ils? Il avoue, et ce n'est point son plus faible argument, qu'ils ont fort mal fini, et « qu'il a fait un bien triste « apprentissage aux dépens de ces infortunés, « grâce aux préjugés dont il avait été imbu dans « ses premières études. » Il a l'air de dire à ses maîtres : Les voilà tels que vous les avez faits; j'ai suivi vos préceptes de point en point; j'ai traité ces infortunés philosophiquement, comme vous me l'aviez recommandé : or, les voilà; ne craignez pas qu'ils aient une rechute.

Prouver que la doctrine médicale généralement adoptée de nos jours est dangereuse, et qu'il faut en revenir à la médecine de nos pères, sauf à la perfectionner par l'étude de la physiologie, tel est le but que M. le docteur Broussais paraît s'être proposé dans son ouvrage. L'a-t-il atteint? D'autres en décideront. Mais je puis affirmer que jamais les partisans de Brown n'auront à se défendre contre un plus rude ennemi. M. Broussais les attaque tantôt en corps, tantôt séparément, avec une violence dont les annales de la critique offrent peu d'exemples. J'ai transcrit quelques unes de ses épithètes favorites, et on a pu voir qu'elles n'étaient pas aimables. Jamais ce médecin ne fait usage des adoucissans, jamais un mot agréable ne tempère l'âcreté de ses réfutations; il vous dit crûment que M. le docteur Hernandez, chevalier de la Légion-d'Honneur, se plaît à « personnifier des abstractions; qu'il crée des

« génies et des sylphes, et fait la médecine dans
« le genre des *Mille et Une Nuits.* »

M. le docteur Hernandez passera-t-il condamnation sur un reproche aussi grave? Souffrira-t-
il encore qu'on se moque de ses palmes acadé-
miques? Cela n'est pas croyable. Quant à M. Bayle,
qui n'est pas plus ménagé que M. Hernandez, il
se taira, puisqu'il est mort. Mais M. le docteur
Lougé-Villermay, qui se porte à merveille, comme
tout médecin sensé devrait toujours se porter,
va, j'espère, prendre la plume et réfuter M. Broussais, qui réfute tout le monde. Peut-on supposer
que les auteurs célèbres des nouvelles nosolo-
gies, qu'on appelle ici les *despotes classifians;*
permettront qu'on les accuse impunément « d'a-
« voir flétri tous les fruits de l'observation la plus
« attentive avec leurs divisions en *ordres*, en *gen-*
« *res*, en *espèces*, etc.? » Je pense, au contraire,
qu'ils défendront les dénominations modernes,
et prouveront à M. le docteur Broussais que la
fièvre *adynamique* n'est point une plaisanterie.
Je me trompe fort, ou voilà du scandale pour
long-temps.

Du 17 mars 1817.

LES

CATACOMBES DE PARIS.

Memoriæ majorum.
TACITE, *Annales.*

Le moins austère des philosophes vous dit :

La mort ne surprend pas le sage ;
Il est toujours prêt à partir,
S'étant su lui-même avertir
Du temps où l'on se doit résoudre à ce passage.

La Fontaine a raison. Non qu'il faille s'occuper sans cesse de la mort, et en faire la dame de toutes ses pensées ; je ne la crois point assez aimable pour mériter d'être l'objet d'une passion aussi violente ; mais il est bon, il est utile d'y songer quelquefois, pour se familiariser avec elle, se faire à ses manières, et l'attendre ensuite de pied ferme, sans la désirer avec les fous, ni la craindre avec les poltrons. Telle je conçois la véritable sagesse qui, tout en nous recommandant de considérer le terme de notre existence, nous invite à semer des fleurs sur le sentier qui nous y conduit.

Il est un jour dans l'année auquel celui qui le

précède a donné beaucoup de célébrité, et que
la religion, d'accord avec la philosophie, a consacré aux plus sérieuses méditations; c'est le mercredi des cendres, ou, pour le faire mieux connaître, le lendemain du mardi gras. Ce jour-là
donc, j'aime à réfléchir sur la fragilité de la vie et
sur l'incertitude de sa durée, et pour mieux nourrir ma mélancolie, je descends dans les souterrains de Paris, promenade qui n'est point très-
fréquentée, triste séjour habité par dix générations que la nôtre ira bientôt rejoindre. Du bal
masqué de l'Opéra aux Catacombes, la transition
est brusque; mais le recueillement a pour moi
un attrait plus vif, lorsqu'il succède à une grande
dissipation, et je me sens plus disposé à profiter
des sévères leçons que donnent les morts, lorsque
je viens d'être le témoin de toutes les folies des
vivans.

Nos Catacombes ne sont pas tout-à-fait aussi
anciennes que celles de Rome; mais nous leur
devons un intérêt plus tendre : c'est là que dorment nos pères. En 1786, une administration
éclairée ordonna enfin l'exhumation du cimetière
des Innocens, qui depuis plusieurs siècles servait
à la sépulture de la majorité des habitans de la
capitale. Les ossemens, recueillis avec ces pieuses
précautions que commande le respect dû aux
restes des aïeux, furent transférés dans cette par-

tie de nos carrières qui porte aujourd'hui le nom de Catacombes. Je les y ai vus, pendant plusieurs années, assez négligemment amoncelés; mais l'art a deviné qu'il pouvait les faire servir à l'embellissement de leur habitation sépulcrale.

Tous les poëtes qui ont décrit le palais de la mort en tapissent les appartemens de crânes humains. Ce qui jusqu'ici ne semblait être qu'un jeu de leur imagination, est maintenant exécuté dans nos Catacombes, où, de quelque côté qu'on porte ses pas, on n'aperçoit que des ossemens rangés avec une symétrie bien ordonnée, chacun à la place que lui assignent son volume et sa configuration. De très-longues galeries, de vastes salles en grand nombre n'ont pas une autre décoration. Le premier coup d'œil ne lui est point favorable. Elle est peut-être un peu sombre; mais là où elle est employée, je la trouve d'un assez bon goût et d'un effet très-imposant. On ne pouvait pas, suivant moi, tirer un meilleur parti de tant de débris humains entassés pêle-mêle et attendant sans doute une destination plus décente.

Diverses inscriptions en prose et en vers rompent un peu la monotonie de cet immense *ossuaire*, et font une légère diversion aux sombres pensées qu'il inspire. Ces inscriptions sont, en général, bien choisies; mais quelques unes ne méritent pas l'honneur qu'on leur a fait.

N'est-ce pas un tort d'avoir placé à côté de cette
inscription si simple et si consolante : « Ils repo-
« sent en attendant une vie plus heureuse, » ce
vers du Dante fait pour un autre séjour :

Lasciate ogni speranza voi ch' intrate ;

« Renoncez à tout espoir, vous qui entrez ici, »
et cette dégradante pensée de Sénèque : « Tu veux
« savoir où tu iras un jour ? où tu étais avant de
« naître. * »

La vraie philosophie n'enseigne pas un néant
éternel ; elle se garde bien d'enlever aux malheureux l'espoir d'une autre vie, seul bien dont le
sort a voulu qu'ils jouissent dans celle-ci ; elle
laisse à la probité son principal appui, dans un
temps où il n'y a de honte que pour les fripons
maladroits qui manquent leur coup. Enfin elle
compatit à nos douleurs, n'ignore pas qu'il est
des pertes bien cruelles, et craint de détruire
une idée bienfaisante qui en adoucit la rigueur.
L'immortalité de l'âme est le dogme de tous les
cœurs qui savent aimer.

Je voudrais donc voir disparaître trois ou
quatre inscriptions que j'ai lues dans nos Catacombes. Elles forment un contraste désagréable
avec toutes les autres qui promettent quelque

* *Quæris quo jaccas post obitum loco ? quo non nata jacent*

chose au-delà d'un pénible voyage, et qui semblent éclairer ces lugubres demeures des doux rayons de l'espérance. Craignons d'ailleurs de donner à l'étranger qui visite la maison de nos ancêtres une fausse idée de la morale d'un peuple qu'il n'est déjà que trop porté à déprécier.

Je lis avec plaisir, dans l'allée dite du *Memento*, ces vers de Jacques Delille :

Un cri religieux, le cri de la nature
Vous dit : Pleurez, priez sur cette sépulture;
Vos amis, vos parens dorment dans ce séjour,
Monument vénérable et de deuil et d'amour.

Mais cette inscription serait peut-être mieux placée sur la porte d'un de nos cimetières. Les places sont marquées; les tombes sont distinctes. Nous pouvons pleurer et prier sur la tombe de l'ami que nous regrettons; il est là. Peut-être, car la douleur a ses douces illusions, peut-être nous entend-il; peut-être va-t-il nous répondre. Du moins il est là, nous le savons : prions donc et pleurons sur sa tombe. Mais dans les Catacombes, où sont-ils ceux à qui nous devons surtout des prières et des pleurs ?

La mort, comme si nous eussions douté de sa puissance, a voulu la révéler tout entière. Les tombeaux se sont ouverts; elle en a retiré de fragiles débris et les a réunis dans ces souterrains, mais sans aucun des signes extérieurs qui ser-

vaient à les faire reconnaître, à distinguer le fort
du faible, le riche de l'indigent, le fermier-gé-
néral du commis aux gabelles. Plus de vains mo-
solées, plus d'épitaphes fastueuses. Aucune inscription ne m'apprend que ce crâne est celui
d'un mort de qualité, que ce tibia et ce fémur
ont appartenu à une très-haute et très-puissante
dame.

« Les voilà, me dit la Mort, lorsque, l'imagi-
« nation embrasée par tout ce qui s'offre à mes
« regards, je me permets de l'interroger; les voilà
« tels que je les ai faits, ces hauts et puissans
« seigneurs de toute la terre et autres lieux. Et
« ils étaient fiers et superbes! Vois comme les
« rangs, les titres et les dignités disparaissent en
« ma présence! Rangs, titres, dignités, j'abaisse
« tout sous le même niveau. — Tu fais bien;
« mais la vertu? — Je lui suis secourable. Que
« fait-elle là-haut? — Mais la beauté, mais cette
« fleur qu'avant le temps tu moissonnes sans pi-
« tié? — La pitié! si je la connaissais, serais-je la
« Mort? — Au moins, le génie? — Tiens: Mo-
« lière, que vous avez enterré par grâce, et La
« Fontaine, sont ici. — Où? dis-le-moi, je t'en
« conjure, que je me prosterne devant leurs om-
« bres. — Où? le sais-je moi-même? peut-être
« auprès d'un frère Ignorantin. Tu es, comme ce
« matin, dans un bal masqué. Ce désordre, que

« j'aime, rompt enfin le lien imaginaire qui sem-
« blait exister entre moi et la vie, et détruit les
« vaines illusions qui charmaient la douleur. J'ai
« mêlé ici et confondu plusieurs générations qui
« vont bientôt tomber en poussière. On voit
« maintenant tout ce que je puis. »

Déjà l'histoire de nos Catacombes se lie à celle
de nos malheurs. Comme les Catacombes de Rome,
elles ont leurs martyrs. J'avance. Des pierres
sépulcrales couvrent les restes des innocentes
victimes du 2 et du 3..... Éloignons-nous : ana-
thème! malédiction.... non, non : miséricorde et
oubli. Il est des remords.

Les impressions que fait naître la vue de cet
établissement varient suivant le caractère, les
dispositions et la tournure d'esprit des curieux
qui le visitent. Les uns éprouvent un saisissement
qu'il est difficile d'exprimer; les autres ne témoi-
gnent qu'une froide indifférence. Pour s'en convaincre, il suffit de parcourir le registre où, la
promenade finie, chacun est prié d'écrire son
nom et une pensée. Quelle bigarrure! quels contrastes grotesques! Scarron arrive après Young.
Le marquis de Bièvre suit Hervey. A côté des
plus noires réflexions, vous lisez de fades calem-
bours ou une petite chanson gaillarde. On rit en
sortant des Catacombes !

J'ai trouvé sur ce registre le nom de Legouvé.

Qu'il me soit permis de consigner ici quelques
détails qui concernent ce poëte et ne sont point
étrangers à mon sujet. Lorsque des amis, eh!
qui mérita plus que lui d'avoir des amis? le con-
duisirent dans ces souterrains, sa raison était
sensiblement altérée. Comme Gilbert, il survivait
à son intelligence; « mais, dit la relation que j'ai
« sous les yeux, à peine eut-il passé la porte des
« Catacombes, et fait quelques pas dans leur
« enceinte, qu'il parut rendu à lui-même. » Les
inscriptions frappèrent d'abord ses regards. Il en
lut plusieurs et fit sur chacune d'elles des réflexions
que ses amis écoutaient avec autant de surprise
que d'intérêt.

Arrivé dans le souterrain, où on lit ces vers :

Tel est donc de la mort l'inévitable empire !
Vertueux ou méchant, il faut que l'homme expire.
La foule des humains est un faible troupeau
Qu'effroyable pasteur, le Temps mène au tombeau,

Legouvé s'écria : « Eh! ces vers sont de moi! Qui
« les a choisis? C'est, lui répondit-on, M. Héri-
« cart de Thury. — Ah! remerciez-le bien pour
« moi. Le dernier vers est un de mes meilleurs. »

Que les malheureux s'entendent facilement!
Legouvé, en voyant une inscription tirée de Gil-
bert, garda le silence et se recueillit long-temps.
La voici :

Au banquet de la vie, infortuné convive,

J'apparus un jour, et je meurs.
Je meurs, et sur ma tombe, où lentement j'arrive,
Nul ne viendra verser des pleurs.

Lorsque Legouvé sortit, on lui présenta le registre. Après avoir réfléchi quelques instans, il écrivit ce seul mot : *Néant.* C'est la grande leçon des Catacombes.

M. Héricart de Thury, ingénieur en chef au corps royal des mines, et inspecteur-général des travaux souterrains du département de la Seine, vient de publier une description de ce funèbre établissement. Je ne saurais trop la recommander, non seulement aux curieux qu'elle guidera dans leurs promenades souterraines, mais encore aux savans, à cause des recherches géologiques qu'elle renferme, travail important qu'ils ont souvent demandé, et qui est aussi complet qu'ils pouvaient le désirer. L'auteur entre ensuite dans des détails pleins d'intérêt sur nos Catacombes, rappelle leur origine et leurs accroissemens ; enfin il fait connaître l'état dans lequel elles se trouvent aujourd'hui, et n'oublie qu'une seule chose, c'est de nous dire que les nombreuses améliorations qui y ont été faites depuis plusieurs années sont dues à son zèle et à ses lumières. Je devais réparer cette omission volontaire.

12 février 1815.

MÉMOIRES DE L'ABBÉ MORELLET.

Veritas omnia vincit.

« Si j'ennuie, on me laisse là. » C'est bien lui ;
il était inutile de le nommer. A ce trait, chacun
l'eût facilement reconnu. Mais pourquoi M. Morellet suppose-t-il qu'il pourra ennuyer ses lecteurs ? Serait-ce parce qu'il parle de lui ? Qu'importe, s'il en parle de manière à nous intéresser ?
Mon cher abbé, lui aurait dit M. Suard, rassurez-
vous ; un homme d'esprit tel que vous ne peut
jamais être ennuyeux ou ridicule.

Il arrive cependant bien tard ; et on ne manque
pas de demander si, après tout ce qui a déjà été
écrit sur le dix-huitième siècle et sur la révolution
française, l'abbé Morellet peut avoir quelque
chose de nouveau à nous en dire. Mais ne fit-on
pas la même question lorsque les Mémoires de
Marmontel furent annoncés ? et néanmoins on
les dévora. Leur succès fut tel qu'il dut même
étonner beaucoup les amis de l'auteur. Leur lecture, j'en conviens, est attachante ; mais que
nous apprennent-ils ? quel fruit l'histoire du dix-
huitième siècle et l'histoire de notre révolution
peuvent-elles en retirer ? Il me semble que, du

moins sous ce rapport, les Mémoires de l'oncle obtiendront la préférence sur ceux du neveu.

Moins agréables, ils sont plus instructifs, font mieux connaître le dix-huitième siècle, nous donnent enfin une idée plus juste des hommes et des choses de cette époque. Marmontel a fait une partie de ses *Souvenirs* avec son imagination. Les diverses circonstances de sa vie sont pour lui un canevas sur lequel il brode de jolis Mémoires où vous retrouvez presque toujours, et dans sa toilette la plus recherchée, l'aimable auteur des *Contes moraux*. C'est, je l'avoue, un moyen sûr de plaire ; mais est-ce ainsi qu'on instruit ?

L'abbé Morellet a moins d'art. La coquetterie, on le sait, ne fut jamais son défaut. Il dit ce qu'il a vu, ce qu'il a fait, et le dit avec simplicité, et à ses risques et périls. S'il vous ennuie, vous le laisserez là ; mais quoiqu'il ait autrefois traduit des romans, il n'en sait pas faire : tel est son respect pour la vérité, ou pour ce qu'il croit l'être, que, de peur de l'altérer, il se refuse à l'embellir. Cette sévérité ne sera peut-être pas du goût de tous les lecteurs ; mais elle accommodera fort les bons esprits qui cherchent dans les Mémoires historiques autre chose qu'un vain et stérile amusement.

M. Morellet fit ses humanités chez les jésuites de Lyon ; mais ces années de collége, que tant d'autres se rappellent avec charme, ne lui offrent que les plus tristes souvenirs ; il n'y *pense pas sans horreur.* « Je fus, dit-il, en cinquième et en sixième, constamment un des derniers de la classe, et fouetté assez régulièrement les samedis. » C'étaient ses menus plaisirs de la semaine. Je conviens qu'ils n'étaient pas très-aimables ; mais soixante ans passés depuis n'auraient-ils pas dû lui faire oublier ce petit désagrément, qui, j'ai quelques raisons de le penser, était assez ordinaire ? Est-ce qu'on se souvient de cela ? Il s'en souvient, lui, comme s'il n'y avait qu'un jour ; vous diriez qu'il lui en cuit encore.

« C'était sans doute, observe-t-il, pour l'exemple et l'instruction des autres ; car il est sûr que pour moi, cela ne servait de rien. » J'en doute, et avec d'autant plus de raison, que je le vois bientôt s'élever aux premières places, et obtenir à la fin de l'année des *premiers prix* dans les classes supérieures. La recette n'était donc pas si mauvaise ; mais il aurait peut-être fallu en user avec plus de modération : *tous les samedis, c'est trop.*

Je ne sais si nous devons encore en faire honneur à la recette ; mais il est certain qu'après avoir achevé ses humanités, le jeune Morellet voulut se faire jésuite. Il y était appelé d'en haut ; mais ses parens ne lui permirent pas de répondre à sa sainte vocation, et ce fut pour la *Société* un sujet distingué de moins.

Voyez pourtant à quoi tiennent nos destinées!
Sans la résistance de sa famille, M. Morellet était
jésuite; et il a été philosophe, ce qui est un peu
différent. M. Morellet, jésuite, n'aurait connu
que de nom Diderot, d'Alembert..... Il n'eût
point travaillé à l'*Encyclopédie*, mais très-proba-
blement au *Journal de Trévoux*, rédigé par nos
pères, et où l'*Encyclopédie* et les encyclopédistes
n'étaient pas, on le sait, très-bien traités. Mais il
en fut décidé autrement; et peut-être aurions-nous
mauvaise grâce de nous en plaindre. L'abbé nous
a laissé des Mémoires qui ne manquent point d'intérêt. Le père Morellet n'aurait pas même eu l'i-
dée d'en faire, et nous y aurions perdu de plus
une fort jolie chanson en vingt couplets contre
les jésuites, composée et chantée plus de vingt ans
après leur suppression. Il y avait de l'à-propos.

En sortant du séminaire, où il devint un
théologien très-argu, M. Morellet entra dans la
maison de Sorbonne, et y gagna bientôt l'estime
et la bienveillance de ses confrères. « Il ne m'appelaient, dit-il, que le *bon Morellet.* » Mais que
fit-il là? demanderont quelques beaux esprits du
jour, qui trouveront fort plaisant de dénigrer des
études dont ils n'ont aucune idée. M. Morellet a
pris la peine de répondre à leur sotte question;
et certes, il lui appartenait plus qu'à tout autre
de venger la scolastique de leurs mépris ridicules;

elle donna plus de justesse et de sagacité à son esprit; elle l'accoutuma à « démêler l'objection, et à y répondre; » c'est-à-dire, grâce à elle enfin, qu'il fut le plus terrible argumentateur de son temps. Malheur, on ne l'a pas oublié, malheur au téméraire qui osait disputer contre lui! Violent dans la dispute, comme il en convient lui-même, il poussait de rudes bottes à son adversaire. *Le bon Morellet* avait surtout cela de bon : quand il frappait, il assommait. Linguet et autres en surent quelque chose.

La Sorbonne ne fut pas un des derniers établissemens que la révolution jugea à propos de détruire; et en effet, puisqu'on croyait pouvoir se passer de religion, la Sorbonne était parfaitement inutile. Elle avait d'ailleurs cinquante mille livres de rente; donc il fallait la supprimer. L'abbé Morellet, qui a réponse à tout, nie la conséquence. « De quel droit, avec quelle justice « les assemblées dites *nationales* m'ont-elles « privé de ces avantages pour toujours, sans « m'en donner la moindre indemnité? J'avais ma « part, au moins ma vie durant, de la propriété « usufruitière des cinquante mille livres de rente « attachées à l'association dont j'étais membre; « j'avais ma part de l'habitation, de l'usage d'une « grande bibliothèque; j'avais ma part du pain, « du vin...; et sous prétexte que c'était là un éta-

« blissement public, on m'a privé de tout!!! »
L'auteur répète bien souvent dans ses Mémoires
ce lugubre refrain : « On m'a privé de tout ! »

Pardonnons ces souvenirs à sa douleur. Que
d'autres proscrivent les regrets ; qu'ils interdisent
la plainte au malheur, et lui ôtent ainsi sa triste
et dernière consolation : je n'aurais point cette
cruauté. Je ne dirais pas à l'homme qui a tout
perdu : Réjouis-toi d'avoir été dépouillé. Mais il
me semble qu'en rappelant un désastre général,
l'abbé Morellet ne s'oublie pas assez, et qu'il s'appesantit beaucoup trop dans ses Mémoires sur les
injustices dont il a été la victime : injustices très-déplorables sans doute, mais qui, comme il le remarque lui-même, sont effacées par d'autres plus
criantes et bien plus barbares. Tant de sensibilité
dans une âme si ferme m'a fort étonné. A quoi
sert donc la philosophie, si elle ne nous prépare
pas à subir les coups du sort?

L'abbé Morellet invoque d'ailleurs le *droit et
la justice* : c'était vraiment bien de tout cela qu'il
s'agissait lorsqu'on supprima la Sorbonne , et
qu'on le priva de sa part de cinquante mille livres
de rente, du pain, du vin.... L'esprit du siècle
avait bien d'autres argumens à faire valoir contre
cette institution. Puis il ne fallait pas travailler à
l'*Encyclopédie*. Je sais bien que les articles que
l'abbé Morellet a fournis à cette collection ne sen-

tent presque point l'hérésie ; mais un homme d'un jugement si profond, qui voyait si juste et de si loin, pouvait deviner sans peine que l'esprit de l'*Encyclopédie* et l'esprit de la Sorbonne ne seraient pas long-temps compatibles.

C'est en Sorbonne qu'il connut plusieurs des personnages dont il a souvent l'occasion de parler dans ses Mémoires : Turgot, les abbés de Loménie, de Boisjelin, de Rohan, de Marbeuf... il espérait que ces abbés, destinés par leur naissance à occuper les premières places du clergé, « le con- « duiraient à leur suite dans la carrière de la pe- « tite fortune qu'il pouvait raisonnablement am- « bitionner. » Cet espoir fut déçu ; ils oublièrent leur pauvre camarade, qui n'était pas cependant très-difficile à contenter, qui ne demandait que quelques bonnes sinécures ecclésiastiques, les bénéfices les plus simples possibles ; car il n'en voulait pas à charge d'âmes : on a déjà bien assez de la sienne à sauver.

Quoi qu'il en soit, la *petite fortune* de l'abbé se fit un peu plus tard, à la vérité, mais il ne perdit rien pour avoir attendu. Tout compté, pensions, bénéfices, y compris le joli prieuré de Thimer, il avait, au moment où la révolution commença, trente mille livres de rente ; tant il est vrai que

Dieu prodigue ses biens
À ceux qui font vœu d'être siens.

L'abbé Morellet fut satisfait, et il avait raison de l'être. Trente mille livres de rente sans retenue doivent suffire à l'ambition et au besoin de l'homme de lettres. Je n'en demande pas davantage pour ceux d'aujourd'hui; je ne leur souhaite que la petite fortune de l'abbé Morellet : il faut savoir modérer ses désirs.

Lié de très-bonne heure avec les encyclopédistes, M. Morellet se crut obligé de les défendre envers et contre tous. C'était à ses yeux un devoir de conscience; il s'en acquitta fort bien. Pompignan fut sa première victime. Voltaire avait fait les *si*, l'abbé Morellet fit les *quand*, les *pourquoi*. « C'était, dit-il, un feu roulant; il paraissait un « *papier* tous les huit jours. Le *pauvre diable* « fut obligé de retourner dans sa province. » Et bien lui en prit, car l'abbé Morellet était très-décidé à ne pas *lâcher prise de sitôt*. La bonne âme! courage, mords-les!

Palissot eut son tour : la comédie des *Philosophes* venait d'être jouée. Aussitôt l'abbé Morellet composa dans son *collége borgne*, où il demeurait alors, la *Vision de Charles Palissot*, pamphlet ingénieux, mais où, de son propre aveu, il a passé les bornes de la plaisanterie littéraire. « Je « ne suis pas, dit-il, sans remords de ce péché. » A la bonne heure : miséricorde au pécheur repentant, surtout quand il sort de la Bastille! Or

M. de Choiseul *fort en colère* y envoya M. l'abbé
Morellet, non pour venger l'honneur de Charles
Palissot, dont le gouvernement se souciait assez
peu, mais pour faire droit aux réclamations des
amis d'une *grande dame* que l'auteur de la *Vision*
avait très-indiscrètement mise en scène dans son
pamphlet.

« Quel dommage, s'écria Voltaire, qu'un si
« brave officier ait été fait prisonnier au com-
« mencement de la campagne! » Le dommage
était d'autant plus grand, qu'au moment où ce
brave officier fut arrêté, il avait sur le chantier
trois autres *papiers* qu'il préparait pour les semaines suivantes. « J'étais en train, ajoute-t-il,
« j'aurais suivi la chasse encore long-temps. » C'est
qu'il était vraiment très-*bon;* mais il ne fallait
pas lui déplaire. Je remarque au reste avec plaisir
que l'abbé Morellet, qui a connu la Bastille, déclare dans ses Mémoires qu'il n'a que du bien à
en dire. Il fut même très-content de l'ordinaire
qu'on lui servit : témoignage bien imposant, car
on prétend que l'abbé était assez difficile sur le
menu.

Tous ces petits *papiers* avaient été imprimés
secrètement et vendus sous le manteau. Le *Manuel
des inquisiteurs,* je le remarque à l'éloge d'un
gouvernement trop souvent accusé d'intolérance,
fut approuvé par la censure, et cet ouvrage fit

encore plus de bruit que les petits *papiers*. Voltaire le sut, et aussitôt il écrivit je ne sais à qui : « Embrassez ce digne frère de ma part; il sauvera « notre sainte religion. » Frédéric eut un instant l'idée de prendre l'auteur du *Manuel* pour son aumônier; et d'Alembert, qui était alors à Berlin, trouvait cette idée assez drôle : elle l'était en effet; mais elle ne fut pas mise à exécution, fort heureusement pour l'abbé Morellet qui, je le crains du moins, n'aurait point poussé sa petite fortune aussi loin à Berlin qu'à Paris : le roi de Prusse devait assez mal payer ses aumôniers.

Une nouvelle existence allait commencer pour l'auteur de ces Mémoires. Il sortait de la Bastille... On se ferait difficilement aujourd'hui une juste idée de la considération qu'elle donnait aux écrivains que le gouvernement avait la bonté d'y enfermer. Si je disais qu'ils pouvaient avec confiance se reposer sur elle du soin de leur réputation et même de leur fortune, personne ne voudrait me croire; et cependant rien n'est plus certain.

L'abbé Morellet le savait bien, et il convient même avec une franchise fort aimable que pendant sa détention cette pensée le soutint beaucoup plus que son *petit* courage, et qu'elle embellissait à ses yeux le triste séjour qu'il habitait. Martyr de la philosophie, il allait être infaillible-

ment prôné par tous les philosophes ; auteur
satirique, les gens du monde, qui aiment la satire,
l'accueilleraient avec distinction. « Cette Bastille,
« disait-il, fera ma fortune. » Et il nous apprend
aujourd'hui que ses espérances n'ont point été
trompées, et « qu'il n'avait pas mal calculé les
« suites de cet événement de sa vie littéraire. »
Heureux temps où il suffisait d'être mis en prison
pour faire son chemin dans le monde ; où six
mois de Bastille donnaient aux hommes de lettres
des pensions, et aux abbés des bénéfices ! Vous
avez, dit-on, d'autres avantages dans vos gouvernemens représentatifs : il faut bien le croire ; mais
vous n'avez pas celui-là, qui me paraît fort regret-
table.

J.-J. Rousseau dit dans ses *Confessions* qu'affligé
de la détention de l'abbé Morellet, il avait prié à
mains jointes Mme de Luxembourg de solliciter sa
liberté. « L'abbé, ajoute-t-il, m'écrivit une lettre
« de remercîmens qui ne me parut pas respirer
« certaines effusions de cœur. » L'abbé fait mieux
dans ses Mémoires : il nie une partie de la dette,
et pour payer l'autre, il décrie tant qu'il peut,
à l'exemple des philosophes ses amis, ce pauvre
Jean-Jacques qui était, comme chacun sait, la bête
noire de tout le parti. Un chapitre presque entier
est consacré à cette bonne œuvre, et du moins
ne peut-on pas faire à ce chapitre le même re-

2   8

proche qu'à la lettre de remercîment, « il respire
« une certaine effusion de cœur » : peut-être
même trouvera-t-on que la dose est trop forte.

Quoi qu'il en soit, l'abbé Morellet ne tarda pas
à reconnaître que tous ses calculs étaient justes.
Il trouva dans MM. Turgot, de Trudaine, Diderot,
d'Alembert, etc., un *redoublement d'amitié*; ils
lui donnèrent toutes leurs connaissances. D'Alembert le présentait avec assurance, répétant sans
doute ce qu'il avait écrit au roi de Prusse : « C'est
« un honnête prêtre qui dit peu de messes, » et
on ne résistait pas à un si bon certificat appuyé
d'un écrou à la Bastille. « Beaucoup de maisons,
« dit l'abbé Morellet, celles du baron d'Holbach,
« d'Helvétius, de Mme de Boufflers, de Mme Nec-
« ker, etc., etc., s'ouvrirent aisément pour moi. »
J'ajoute et beaucoup de tables : l'un n'allait guère
sans l'autre.

La vie de l'abbé Morellet en fut plus agréable;
mais ses travaux littéraires en ont beaucoup souffert. Que de distractions! que de momens perdus!
On est surpris que quelques écrivains du dernier
siècle, qui ne manquaient certainement ni d'esprit
ni de talent, ne nous aient laissé cependant que
des opuscules déjà oubliés ou près de l'être : la
raison en est connue; ils aimaient trop les vanités
de ce monde; ils se répandaient trop volontiers
dans les cercles brillans de la capitale; enfin ils

dînaient trop souvent en ville. Quand on fait tant
pour ses plaisirs ou pour son appétit, il est difficile de faire assez pour sa gloire.

La *semaine gastronomique* de l'abbé Morellet,
et je la prends telle qu'il la donne dans ses Mémoires, offre un problème que je laisse à résoudre
à de plus habiles que moi. J'y trouve plus de
dîners que de jours : les lundi et mercredi chez
Mme Geoffrin, le mardi chez Helvétius, le jeudi et
le dimanche chez M. d'Holbach, le vendredi chez
Mme Necker.

Il reste un jour, mais à qui le donner? Une
douzaine d'amphitryons le disputent : M. d'In-
vaux, M. de Trudaine, M. Clairault.... Comment
les contenter tous? cela me semble d'autant plus
difficile, que l'abbé Morellet, qui aimait la
paix, avait le bon esprit, lorsque ses amis étaient
brouillés, de ne point entrer dans leurs querelles.

Clairault avait un différent très-sérieux avec
d'Alembert; c'était, je crois, à propos de la comète
de 1759 qui a beaucoup fait parler d'elle : il s'a-
gissait de savoir quand elle reviendrait. Clairault
et d'Alembert se divisèrent sur ce point. L'amour-
propre de savant s'en mêla, et ils cessèrent de se
voir, et même de se saluer. «Je n'entendais rien à
« leur dispute, dit l'abbé Morellet, et en sortant
« de chez d'Alembert, qui ne demeurait qu'à deux
« pas de son antagoniste, rue Michel-le-Comte,

« j'allais dîner chez Clairault, et je faisais des
« chansons pour le géomètre et sa société. » J'aime
fort cette neutralité. L'amitié serait trop exi-
geante si elle défendait d'aller dîner chez ceux
que nos amis n'aiment pas.

Les économistes florissaient alors ; leurs dogmes
étaient obscurs et leur langage tout-à-fait barbare.
On les entendait bien difficilement, et il est probable qu'ils ne s'entendaient pas toujours eux-
mêmes. C'étaient les doctrinaires de ce temps-là.
M. l'abbé Morellet, laissant de côté leur vaine
logomachie, démêla ce que leurs doctrines avaient
de raisonnable, et s'en servit habilement pour
composer le *prospectus* de ce fameux *Dictionnaire
de Commerce*, auquel nos pères ont souscrit il y
a environ cinquante ans, et dont nous attendons
encore le premier volume, ce qui a donné lieu de
dire que l'abbé Morellet n'avait pas fait le *Dictionnaire de Commerce*, mais le commerce du
Dictionnaire, reproche fort dur, dont il se justifie
assez bien dans ses Mémoires.

Il n'était pas maître de son temps : la société
et les dîners en ville lui en enlevaient une grande
partie. Les ministres, les intendans de finances et
de commerce, voire les lieutenans de police, prenaient le reste ; ils s'adressaient à lui toutes les
fois qu'on attaquait leurs opérations. L'abbé Galiani publie ses *Dialogues sur le commerce des*

grains, et voilà aussitôt M. de Choiseul qui *invite* l'abbé Morellet à réfuter, devant le public, un ami avec lequel on dîne tous les jours depuis dix ans; mais le ministre ne voulait pas *faire reculer le principe*, et l'abbé Morellet réfuta. « Je « pense, dit-il, avoir fait un assez bon ouvrage « dans cette réfutation. » Par malheur, ce bon ouvrage eut beaucoup moins de succès que les *Dialogues*; et si le ministère fut pour l'abbé réfutant, le public fut pour l'abbé réfuté; et j'en sais la raison, mais par politesse je ne veux pas la dire.

Il fallait encore pour l'honneur du principe, et pour celui de M. Turgot, réfuter M. Necker, qui donnait, on en convient, fort bien à dîner, mais qui n'entendait pas du tout la question du commerce des blés. M. l'abbé Morellet rappelle encore, et, comme il le remarque très-judicieusement, à ses *risques et périls*, sa *Théorie du Paradoxe*, tous ses Mémoires contre la compagnie des Indes, et ceux qu'il fit à la sollicitation de MM. de Sartines et Lenoir, ouvrages dont, il faut en convenir, on ne se souvient guère aujourd'hui. Ce sont des ombres qu'il évoque, et cette fantasmagorie n'est pas très-amusante pour ses lecteurs; mais il ne peut, comme il les en a prévenus, leur parler que de ce qu'il a fait, et encore une fois, s'il vous ennuie, laissez-le là, puisqu'il vous l'a permis.

L'abbé Morellet faisait donc des chansons?

Oui, sans doute, et même il en a fait jusqu'à la fin de sa carrière. On a inséré les plus agréables dans ses Mémoires; elles ne valent pas, j'en conviens, celles de nos bons chansonniers; mais on y trouve de la facilité, du naturel, quelquefois même un peu de malice, dont M. Morellet, de son propre aveu, était passablement pourvu. Enfin cela se chante, et je réponds bien que l'auteur n'était pas le moins gai des troubadours de la rue Michel-le-Comte. Dieu, au reste, départ ses grâces comme il l'entend. M. Désaugiers peut tourner plus agréablement un couplet que l'abbé Morellet; mais je le crois moins fort en économie politique.

Est-il permis d'écrire et d'*imprimer sur les matières de l'administration?* Oui, me répondent tous ceux qui écrivent et qui impriment, et j'étais sûr d'avance qu'ils se prononceraient pour l'affirmative; mais M. de Laverdy, contrôleur-général, pensait bien différemment. Ce ministre, ayant lu un manuscrit que M. l'abbé Morellet avait été obligé de soumettre à ses lumières, y fit à mi-marge cette réponse remarquable surtout par la noblesse de l'expression : « Ce n'est « point à un écrivain obscur, qui souvent n'a pas « cent écus vaillant, à endoctriner les gens en « place : pour parler d'administration, il faut « tenir la queue de la poêle et être dans la bou- « teille à l'encre. »

On dînait ce jour-là même chez le baron
d'Holbach. L'abbé Morellet y porta cette belle
réponse, qui suffirait pour immortaliser trois
contrôleurs-généraux : « Tous nos philosophes,
« dit-il, en furent indignés. » Ils auraient peut-
être mieux fait d'en rire. Quoi qu'il en soit,
M. de Laverdy, fort heureusement pour l'abbé
Morellet qui avait fondé sa petite fortune sur ces
matières qu'il possédait bien, ne *tint* pas long-
temps *la queue de la poéle*. Les ministres à cette
époque n'étaient pas éternels; on en voyait la fin.
D'autres donc arrivèrent, qui permirent à l'abbé
Morellet d'écrire et d'imprimer tout ce qu'il voudrait sur l'administration, pourvu toutefois qu'il
fût de l'avis des administrateurs.

Mais de quel droit disposait-on ainsi de tous
ses instans ? Le ministre des finances, soit; *il me
payait*, dit l'abbé Morellet. M. de Trudaine, passe
encore; il était son *bienfaiteur*. M. Turgot, ancien
ami, et qui, à peine arrivé au ministère, avait
fait obtenir à l'abbé Morellet une assez bonne
pension sur la caisse du commerce, pouvait encore exiger quelques complaisances; mais à quels
titres MM. de Choiseul, de Vergennes, de Sartines, etc., le détournaient-ils de la composition
de son grand ouvrage? Qu'avaient-ils fait pour
lui? Rien. Les Mémoires le diraient, et cependant
ce n'est pas une petite besogne que d'avoir, à

certaines époques, des ministres à défendre. Ce dix-huitième siècle était bien frondeur !... presque autant que le dix-neuvième. Ah ! les ennemis de l'abbé Morellet ont eu bien tort de lui reprocher ses pensions : il les a gagnées à la sueur de son front. Sa vie a été un long combat : il l'a passée à réfuter.

Le baron de Grimm, qui avait dîné avec lui trente ans de suite, le calomnie dans sa *Correspondance*. Ce baron prétend que « sous le manteau de philosophe, l'abbé portait la livrée des hommes en place. » Tout prouve au contraire qu'en écrivant pour eux il soutenait sa propre opinion ; sa plume, non sa conscience, était à leur disposition. Qui ne sait que la liberté du commerce fut toujours la dame de ses pensées, qu'à aucune époque il n'a cessé de la défendre, et qu'il l'a même défendue contre M. de Calonne, qui pourtant était bien aimable quand il le voulait.

L'abbé Morellet a pu sans doute aimer à rencontrer des ministres reconnaissans qui sussent apprécier ses solides travaux ; quelquefois même il a pu se plaindre de ne pas voir arriver assez tôt les témoignages de leur reconnaissance. Mais je n'en suis pas scandalisé ; puisque le gouvernement l'employait, c'était justice qu'on le récompensât ; et en vérité, depuis que je sais à quels indignes soupçons les services qu'il lui a rendus ont exposé son manteau de philosophe, je trouve qu'il n'a pas été assez payé.

On voudrait que l'abbé Morellet eût un peu moins parlé de ses ouvrages qui, à vrai dire, ne sont pas très-courus aujourd'hui, et qu'il eût parlé davantage des sociétés où il a vécu, et dont « son zèle pour la philosophie lui a ouvert l'en- « trée. » Les Mémoires qu'il a laissés n'en auraient que plus d'intérêt. Je n'ai pas besoin de dire quel esprit animait ses sociétés, et quelle puissance elles ont exercée sur l'opinion. Elles étaient, chacun le sait, aussi politiques que littéraires. Non seu- lement des hommes de lettres, mais encore des personnages d'une bien autre importance dans l'État, briguaient l'honneur d'y être admis; et il faisait bon les entendre. Avec quel mépris ces courtisans parlaient de la cour ! Avec quelle cha- leur, avec quelle véhémence ces grands seigneurs philosophes frondaient des institutions créées ce- pendant à leur avantage, ne soupçonnant guère que la réformation commencerait par eux, et qu'ils seraient le premier *abus* supprimé ! On s'étonne moins qu'il y ait des révolutions, quand on les voit appelées par ceux qui en ont le plus à redouter. Jusqu'au gouvernement lui-même, qui, sans doute pour être du bon ton, allait quel- quefois se placer sur les bancs de l'opposition !

C'est dans ces sociétés que l'abbé Morellet a passé environ cinquante ans de sa vie. Il les a vues toutes ; mais aucune ne lui rappelle d'aussi doux souvenirs que celle du baron d'Holbach, qui jouissait de 60,000 livres de rente, dont il faisait, dit l'abbé Morellet, le plus noble emploi. « Deux « dîners par semaine, sans préjudice de quelques « autres jours; et là se rassemblaient quinze à « vingt hommes de lettres, des gens du monde « et les étrangers les plus marquans. Une grosse « chère, mais bonne, d'excellent vin, d'excellent « café et beaucoup de disputes. » Je vous laisse à penser si l'abbé Morellet se trouvait bien là ; c'était sa passion que la dispute.

Et sur quoi ne disputait-on pas chez le baron d'Holbach ? Point de hardiesse politique ou religieuse qui ne fût là discutée *pro et contrà;* Dieu lui-même était souvent sur le tapis ; et on disait sur son compte des choses à faire tomber cent fois le tonnerre sur la maison, si, ajoute l'abbé Morellet, qui veut sans doute nous rassurer, *le tonnerre tombait pour cela.* « Diderot, le « bon baron, un docteur nommé Roux, et quel- « ques autres, établissaient dogmatiquement « l'athéisme le plus absolu, avec une persuasion, « une bonne foi et une probité *édifiantes.* » On trouvera peut-être que notre licencié de Sorbonne avait là d'étranges sujets d'édification.

Mais honni soit qui mal y pense. L'abbé Morellet ne voyait dans ces hardiesses philosophiques, dont le *système de la nature* peut donner une assez juste idée, que d'innocentes spéculations, qu'un exercice paisible de l'esprit. On lui eût dit alors : L'abbé, prenez-y garde, le jeu est périlleux; vous y perdrez vos bénéfices et vos pensions, il n'en aurait rien voulu croire; puis, que voulez-vous? « c'était, vous dit-il, des athées « de la bonne compagnie, » il ne pouvait les quitter. Cette société ne lui était pas seulement agréable; il nous apprend qu'il en a retiré beaucoup d'utilité.

Il y fit en effet une connaissance très-utile, lord Shelburne, qu'il appelle son *noble bienfaiteur*, et avec raison. Le ministre, en signant avec la France le traité de 1783, demanda une abbaye pour l'abbé Morellet, qui avait, disait-il, *libéralisé ses idées*. La demande était un peu étrange; mais on n'en tint pas moins de compte; et comme alors tous nos abbés commendataires se portaient bien, le ministère donna à l'abbé Morellet une pension de 4,000 fr. sur les économats, qui durent être fort surpris de compter parmi leurs pensionnaires le théologien du *café de l'Europe;* car c'est ainsi que Galiani appelait la maison du baron d'Holbach.

Il convient de remarquer, à l'éloge de l'abbé

Morellet, que son nom était toujours inscrit sur la liste des orateurs qui parlaient *pro Deo*. Il aimait fort le bon baron; il aimait encore plus Diderot, dont il admirait « l'abondance, la fa- « conde et l'air inspiré. » Mais il ne partageait pas leur opinion sur Dieu. J'ai même quelques raisons de soupçonner qu'il avait le projet de convertir Diderot. Et quelle gloire pour lui s'il eût réussi dans cette pieuse entreprise! quelle gloire! et quel bon bénéfice! Nous n'avions pas une abbaye assez grasse pour payer une telle conversion. Je regrette qu'on n'ait pas trouvé dans les papiers de l'abbé Morellet la minute d'une lettre qu'il écrivit un jour à Diderot, et qui commençait par ces mots : *Monsieur et cher athée.* « J'y pousse, dit-il, l'argument de l'ordre « des choses, en faveur de Dieu, d'une manière « que je crois neuve. » Il nous avertit, il est vrai, que « si de vrais théologiens avaient vu cette « lettre, ils en eussent regardé l'auteur aussi *brû-* « *lable* que Vanini et Spinosa. » Mais toutes les concessions qu'il y faisait à son *cher athée* étaient fort inutiles. Il y a mieux : si la conversion de Diderot avait été possible, l'abbé Morellet n'en aurait pas eu l'honneur, Galiani la lui aurait soufflée.

Cet abbé, moins rude ergoteur, mais cent fois plus aimable que l'autre, fort impatienté un jour

de tout ce qu'il venait d'entendre, prend la parole et dit : « Messieurs les philosophes, vous allez
« bien vite; je commence d'abord par vous dire
« que si j'étais pape, je vous ferais mettre à l'in-
« quisition; et si j'étais roi de France, à la Bas-
« tille. Mais comme je ne suis ni l'un ni l'autre,
« je reviendrai dîner jeudi prochain avec vous,
« et vous m'entendrez comme j'ai eu la patience
« de vous entendre. » Très-bien, mon cher abbé,
disent nos athées. A jeudi donc. Jeudi arrive; et
après le dîner, le café pris, l'abbé Galliani s'assied
dans un fauteuil, ses jambes croisées en tailleur;
c'était sa manière. Comme il faisait chaud, il
prend sa perruque d'une main, et gesticulant de
l'autre, il parla ainsi :

« Je suppose celui d'entre vous qui est le plus
« convaincu que le monde est l'ouvrage du ha-
« sard; je suppose mon ami Diderot jouant au
« dé, je ne dis pas dans un tripot, mais dans
« la meilleure maison de Paris, et son antago-
« niste amenant une fois, deux fois, trois fois,
« enfin constamment rafle de six. L'ami Dide-
« rot, qui perdrait ainsi son argent, dira sans
« hésiter : Je suis dans un coupe-gorge; les dés
« sont pipés.

« Ah! philosophes! comment, parce que dix à
« douze coups de dés sont sortis d'un cornet de
« manière à vous faire perdre un écu de six francs,

« vous croyez fermement que c'est la conséquence
« d'une manœuvre adroite et d'une friponnerie
« bien tissue ; et en voyant dans cet univers un
« nombre si prodigieux de combinaisons mille
« et mille fois plus difficiles, plus compliquées,
« plus utiles, etc., etc., vous ne soupçonnez pas
« que les dés de la nature sont aussi pipés, et
« qu'il y a là-haut un grand fripon qui se fait un
« jeu de vous attraper ? etc. » Est-ce avec cette
grâce et cette piquante originalité que l'abbé Morellet poussait l'argument de l'ordre des choses ?
Je fais plus qu'en douter ; et c'est peut-être pourquoi nous n'avons pas dans ses Mémoires la
lettre au *cher athée*.

Nos philosophes se retrouvaient à table chez
Mme Geoffrin ; mais ils n'y étaient pas aussi à leur
aise que chez le baron d'Holbach. Ils ne pouvaient
pas y discuter Dieu *pro et contrà;* Mme Geoffrin
croyait apparemment que le tonnerre tombait
pour cela; elle était, nous dit-on, méticuleuse,
craintive et toujours obséquieuse envers le gouvernement; petits travers que l'auteur des Mémoires trouve excusables dans une femme âgée,
qui avait d'ailleurs pour des gens de lettres des
procédés tout-à-fait aimables. Elle entre un matin
chez M. Morellet, qui ne l'attendait pas. « Bon
« jour, Monsieur l'abbé ; votre nom de baptême ?
« — André. — Cela suffit. Passez chez M. Dosne,

« mon notaire, vous y signerez un contrat de
« rente viagère de 1275 livres. » L'abbé Morellet
fut, comme vous pouvez le croire, fort touché
de cette attention; et avant de passer chez
M. Dosne, « il dit à Mme Geoffrin cent fois moins
« qu'il ne sentait; » ce qui prouve qu'on a eu
tort de prétendre qu'il n'était pas né sensible.
Vingt endroits de ses Mémoires démentent cette
injurieuse assertion. Je ne connais rien, par
exemple, de plus touchant que les regrets qu'il
exprime en rappelant la mort de Mme Helvétius.
« Il m'est, dit-il, bien douloureux de penser que
« je ne l'ai pas vue dans ses derniers momens,
« que je ne lui ai pas fermé les yeux, et qu'il ne
« m'est revenu d'elle aucune marque de souve-
« nir. »

Vous trouverez, dans les jugemens de l'abbé
Morellet sur quelques écrivains de son temps,
d'autres preuves de sa sensibilité. Heureux,
parmi ces écrivains, ceux qui ont dit du bien de
lui! Jeune encore, et après sa première campagne
contre Palissot, il fut présenté à Buffon, qui
l'accueillit avec bonté, et lui dit même fort obli-
geamment : « Courage, Monsieur l'abbé, vous
écrirez bien; » prédiction qui, dans la bouche de
Buffon, valait un bel éloge; car il a, mieux
qu'aucun écrivain, senti toutes les difficultés de
l'art. L'abbé Morellet s'en est souvenu en com-

posant ses Mémoires. Il n'y parle du Pline français qu'avec admiration ; et croyez que de sa part cela est très-louable ; car tous les philosophes qu'il aimait et révérait le plus, Diderot, d'Alembert et Voltaire lui-même, faisaient très-peu de cas de Buffon. Ils le regardaient comme un phrasier, comme un déclamateur ; ils le traitaient de *charlatan*, sans doute parce qu'il n'avait pas de foi à leur baume.

Mais si l'abbé Morellet était sensible aux éloges, il l'était encore plus aux critiques, et ses Mémoires le prouvent. Les hommes de lettres dont il croyait avoir à se plaindre y sont peu ménagés. Je veux bien lui abandonner l'abbé Arnault, puisqu'il assure que cet abbé *ne valait pas grand' chose.* Je ne défends pas Champfort, esprit plein de malignité, et qui probablement a plus d'une épigramme contre l'abbé Morellet à se reprocher. Il fallait bien encore que M. Chénier fût puni de son vers insultant. N'est-ce pas lui qui a dit de M. Morellet :

Enfant de soixante ans qui promet quelque chose?

Mais La Harpe, où est son crime? L'abbé Morellet a été lié avec lui ; il en a reçu des lettres fort tendres, dont il ne manque pas de se parer dans ses Mémoires ; et cependant il traite cet ancien ami avec une dureté qu'on peut appeler

barbare. « Si sa conversion, vous dit-il, a été
« réelle, j'en releverai le mérite en montrant d'où
« il est revenu. » Et aussitôt il transcrit tout ce que
l'auteur du *Cours de Littérature* a dit, au commencement de la révolution, soit au Lycée, soit
dans *le Mercure*. Il se délecte à rappeler toutes les
erreurs, toutes les fautes de La Harpe, de son
ancien ami ; il ne tient aucun compte du repentir
éclatant qui les a réparées et des larmes amères
qui les ont effacées. Et vous appelez cela un philosophe ! d'où vient donc tant d'animosité, ou
plutôt tant de fureur ?

On lit dans la *Correspondance littéraire* de La
Harpe : « Le public a vu de très-mauvais œil la
« préférence donnée par l'Académie à l'abbé Mo-
« rellet sur Sédaine. » Observation bien pardon-
nable, si l'abbé Morellet avait su pardonner. La
Harpe, d'ailleurs, disait vrai. Peu de choix ont
été aussi généralement désapprouvés ; non que
l'abbé Morellet ne fût un sujet aussi académique
que bien d'autres. Il avait beaucoup réfléchi sur
le mécanisme des langues ; il était bon grammairien, et puisqu'il est convenu de dire que l'Académie s'occupe d'un dictionnaire de la langue
française, un grammairien n'y peut être de trop,
et La Harpe pensait ainsi ; mais le public était
d'un autre avis, et croyait que Sédaine, applaudi
tous les jours à la Comédie-Italienne, devait l'em-

porter sur l'abbé Morellet, auteur de quelques
ouvrages sur l'économie politique, estimables
sans doute, mais qu'on lisait peu. Observez d'ailleurs que La Harpe ajoute : « L'abbé Morellet est
un homme d'esprit et un littérateur très-distin-
gué. » Mais cette concession n'a pu apaiser l'in-
exorable abbé Morellet.

Il est des hommes qui ont de grandes obligations à leur étoile, et l'auteur de ces Mémoires
fut de ce nombre, quoiqu'il paraisse en douter.
Comblé d'honneurs littéraires, que, de son propre
aveu, il n'avait jamais osé espérer, il obtint
quelque temps après, grâce à M. Turgot, un
bénéfice au pays Chartrain, le prieuré de Thimer
que ses Mémoires rendront célèbres. C'était bien
le plus joli prieuré..... « une charmante habita-
« tion, un revenu de quinze mille livres, que je
« portai bientôt à seize, dit l'abbé Morellet; droit
« de chasse, droit de pêche, cens, rentes hono-
« rifiques..... » que sais-je, moi? tous les droits
du seigneur, excepté celui qu'une loi déjà ancienne avait aboli, et dont, s'il avait encore
existé, l'abbé Morellet n'aurait usé, j'en suis très-
sûr, qu'avec une grande discrétion. M. le prieur
de Thimer convient qu'il était *heureux*. Bien
d'autres l'eussent été à moins. Mais son bonheur
dura peu. Déjà on apercevait tous les symptômes
avant-coureurs des tourmens politiques, et sans

doute qu'un esprit aussi pénétrant que M. l'abbé Morellet ne pouvait s'y tromper ; mais il ne croyait pas que les événemens qui se préparaient alors, et dont il n'avait prévu qu'une partie, dussent arriver sitôt. Il proposait même, pour les éloigner, des mesures dont on a depuis reconnu la sagesse; enfin, satisfait de son lot, M. le prieur de Thimer semblait dire à la révolution : « Si tu « es inévitable, au moins ne te presse pas ; attends, « pour arriver, que je n'y sois plus. » Mais elle n'eut pas pour lui cette complaisance ; elle le surprit au moment où il embellissait son prieuré, dont elle le dépouilla, lui volant en même temps sa pension sur l'abbaye de Tholez en Lorraine, sa pension sur la caisse de commerce, sa pension sur les économats, etc., etc., plus de trente mille livres de rente !

Ceux qui n'ont rien perdu, parce qu'ils n'avaient rien à perdre, en parlent fort à leur aise, et je suis très-édifié de leur désintéressement. Mais si les pertes de l'abbé Morellet lui ont donné un peu d'humeur, faut-il s'en étonner? Toutefois gardons-nous d'attribuer à de viles considérations les jugemens qu'il porte, dans la seconde partie de ses Mémoires, sur les époques les plus déplorables de notre révolution. Ceux qui l'ont le mieux connu assurent qu'il « ne pouvait supporter dans per- « sonne une mauvaise action, ni un mauvais rai-

« sonnement. » Avec une telle rectitude d'esprit
et de cœur, il devait être ce qu'il a été, l'antagoniste de toutes les folies et de toutes les ini-
quités politiques : plus louable encore s'il n'avait
pas quelquefois confondu ce qui équitablement
doit toujours être séparé, la faiblesse et le crime.

Rappelons-nous enfin ce qui ne saurait être
oublié sans ingratitude, qu'en 95, lorsque l'orage
parut s'apaiser, l'abbé Morellet consacra sa
plume à la défense du malheur. *Le Cri des familles*, *la Cause des pères*, et d'autres écrits également honorables, furent le fruit d'un dévouement qui valut aux familles des victimes, sinon
tout ce qu'elles avaient le droit de réclamer, du
moins beaucoup plus qu'il n'était alors permis
d'espérer.

Des 3, 10 et 17 septembre 1821.

COMMENT

TOUT CELA FINIRA-T-IL?

Décidément, il faut vivre par curiosité.
MERCIER, *Journal de Paris.*

On le demandait dernièrement à un diplomate bien habile, qui se retourne toujours si à propos, que les événemens politiques, quels qu'ils soient, ne le prennent jamais au dépourvu, et vous savez quelle a été sa réponse : *Par hasard,* a-t-il dit en souriant. Ce mot n'a paru qu'une ingénieuse plaisanterie, et je le trouve, moi, très-profond ; mais pour le bien comprendre, il faut se pénétrer de la pensée de son auteur. Le hasard, a dit Bossuet, s'il est encore permis de citer Bossuet par le temps qui court, le hasard auquel le vulgaire attribue tous les effets dont les causes ne lui sont pas connues, n'est autre chose que la Providence, et ce serait faire injure à l'ancien prélat d'Autun que de supposer qu'il ait pu l'entendre autrement.

Or, en considérant l'épouvantable désordre qui, grâce à la révolution de juillet, règne aujourd'hui dans les esprits comme dans les affaires publiques, désordre qu'il semble qu'on se fasse un jeu d'accroître chaque jour, qui ne pensera avec M. le prince de Talleyrand qu'il n'y a que la Providence qui puisse débrouiller ce chaos, et si on me permet de le dire, nous sauver de nous-mêmes? C'est donc à elle qu'il faudrait demander comment tout cela finira : elle seule le sait ; mais elle n'aime pas à satisfaire une vaine curiosité ; elle cache ses desseins ; on ne les connaît jamais qu'à l'heure où il lui plaît de les manifester.

Tacite, en parlant de nos ancêtres, nous apprend qu'ils se consolaient de leurs infortunes par des chansons, *cantilenis infortunia sua solantur*. Pendant long-temps nous les avons imités ; mais aujourd'hui nous sommes sérieux, et vraiment nous n'avons que trop de raisons de l'être : le présent est si triste et l'avenir est si sombre ! On assure qu'une nouvelle session sera incessamment ouverte ; les ministres s'y préparent, et déjà M. de Montalivet, dont le retour au ministère de l'intérieur nous amuserait beaucoup si les circonstances étaient moins graves, M. de Montalivet, qui s'aide volontiers de l'esprit d'autrui depuis qu'il s'est aperçu que le sien le servait assez mal, a appelé auprès de lui une commission d'écrivains, et l'a chargée de rédiger en termes magnifiques et pompeux un brillant exposé de la situation de la France. Mais cette commission, à la tête de laquelle se trouve un rhéteur trop connu pour qu'il soit besoin de le nommer, est fort embarrassée et je le conçois; sa besogne est si difficile! auprès d'elle les travaux d'Hercule ne sont que des jeux d'enfans.

S'il ne s'agissait que de mentir, on ne s'en ferait pas faute; on y est accoutumé. Mais on n'a plus cette ressource; la *mauvaise* presse, comme l'appelle M. Persil, plus vigilante qu'elle n'a jamais été, et que les procès et les condamnations ne peuvent réduire au silence, est là pour confondre l'imposture : osez donc mentir lorsqu'elle vous écoute. D'ailleurs, les faits parlent trop haut, et en leur présence il est impossible, quelque envie que l'on en ait, de dissimuler les affligeantes vérités qu'ils nous révèlent avec tant d'énergie.

Devant des gens qui sont bien décidés à ne point se payer de mauvaises raisons, le jeune ministre de l'intérieur dira-t-il, comme son *Moniteur*, que la France jouit d'une parfaite tranquillité, quand l'agitation est partout et que l'émeute se promène triomphalement de ville en ville? Il n'oserait: un cri général s'élèverait contre lui. Dira-t-il que le commerce et l'industrie ont recouvré leur ancienne prospérité, lorsque leurs plaies sont encore toutes saignantes, et qu'on voit avec douleur tant d'ateliers fermés, tant d'ouvriers sans ouvrage et sans pain? S'aviserait-t-il de parler de la considération dont nous jouissons au dehors, lorsque nous faisons une si piètre figure à Ancône?

Si le jeune ministre veut m'en croire, il priera le très-honorable commandant de notre garde nationale de vouloir bien le remplacer à la tribune. M. le maréchal Lobau n'est pas disert; mais je préfère son énergique concision à toute la faconde de vos orateurs. *Quel gâchis!* dira-t-il, en levant les épaules; il le dira trois fois et sans commentaires, puis, après avoir salué l'auditoire, il descendra de la tribune, et pourra se flatter d'avoir en deux mots très-fidèlement exposé la situation de la France; car la voilà bien, tous les partis en conviennent, la voilà telle que la révolution l'a faite. Quel gâchis! et comment en sortirons-nous?

Ce n'est pas la chambre de 1832, si elle revient, qui nous en tirera! Mais reviendra-t-elle? Personne ne le sait, pas même nos ministres, mais tout le monde pense qu'elle n'est plus bonne qu'à être dissoute. Qu'en faire? quel parti tirer d'une chambre qui semble s'être plue à se décréditer elle-même dans l'opinion? Les ministres d'ailleurs n'y avaient qu'une majorité bien précaire; seraient ils sûrs de la retrouver? Il est permis d'en douter après l'accueil peu flatteur que la plupart de leurs amis ont reçu à leur retour dans leurs foyers, quoiqu'ils n'y soient rentrés qu'à la brune. Bon Dieu! quelle musique! de quel concert on les a régalés! On a mis en réquisition pour leur faire fête tous les sifflets, toutes les casseroles et tous les chaudrons du pays. Convenons-en, il faut un grand courage pour aimer un ministère qui ne peut pas préserver les gens qui votent pour lui d'un si cruel affront.

Notre opinion sur les charivaris, n'importe à quelle opinion ils s'adressent, est bien connue. Nous les avons toujours condamnés; mais les hommes du juste-milieu peuvent-ils en dire autant? Aujourd'hui qu'ils ont à s'en plaindre, ils traitent de vauriens, dans leurs journaux, les faiseurs de charivaris; mais ces vauriens, quand des députés royalistes étaient naguère l'objet de leurs outrages, comment les appelaient-ils? Ne voyaient-ils pas en eux des citoyens très-recommandables? Ne les encourageaient-il pas du geste et de la voix? Quoi qu'il en soit, je veux bien les plaindre : c'est une musique peu agréable que celle des charivaris. J'en conviens; mais j'espère qu'ils s'accoutumeront à l'entendre : elle leur apprendra d'ailleurs à apprécier cette popularité qui, surtout en révolution, se perd encore plus vite qu'elle ne s'acquiert, et une si bonne leçon, quand on sait en profiter, n'est pas payée trop cher par deux ou trois charivaris.

J'ai parlé du ministère; mais avons-nous un ministère? en d'autres termes, avons-nous un gouvernement? On le dit : mais c'est une fiction à laquelle il est difficile de se prêter. Qui ne sait que depuis six semaines M. Casimir Périer, qui était l'âme de notre gouvernement, a pris moins de part que le concierge de son hôtel aux affaires publiques? Il n'est plus : que la terre lui soit légère!... En présence de sa tombe, nous étouffons tout ressentiment; mais le moment est venu de lui donner un successeur, et sur qui le choix tombera-t-il? Voilà la grande difficulté. Le fardeau est bien lourd; quelles épaules seront assez fortes pour le porter? On passe en revue tous les prétendans : on va, disent les journaux, de M. Dupin à M. Guizot, de M. Guizot à M. Decazes, de M. Decazes à M. Thiers, à..... on est même si embarrassé qu'on a songé un instant à M. Mahul. Autant M. Mahul qu'un autre. Faites mieux, prenez-les tous : vous aurez peut-être la monnaie de M. Casimir Périer.

Où sont-elles donc ces hautes, ces éminentes capacités que la révolution de juillet devait faire éclore? On n'en cherche qu'une seule, et on ne peut pas même la trouver. Dix-huit mois les ont toutes épuisées, et je vois le moment où Louis-Philippe sera peut-être obligé de se nommer lui-même, par ordonnance contresignée Barthe et

Montalivet, président de son conseil; mais j'en serais fâché, et voici pourquoi.

Lorsque ses conseillers, pour n'en pas perdre l'habitude, feraient quelques grosses sottises bien pommées, eût-il, grâce à son abondante élocution, parlé deux heures entières, montre sur table, pour s'y opposer, on ne manquerait pas de lui en renvoyer tout l'honneur, et il serait vraiment trop honoré.

Rester dans le juste milieu est difficile : se sauver par lui l'est bien davantage; il ne sait pas s'il pourra se sauver lui-même. Que faire donc? passera-t-on à l'extrême gauche? Je ne le pense pas, à moins que la royauté de juillet qui, j'en conviens, n'est pas sur des roses, ne soit lasse de vivre, c'est-à-dire que ceux qui lui portent le moins d'intérêt ne pourraient s'empêcher de dire : Pauvre royauté! mais il ne faudrait pas manquer d'ajouter : Pauvre France! Avec l'extrême gauche vous auriez la guerre générale dans un mois, et probablement la république dans un an; et quelle république! ce ne serait pas la meilleure de toutes, ce ne serait pas celle que M. de Lafayette nous promettait si naïvement en 1830, du moins si j'en juge par le chemin que l'opinion de l'ultra-mouvement a fait depuis quelque temps. Le croirait-on? Les auteurs du programme de l'Hôtel-de-Ville, qui en débordaient tant d'autres, sont

débordés à leur tour. Voulez-vous encore mieux ?
La Convention et sa *terreur* trouvent aujourd'hui
des apologistes. La mémoire de Robespierre est
réhabilitée, on exalte son génie et surtout ses
bonnes intentions, qui ont été trop méconnues.
Il a été accusé de cruauté : il était humain et sensible ; et s'il a fait périr tant de victimes, c'est, on
vous prie très-fort de le croire, par amour de
l'humanité. Qu'est-ce que tout cela nous présage ?
Mais nous espérons bien que tous les maux dont
nous sommes menacés seront détournés, et nous
aussi nous comptons sur la fortune la France.

La gauche, nous dit-on, renferme dans son
sein des hommes modérés, et en s'alliant avec
ceux-là, ne pourrait-on pas concilier tous les intérêts ? J'entends : c'est un ministère de fusion
que vous proposez. Mais ici une difficulté se présente : ces hommes modérés, en couvrant le juste-
milieu de leur popularité, ce qui serait de leur
part un bien beau dévouement, ne voudront pas
sans doute courir le risque de la perdre, et vous
pouvez croire que, pour la conserver, ils vous
demanderont avant tout, malgré leur modération,
quelques institutions républicaines ; et comment
votre royauté s'en trouvera-t-elle ?

Un roi et des institutions républicaines ! c'est
la conception de M. de Lafayette, et elle est admirable comme toutes celles de cet illustre gé-

néral. C'est dommage que rien de ce qu'il imagine ne puisse être exécuté; une fusion entre des élémens si hétérogènes serait de bien courte durée; bientôt une lutte violente s'engagerait entre eux, et quelle en serait l'issue? Si vous ne le savez pas, la révolution le sait bien; renoncez donc à votre ministère de fusion ou de coalition, comme il vous plaira de l'appeler. Aussi bien, votre juste-milieu est-il d'une nature si hétéroclite que je ne vois pas avec quelle opinion vous pourriez le fondre. Quant à un ministère de la pure gauche, il serait funeste : on le démontre non seulement à Louis-Philippe qui s'en doute probablement, mais encore, ce qui me touche bien davantage, à la France. Comment donc tout cela finira-t-il?

Le dehors présente d'autres questions à résoudre, et quelle en sera la solution? chacun le demande. Il ne faut plus parler de la Pologne qu'en baissant les yeux : elle n'est plus; je la cherche sur la carte de l'Europe, et je ne la trouve pas. Pourtant nous avions dit que sa nationalité ne périrait jamais. Ce langage était noble et fier; il a été fort applaudi, et il méritait de l'être; mais qu'en pense-t-on aujourd'hui? Les événemens l'ont tellement gâté, qu'on serait tenté d'en rire si le sujet était moins triste, tant il est vrai que, comme le disait un homme qui, quoique gros et gras dans ses dernières années, n'était pourtant pas bête, Napoléon, il n'y a qu'un pas du sublime au ridicule.

Voilà, si je les ai bien comptés, soixante protocoles que la conférence de Londres expédie sur le continent. La rédaction en est parfaite; on voit bien que M. de Talleyrand y a mis la main. Ce sont des actes très-soignés; mais l'affaire de la Belgique, malgré le très-vif intérêt que nous lui portons, a-t-elle avancé d'un pas? Le roi Guillaume se rit de vos protocoles et en fait des papillotes; il tient toujours les clefs d'Anvers, ne veut rien rabattre de ses prétentions, et paraît même tout prêt à les soutenir par les armes, mais je lui conseille fort de n'en rien faire : nos troupes s'avanceraient; il n'a pas d'ailleurs besoin de la guerre pour se venger d'un ennemi qui expie bien cruellement sa révolution, très-digne fille de la nôtre, et qui, sans commerce, sans industrie, périt de consomption. Ce *statu quo* est si funeste aux Belges que, plutôt que de le voir se prolonger, ils aimeraient mieux (ne vient-on pas de le dire dans une de leurs chambres?) se donner à la première nation qui voudrait les prendre. C'est, je le devine, à nous que cela s'adresse; mais à quoi nos bons amis les Belges songent-ils donc? Et leur roi, ce roi qu'ils ont si librement élu, qu'en feraient-ils? Apparemment ils nous le donneront par-dessus le marché; mais nous en avons déjà un, et ce n'est pas le cas de dire : abondance de bien ne nuit pas.

Resterons-nous à Alger? Personne ne l'eût demandé sous la restauration : tout le monde le demande aujourd'hui. Le *Moniteur* français dit oui, mais le *Moniteur* ottoman dit non, et c'est ce dernier que j'en crois. Il a plus de candeur; l'autre ment si souvent que lorsque par hasard il laisse échapper, comme malgré lui, une vérité, je connais un amateur qui aussitôt la fait encadrer et la montre aux curieux comme une merveille.

Quant à Ancône, nous y jouons un si sot, un si pauvre rôle, que nous ne devons pas avoir envie d'y rester long-temps. Le pape d'ailleurs nous le défend bien; car nous jouissons d'une si bonne réputation à l'étranger, que nous faisons peur même à ceux que nous voulons secourir. Nous avons dit au Saint-Père : Nous venons vous prêter aide et assistance, et le Saint-Père nous a répondu : Je n'en ai pas besoin; allez en assister d'autres. Tout ce que j'ai à vous offrir, pour prix de votre bonne volonté, c'est ma bénédiction que je ne refuse à personne : recevez-la et partez.

Au moment même où l'on nous annonçait officiellement que les affaires de la Grèce étaient arrangées, il se passait dans ce pays-là de bien étranges choses. Une nouvelle révolution y éclatait. Le gouvernement que nous avions contribué à établir, et que nous aidions de nos soldats et de notre budget, était renversé, et son président, qui heureusement sait courir, ne trouvait son salut que dans une fuite plus prudente que glorieuse. Flattez-vous donc encore qu'un roi enfant, qui arrivera là avec sa nourrice, viendra à bout de pacifier tous les partis et de concilier tous les intérêts! Habiles diplomates, vieillis dans les ruses de la politique, on serait tenté de croire que, malgré vos cheveux blancs, vous êtes plus enfans que lui.

Si du moins vous pouviez apaiser la querelle des frères ennemis, de don Miguel et de ce don Pédro qui semble s'être fait chasser du Brésil tout exprès pour venir ajouter à nos embarras, on vous en saurait gré; mais là encore votre habileté sera trouvée en défaut. Vous aurez beau lancer des protocoles, don Miguel et don Pédro s'en moqueront comme le roi Guillaume, et je crois qu'ils feront bien. Comment donc tout cela finira-t-il! *Par hasard;* M. de Talleyrand vous l'a dit.

Du 21 mai 1832.

MÉMOIRES DE M. GIROUETTE.

Il fit tant de métiers, grâce à son naturel,
Qu'on peut bien l'appeler un homme universel.
REGNARD, *le Légataire.*

Le maire de je ne sais quelle ville écrivait, il y
a quelques années, à notre ministre de l'intérieur : « Monsieur, j'ai fait accepter, avec l'en-
« thousiasme accoutumé, la nouvelle constitu-
« tion que vous m'avez envoyée, et vous pouvez
« compter que je ferai accepter de même toutes
« celles que vous m'enverrez par la suite. » Oh! la
bonne girouette que ce maire! Je parierais que
son préfet ne fit pas mieux, et surtout ne répondit
pas aussi bien.

Une girouette! c'est bientôt dit : voilà comme
vous êtes extrême en tout. Un peu de modération;
que reprochez-vous aux girouettes? — De tourner à tout vent. — N'est-ce que cela? Eh bien!
fixez le vent, elles ne tourneront plus. — Mais
les principes? — Quand je vous disais que vous
étiez un exagéré! Les principes! il n'y a plus
moyen de causer avec vous, car vous n'entendez
rien à nos affaires. Moquez-vous au reste, tant
qu'il vous plaira, des girouettes; elles se sou-
tiennent aujourd'hui par leur masse; leur nombre

2.   10

est si grand, que les *Mémoires* d'une seule, que je viens de lire, ont eu pour moi tout l'intérêt d'une histoire générale.

Je ne doute pas que la Providence n'ait eu des desseins tout particuliers sur M. Girouette, puisqu'elle le fit naître hors du mariage, et de parens qu'il ne connut jamais : on en dira tout ce qu'on voudra ; mais j'estime qu'en révolution, c'est avoir quinte et quatorze que d'être bâtard ; on ne vous jette pas sans cesse vos aïeux à la tête, et le préjugé tourne contre les enfans légitimes. Mais le moment où les grandes destinées de M. Girouette devaient s'accomplir n'était pas encore venu ; il fallait l'attendre : or, en l'attendant, M. Girouette fut laquais pour passer le temps, puis instituteur. Ces deux métiers ne s'accordent guère ; mais M. Girouette, que ses heureuses dispositions rendaient propre à tout, avait à la fois appris à servir à table et à traduire Virgile.

La révolution éclata. M. Girouette fut un des premiers à *saluer l'aurore de la liberté*. De son propre aveu, l'inégalité des conditions lui déplaisait souverainement. Pouvait-il donc ne pas applaudir à des événemens qui lui rendaient, comme il le dit, « toute sa dignité naturelle et tous ses « droits imprescriptibles ? » droits d'autant plus précieux pour lui, qu'il apercevait déjà tout le

parti qu'un homme habile pourrait en tirer un
jour. Il faisait bon l'entendre alors. Avec quelle
éloquence il tonnait contre les préjugés et les
abus que le despotisme et la superstition avaient
enracinés à l'envi! Et ces restes outrageans
d'une gothique féodalité, ces titres ridicules, ces
décorations bizarres dont la vanité aime à se
chamarrer, avec quel noble dédain M. Girouette
savait alors les apprécier! On regrette qu'il n'ait
pas inséré dans ses *Mémoires*, pour l'instruction
des jeunes girouettes, quelques extraits un peu
étendus des discours qu'il prononça à cette
époque. Sans doute qu'il aura brûlé tout cela
dans l'hôtel de sa préfecture, le jour où il fut
obligé de prendre ces mêmes titres, de porter ces
mêmes décorations que sa philosophie avait si généreusement proscrits lorsque d'autres en étaient
revêtus; car les partisans les plus sincères de
l'égalité ont été mis à de rudes épreuves.

Son zèle l'ayant très-honorablement signalé à
ses concitoyens, M. Girouette, lorsque, pour être
plus à son aise, une moitié de la France mit
l'autre au cachot, fut chargé d'arrêter un de ses
bienfaiteurs. Je lui dois cette justice qu'il hésita
quelques instans; la commission lui parut odieuse.
Arrêter son bienfaiteur! Mais sa fortune, mais le
salut du peuple, mais l'exemple de ces illustres
Grecs et Romains, qui n'auraient pas craint de

tordre le cou à père et mère pour le bien général!
Que pouvait contre de si puissantes considérations cette vertu des petites âmes vulgairement
appelée reconnaissance? M. Girouette arrêta son
bienfaiteur. Une place de cent louis fut le prix de
son dévouement. C'était peu pour une action si
héroïque; mais il faut faire quelque chose pour
l'honneur. Puis il y avait alors tant de héros de
l'espèce de M. Girouette, qu'il était bien impossible de les récompenser tous d'une manière digne
de leurs mérites, puisqu'on ne voulait pas les envoyer à Bicêtre. Enfin, les républiques sont in-
grates : c'est une vérité reconnue, et l'expérience
a encore prouvé que les républicains faisaient
beaucoup mieux leurs affaires sous le despotisme.
M. Girouette conservait toujours ses premières
opinions. Un galant homme n'y renonce pas pour
une misérable place de cent louis; ce serait nuire
aux principes que de les mettre à un tel rabais.
Le vent d'ailleurs soufflait toujours du même
côté; pourquoi M. Girouette aurait-il tourné?

Je le trouve, un peu plus tard, receveur de nos
impositions, et peut-être le serait-il encore, sans
un petit accident qui le mit un jour dans l'impossibilité de rendre ses comptes. Ses protecteurs
cependant, qui en avaient dans tous les partis,
arrangèrent cette affaire. La religion du gouvernement avait été trompée. Un patriote aussi pur,

aussi désintéressé que M. Girouette, ne pouvait être soupçonné de la moindre infidélité ; son déficit contrastait trop avec ses principes ; et si on avait trouvé dans sa caisse quelques trente mille francs de moins, c'est que très-certainement sa caisse fuyait : circonstance malheureuse dont il ne devait pas répondre.

On fut touché de la solidité de cet argument ; et comme on avait besoin avant tout de magistrats intègres, on ne crut mieux faire que de nommer M. Girouette président du tribunal de..., poste honorable qu'il ne conserva pas long-temps. Il était marié, et Mme Girouette, qui était la meilleure de toutes les femmes, n'avait pas le courage de résister aux politesses des plaideurs qu'elle craignait d'affliger par un refus ; c'était aujourd'hui une soupière, demain un huilier qu'elle était forcée de recevoir ; de sorte que l'intégrité de M. le président Girouette, et le laisser-aller de Mme la présidente, vidaient peu à peu les boutiques de tous les orfèvres de la ville : on s'en plaignit, et M. Girouette fut destitué.

Il revint à Paris, et pria ses amis d'éclairer encore une fois la religion du gouvernement ; mais ce gouvernement était alors aussi malade que M. Girouette : sa chute était prochaine, et c'était à qui ne tomberait pas avec lui ; avili et attaqué par tous les partis, ses amis eux-mêmes rougissaient de le défendre. Les girouettes, n'aguère si dociles, si soumises, devenaient querelleuses : elles invoquaient je ne sais quelles doctrines, les principes tout nus ne leur suffisaient plus; elles exigeaient les conséquences, toutes les conséquences: chacun enfin se pressait de donner des gages à un parti qui allait incessamment donner les places. Les choses se passèrent ainsi qu'on l'avait prévu, le Directoire fut renversé et les girouettes restèrent debout; et la France fut encore une fois sauvée, comme à l'ordinaire, avec les constitutions et les girouettes.

La position de M. Girouette était intéressante. On le présenta au nouveau gouvernement comme une victime de l'ancien. Quelques jours après il fut nommé préfet; et ses *Mémoires* prouvent jusqu'à l'évidence qu'il justifia pleinement cette insigne faveur par une déférence sans bornes aux volontés de celui à qui il devait son élévation.... *Vive le premier consul! vive le consul pour dix ans! vive le consul à vie! vive l'empereur!* M. Girouette criera *vive la peste!* si la conservation de sa place l'exige. Et ses principes, que deviennent-ils? Baste, ses principes! le prenez-vous pour un sot? A-t-il donc à se plaindre maintenant des distinctions sociales? Il est préfet, il sera bientôt baron, et une fortune qui s'arrondit de jour en jour le console de la perte de la liberté et de toutes ces vaines chimères qu'on doit employer comme moyen, mais qu'il faut abandonner quand on est arrivé au but. Voilà les principes actuels de M. Girouette; il n'en sort plus.

Second motif de consolation. M. Girouette aime la gloire : on n'en peut pas douter, en voyant avec quelle ardeur il s'empresse de lever toutes les conscriptions qui lui sont demandées : ses contingens sont toujours les premiers arrivés. Ce n'est pas qu'il en coûte beaucoup à sa sensibilité d'envoyer ainsi sur les champs de bataille tant de générations qui n'en doivent jamais revenir; mais un bulletin lui fait tout oublier. Il l'attend avec une telle impatience que souvent il chante victoire avant l'arrivée du courrier; de sorte que M. Girouette a toujours sur ses collègues deux ou trois *Te Deum* d'avance.

Parlerai-je de ses dîners? Il nous apprend qu'ils étaiens fort bons, et qu'ils avaient d'ailleurs un but politique. Le gouvernement, qui savait son métier, avait recommandé à ses principaux fonctionnaires de faire leurs efforts pour rapprocher les esprits. Or, comme les esprits ne se rapprochent jamais plus volontiers qu'à table, et que le plus habile des conciliateurs est sans contredit un bon cuisinier, M. Girouette traitait splendidement ses administrés; et en cela je l'approuve fort : mais je trouve bien peu de générosité dans les plaisan-

teries qu'il se permet aujourd'hui sur les anciens
nobles alors invités à sa table; c'est trop abuser
de ses avantages.

M. Girouette venait de prendre toutes les mesures nécessaires pour faire chanter un nouveau
Te Deum, lorsque l'événement du 3o mars 1814
parvint à sa connaissance. Vous eussiez à sa place
contremandé votre *Te Deum*; il se contenta de
donner au sien une autre intention. Mais grande
était sa colère; sa place était compromise. Si vous
l'aviez entendu comme il traitait alors Sa Majesté
déchue; quelle touchante oraison funèbre! — Il
va donc partir! Bon voyage. Il n'a après tout que
ce qu'il mérite : il en faisait trop; et M. Girouette
avait toujours dit que cet *ambitieux*, ce *soldat
parvenu* finirait mal.

On m'a raconté qu'un fonctionnaire de cette
époque, qui ne savait qu'à demi comment les
choses se passaient à Paris, et qui ne voulait cependant pas être pris au dépourvu, avait envoyé
son adhésion *en blanc;* ce trait est si digne de
M. Girouette, que je n'hésite pas à lui en faire
honneur; il aimait tant sa chère préfecture! il
avait si souvent juré de vivre préfet ou de mourir!
Mais les sermens de girouettes autant en emporte
le vent. M. Girouette, quoique son nom fût un
sûr garant de sa fidélité, n'est plus préfet, et cependant il se porte à merveille, et semble rajeu-

nir sous les drapeaux de l'indépendance. C'est
votre faute; vous lui avez ôté sa place, il est rentré dans tous ses droits; et, point assez sot pour
être ministériel *gratis*, il s'est fait indépendant.

Indépendant, soit : c'est une couleur, et il était
bien temps que M. Girouette prît couleur, au
moins jusqu'à nouvel ordre; mais il va bien loin.
Qu'il se moque de la fidélité, rien de mieux, c'est
un suffrage de plus qu'elle obtient; mais outrager
à la vieillesse! insulter au malheur! cela est aussi
par trop libéral. M. Girouette, j'en suis sûr,
en rougit aujourd'hui. Pourquoi son éditeur,
M. Quesné, ne lui a-t-il pas épargné cette honte
tardive? Pourquoi n'a-t-il pas retranché de ses
Mémoires un passage qui blesse également la
morale et le goût?

Du 14 octobre 1818.

L'ART DE PARVENIR.

Quandò pauperiem, missis ambagibus, horres,
Accipe quá ratione queas ditescere.

HORACE.

Il fait bon venir à point. J'aurais, sans courir aucun risque, répondu de la fortune de ce petit poëme, s'il avait été publié à l'époque pour laquelle il fut composé; car c'était ainsi qu'on parvenait alors, et l'auteur avait ses peuves sous la main lorsqu'il écrivait ces vers :

.... J'ai vu parmi ceux que le ciel favorise
Trop souvent l'ignorance unie à la sottise;
J'ai vu, d'une autre part, n'accorder pour tout prix
Au talent, au savoir, que misère et mépris.

En effet, cela se voyait à l'époque que j'ai marquée plus haut; mais cela ne se voit plus, ou presque plus : tout depuis a bien changé. D'autres temps ont amené d'autres mœurs; on ne compte plus beaucoup d'intrigans heureux : je ne sais même s'il en existe encore; le métier rapporte si peu.

On déteste l'intrigue, et son règne est passé.

C'est M. Viollet-le-Duc lui-même qui le dit. Son

poëme doit donc nécessairement produire moins d'effet; ses tableaux paraîtront manquer de vérité et ses portraits de ressemblance, parce que les orignaux ont disparu : la malignité pourra s'en plaindre; mais ce malheur, car c'en est un très-réel, a sa compensation; *l'Art de parvenir* ne blessera personne. Si cependant quelques esprits mal faits s'avisaient de se fâcher, le poëte leur dirait : Y pensez-vous? c'est de vos prédécesseurs qu'il est question. Faut-il en conclure que cet ouvrage est inutile, et aurait dû rester dans le portefeuille de l'auteur? Je pense tout autrement: plus l'art de parvenir est devenu difficile, plus il importe d'en retracer les préceptes, ne fût-ce que pour empêcher les bonnes traditions de se perdre; plus l'intrigue *qu'on déteste* rencontre aujourd'hui d'obstacles, plus elle a besoin de ressources pour en triompher. Et, après tout, si bonne garde qu'on fasse, il est bien impossible de lui fermer toutes les portes, de lui boucher tous les passages. Donc, les conseils qu'on lui donne ici ne seront pas tout-à-fait sans utilité pour elle.

Le poëte recommande d'abord aux jeunes adeptes dont il soigne l'éducation, de ne point chercher à s'instruire, à acquérir des connaissances qui ne leur seraient bonnes à rien, et qui pourraient même les embarrasser dans beaucoup de circonstances : l'étude est un écueil dangereux qu'ils doivent éviter; il n'ont point de temps à perdre. Laissez dire ceux qui savent quelque chose. L'ignorance a son prix; il n'y a que les gens d'esprit qui soient assez bêtes pour en douter et pour oser soutenir, contre l'évidence, que l'instruction ne gâte jamais rien. Mille exemples anciens, on ne parle pas des modernes, prouvent que lorsqu'on veut parvenir, c'est une bien belle avance de n'avoir rien appris. Pourquoi? Demandez-le à la Fortune et aux protecteurs. Eh! qu'attendre du savoir et même des talens, lorsque le génie lui-même a fait dans tous les temps de fort mauvaises affaires? Comptez, si vous le pouvez, tous les immortels qui n'ont point eu de quoi vivre, tous les hommes de génie qui n'ont point su comment ils dîneraient le lendemain; cette liste est bien encourageante! *Depuis Homère*, dit M. Viollet-le-Duc,

Depuis Homère enfin, jusqu'à ce fou célèbre,
Qui charma l'Hôtel-Dieu de son hymne funèbre,
Ou vit de beaux-esprits mourant de faim, et nus,
Peut-être presqu'autant que de sots parvenus.

Si l'instruction n'avait que le tort de blesser ceux qui n'en ont pas, il suffirait de la dissimuler, ainsi que notre poëte le conseille :

Si donc par ses leçons un pédant inhabile
Vous a troublé l'esprit d'un savoir inutile,

Faites, pour le cacher, autant d'efforts au moins
Qu'à le montrer jadis vous avez mis de soins.

Mais la culture de l'esprit élève, ennoblit l'âme, et à cet inconvénient je vois peu de remèdes. Oui, on doit plaindre un jeune homme pour avoir des sentimens au-dessus de sa situation, et assez malavisé pour ne pas vouloir s'en départir, quoi qu'il arrive. Il est, pour réussir, des platitudes préliminaires et indispensables auxquelles vous ne le forcerez jamais à se soumettre. Il a dans les genoux comme dans le caractère une raideur qui nuira toujours à son avancement; c'est une mauvaise tête, un esprit indocile dont on ne peut obtenir aucune bassesse. Monsieur prétend voir et penser par lui-même, comme s'il lui était permis d'avoir une opinion! Il parle de son indépendance, et c'est un valet qu'on cherche! Il dit: mes principes..... Imbécile! tes principes! le beau service qu'ils t'ont rendu jusqu'à présent! Tes principes! et tu n'as pas de chemises! Vois B..... quelle fortune il a acquise! à quel point il est arrivé! Mais cela n'a jamais été fier, cela n'a point fait le Caton dans un grenier. Oh! qu'il y a de sagesse dans la leçon que M. Viollet-le-Duc donne aux parens faits pour sentir le goût d'une éducation vraiment libérale!

Prosternez vos enfans aux pieds de ces autels
Que l'or et la faveur obtiennent des mortels;

Pour ces divinités qui gouvernent le monde,
Qu'ils brûlent d'une ardeur exclusive et profonde;
Sous le joug du devoir courbez leurs jeunes fronts,
Qu'ils sachent sans rougir dévorer les affronts.

Dévorer les affronts, c'est fort bien; les désirer, en être avide, c'est encore mieux. Il y a de bien fructueuses humiliations; mais assez communes autrefois, elles sont plus rares aujourd'hui. Cependant il convient encore de s'y préparer et d'avoir de l'âme en conséquence, afin de ne pas laisser échapper une bonne occasion si elle venait à se présenter.

Dans ce siècle d'analyse, les bons esprits ont réduit l'art que M. Viollet-le-Duc enseigne à un seul principe : *flattez*. Ce mot devrait être gravé en gros caractères sur la porte de toutes les antichambres. Voulez-vous obtenir? *flattez*. Voulez-vous conserver? *flattez*. Notre poëte le répète ici après beaucoup d'autres, et je le répète encore après lui; les grandes vérités pratiques ne sauraient être entendues trop souvent; l'adulation, d'ailleurs, a besoin d'encouragement. Nous ne flattons pas assez, tout le monde nous en fait le reproche. On ne voit que de ces gens timides qu'une fausse délicatesse arrête, que de vains scrupules embarrassent, et qui refusent de louer ce qu'ils méprisent; c'est avoir une conscience bien tendre, mais bien peu éclairée.

Les maîtres de l'art, dont l'opinion fait autorité dans cette matière, établissent ici une distinction bien lumineuse, qui a échappé à M. Viollet-le-Duc, mais que je crois très-propre à tranquilliser les consciences les plus timorées. Ce n'est pas, vous disent ces vieux vétérans de l'adulation, ce n'est pas à l'homme que nos hommages s'adressent, mais à la place qu'il occupe : distinction importante, surtout par les conséquences qui en découlent naturellement. Pesez-les bien ; elles éclaireront votre inexpérience. Donc, les éloges les plus outrés ne prouvent, ne signifient rien du tout, et ne sont même pas, comme de bonnes gens semblent le croire, un engagement pour l'avenir ; donc, toujours en vertu de la distinction établie ci-dessus, si l'homme perd sa place, vous pouvez, en rendant à la place ce qu'il vous importe de lui rendre, traiter l'homme suivant ses mérites, sinon plus mal encore ; et cet homme aurait fort mauvaise grâce de s'en plaindre, et de crier, comme ils font tous, à l'ingratitude, parce que, si l'on doit beaucoup à l'homme en place, on ne doit plus rien à l'homme sans sa place. Vous accuserait-il de versatilité ? Mais il était debout ; il est à terre. C'est donc lui qui a changé le premier ? qu'avait-il besoin de se laisser choir ? Vous seriez encore reconnaissant, s'il avait encore le pouvoir de vous obliger ; mais demander de la reconnaissance pour les services passés, lorsqu'on n'en peut pas rendre de nouveaux, c'est être d'une exigence intolérable et ridicule.

Flattez, même sans art.....

C'est encore un avantage que les sots, si heureusement nés, ont sur les hommes d'esprit. Ces derniers n'ont-ils pas la niaiserie de s'imaginer que, pour plaire, la louange a besoin d'être apprêtée délicatement? tandis qu'il est reconnu que la plus grossière est aussi la plus agréable, et que l'encens le moins préparé est celui dont l'orgueil hume la fumée avec le plus de volupté. Tous les encenseurs de profession sont d'accord sur ce point; mais à peine parvenus et encensés à leur tour, ils oublient ce qu'ils savaient le mieux, se laissent prendre au même piége, et, malgré la richesse du sujet, ne peuvent pas se persuader qu'on se moque d'eux. Flattez donc, *flattez, même sans art.*

Le poëte, dont je cite moins les meilleurs vers que les plus utiles leçons, ajoute :

O vous qui poursuivez la volage Fortune,
Ménagez la faveur, fût-ce la plus commune !
Si les grands font monter, les petits font déchoir;
Flattez des deux côtés par crainte ou par espoir....
Les coups partis de bas sont les plus dangereux :
. . . .

Là, chaque prétendant que votre orgueil rebute,
Souffre de vos succès, jouit de votre chute.
Quand des rois sont tombés, quand d'indignes mortels,
Sous nos yeux, de Dieu même ont brisé les autels,
De plus petits que soi que n'a-t-on pas à craindre?

. . . .

Il y aurait un chapitre très-philosophique à faire sur le danger des petits ennemis; on les dédaigne trop; ce sont les plus redoutables : ils ont de l'adresse à défaut de crédit. Si leur action est faible, elle est continue : vous nuire est leur unique pensée et l'occupation de tous leurs instans. Vous n'êtes jamais avec eux impunément inhabiles: observateurs incommodes, ils sont sans cesse aux aguets, épient toutes vos fautes pour les révéler, toutes vos faiblesses pour leur donner un scandaleux éclat. Peut-être n'avez-vous pas de ridicules : ces petits ennemis sont charitables; ils vous en prêteront, et le public partagera volontiers le mérite de cette bonne œuvre. Patience, vous connaîtrez bientôt à vos dépens tout ce que peuvent les faibles; vous saurez ce que produisent à la longue ces bruits sourds semés adroitement par la malveillance, et toujours bien accueillis par la malignité. Ainsi se fait l'opinion, ainsi se perd la considération. Un ministre du dernier siècle disait : « Que Dieu me délivre de mes petits « ennemis; je me charge des autres. » C'était un habile homme, qui avait bien étudié ce qui se passe sur la scène du monde, et qui savait que le parterre est à craindre, surtout lorsqu'il siffle.

Du 7 septembre 1817.

LE TRIOMPHE DES FEMMES.

> Lorsqu'un Dieu, du chaos où dormaient tous les mondes,
> Eut appelé les cieux, et la terre et les ondes,
> Eut élevé les monts, étendu les guérets,
> De leur panache vert ombragé les forêts,
> Et dans l'homme, enfanté par un plus grand miracle,
> Eut fait le spectateur de ce nouveau spectacle,
> Pour son dernier ouvrage il créa la beauté;
> On sent qu'à ce chef-d'œuvre il dut s'être arrêté.
>
> LEGOUVÉ, *Mérite des Femmes.*

Voici, dira-t-on probablement, un livre fort inutile, peut-être même dangereux. Il est des vérités qu'on affaiblit toujours quand on veut les démontrer, et la prééminence du sexe féminin sur le masculin est sans contredit de ce nombre, au moins en France. Il se peut qu'il y ait des peuples assez barbares pour ne pas la reconnaître; mais ici qui en doute? La mettre en question, c'est insulter à notre civilisation, et surtout à ce que l'Europe appelle la galanterie française. L'auteur nous connaît donc bien peu! Il croit apparemment avoir affaire à des Turcs.

Fort bien; mais il ne suffit pas d'admettre le principe, il faut encore en accepter de bonne grâce toutes les conséquences, et c'est surtout ce que nous nous gardons bien de faire. Plus polis que d'autres peuples, nous ne sommes pas moins injustes envers les femmes; nous rendons hommage à toutes leurs perfections, et même, quand elles le veulent, à la supériorité de leur sexe sur le nôtre; mais malgré cette courtoisie, nous entendons qu'elles nous obéissent : ce sont des esclaves que nous couronnons de fleurs. Conçoit-on une injustice plus révoltante?

« Partout, dit l'auteur du *Triomphe des Fem-* « *mes* avec une indignation que je partage, par- « tout les hommes se sont rendus les maîtres; ils « *président dans le barreau.* » Nous voyons cela. On dit bien par politesse Madame la présidente; mais c'est le président qui juge, et qui jugerait la présidente elle-même, s'il était permis de supposer qu'une présidente pût méfaire et oublier le respect qu'elle doit à la toge.

Ils font des lois, et pourquoi, s'il vous plaît? L'auteur le demande; et je sais aujourd'hui moins que jamais ce qu'on pourrait répondre. Il y a dans les environs certaine chambre qui me donne beaucoup à penser : les lois doivent toujours être discutées avec calme; mais quel bruit! quel vacarme! Est-ce que vous croyez que leurs femmes, s'ils les envoyaient à leur place, en feraient davantage? Tentez l'expérience.

« Enfin, dit l'auteur, les hommes seuls sont « admis dans les sociétés savantes, dans les aca- « démies. » En effet, on ne trouve pas une seule femme dans l'Institut, et, entre nous, l'Institut, je lui en demande bien pardon, n'en est pas plus aimable. Que devons-nous surtout penser d'une académie qui se dit *française*, et qui exclut les femmes de son sein?

Il faut que cela finisse : l'homme a régné assez long-temps; l'heure est venue où la femme doit lui dire :

Tyran, descends du trône, et fais place à ton maître.

L'ordre actuel des choses blesse la justice et la raison; il n'a été établi que par la violence; c'est une odieuse usurpation, un gouvernement de fait qu'on ne peut trop se hâter de détruire; espérons donc que le congrès prochain voudra bien s'en occuper. Il a, je le sais, d'autres affaires, et s'il craint le ridicule, il les terminera toutes avant de se séparer. Mais celle que, pour entrer dans les vues de l'auteur de cet ouvrage, je recommande ici, doit, à cause de son importance, être mise la première au protocole. Nous verrons

si cette sainte alliance, qui s'est chargée de pro-
téger toutes les légitimités, en laissera plus long-
temps opprimer une qui, n'en déplaise aux autres, est autant qu'elles de droit divin.

L'auteur, pour le démontrer, ne remonte qu'à
la création ; car il sait que lorsqu'on veut marcher
sûrement il ne faut pas remonter plus haut. Les
noms imposés à nos premiers parens prouvent
déjà, suivant lui, la supériorité de la femme. La
preuve est bonne pour moi ; mais il est des esprits
difficiles qui pourront bien ne pas s'en contenter, et qui demanderont à l'auteur si la significa-
tion de ces noms lui est parfaitement connue,
s'il a dans sa poche le vocabulaire de la langue
qui était alors en usage. L'académie celtique a,
je le sais, décidé cette question : elle prétend
qu'Adam et Ève parlaient bas-breton ; mais en
est-elle bien sûre ? Qu'elle mette la main sur la
conscience. Quant aux interprètes dont M. *** invoque le témoignage à l'appui de son opinion,
n'ont-ils pas un peu abusé des priviléges qu'on
accorde aux érudits ?

Voici heureusement une preuve plus forte ; elle
est tirée de *l'ordre que Dieu a suivi dans la création*, ordre en effet très-remarquable, et auquel
l'auteur du *Triomphe des Femmes* nous reproche
avec justice de n'avoir pas encore donné assez
d'attention. Vous voyez que les créatures les plus

éloignées de la perfection, les animaux irraison-
nables, les bêtes enfin, puisqu'il faut les appeler
par leur nom, sont créées les premières ; l'homme,
qui, on veut bien en convenir, vaut un peu mieux
qu'elles, vient ensuite. « Il semble, observe
« M. ***, que Dieu devait en demeurer là. » Mais
il avait mieux à faire que ce qu'il avait fait jusqu'alors : le chef-d'œuvre de sa toute-puissance
manquait encore... il créa la femme ; il la créa la
dernière, et dans un jardin délicieux, afin, c'est
la pensée de l'auteur, de ne nous laisser aucun
doute sur ses intentions, et de nous apprendre
que la femme est la plus noble des créatures,
que toutes doivent lui obéir, et que l'homme
n'est que son premier sujet. « Voilà, dit l'auteur,
« une preuve à laquelle tout homme de bon sens
« doit se rendre. » Je suis de cet avis, je le crois
irrésistible.

Il vous sied bien, en vérité, de prétendre au
commandement! Où sont vos titres ? M. *** vous
prie de les lui montrer ; puis, pour rabattre notre
orgueil, il consacre un chapitre entier à nous
faire sentir notre infériorité et notre bassesse :
rien de plus propre à nous humilier. Voyez-vous,
dit-il, « de quelle vile matière vous avez été for-
« més ? *une poignée de boue!* et vous ne rappelez
« que trop cette grossière origine. » Il prouve
enfin que si l'homme est supérieur au singe, la

différence est si petite, qu'elle mérite à peine
d'être remarquée; et cependant cela est fier! cela
veut commander! On ne manquera pas sans doute
de dire que M. *** a chargé le tableau, et que nous
valons plus qu'il ne nous estime : il faut bien le
supposer pour notre honneur; mais si nous voulons être de bonne foi, nous conviendrons que
nous ne valons pas grand' chose.

La femme, au contraire, formée, suivant M. ***,
d'une matière *affinée*, est douée de mille perfections qui nous manquent : « il semble, c'est lui
« qui parle, que Dieu ait pris *un plaisir* singulier
« à la créer. » Vraiment je n'ai pas de peine à le
croire; et comment en douter quand on voit,
avec l'auteur, « ces yeux également doux et fiers,
« petits incendiaires qui portent le feu dans tous
« les cœurs; cette bouche de corail qui, jointe à
« la blancheur des dents, nous représente un ob-
« jet si ravissant à la vue, qu'on ne peut rien se
« figurer de plus charmant? » Tous nos poëtes
érotiques n'ont rien de plus galant, et nous n'aurions pas d'autre argument, que les *petits incen-*
diaires suffiraient pour décider la question qui
nous occupe.

Comment M. *** a-t-il pu gâter de si jolies choses en y mêlant un paradoxe absurde, en demandant, sans doute pour nous humilier encore davantage, « si les femmes, que la nature *provide*

« a si généreusement traitées, n'avaient pas la
« faculté d'engendrer seules? » Galien, suivant
lui, était de cet avis. Mais si Galien l'a dit, Galien
est un sot, et l'on a tort de s'appuyer sur son témoignage. Au reste, l'auteur du *Triomphe des
Femmes* convient que cette opinion n'est pas
très-commune, et nous espérons bien qu'elle ne
le deviendra jamais, car elle est fort ridicule, et
on ne sait pourquoi M. *** a l'air de la prendre
sous sa protection. Veut-il se moquer de ses lecteurs? veut-il qu'ils se moquent de lui? il est des
écrivains dont on ne devine pas facilement l'intention.

Ce qui nous distingue le plus des animaux,
c'est la parole : or, voilà le *Triomphe des Femmes*,
elles parlent plus facilement que nous. Leur avocat observe que les muets sont très-communs,
tandis que les muettes sont assez rares; d'où il
conclut très-judicieusement que « la nature sem-
« ble en cela avoir voulu respecter le beau sexe,
« et le distinguer de l'autre, qui est de bien
« moindre conséquence. » Il prouve ensuite, ce
que nous savions déjà, que les femmes sont plus
éloquentes que nous. Pourquoi donc la tribune
publique leur est-elle interdite? C'est ce que ni
M. *** ni moi ne pouvons expliquer.

Vous vous plaignez d'avoir si peu d'orateurs
dans votre chambre! Faut-il s'en étonner? les

femmes n'y sont pas. Mais réformez sur ce point votre loi des élections, complétez votre gouvernement représentatif en donnant à chaque sexe ses députés, et vous verrez si vous manquez alors d'orateurs.

Ces hommes s'imaginent qu'ils sont seuls capables de discuter les projets de lois! on leur prouvera qu'ils se trompent et qu'ils s'en font accroire. Ces projets seront mieux discutés par les femmes, et ils le seront comme ils doivent l'être, sans toutes ces digressions inutiles dont on nous fatigue aujourd'hui. Les femmes n'aiment pas qu'on s'écarte de la question principale; et quand elles demanderont la parole sur le budget, ce sera pour en parler.

On peut même assurer qu'avec elles les discussions seraient plus calmes et plus décentes. Les femmes connaissent les bienséances; elles respecteraient le public et elles se respecteraient elles-mêmes; vous ne les verriez point s'emporter en invectives contre leurs adversaires; jamais un mot offensant, jamais une expression grossière ne sortirait de leur bouche; et si, par cas fortuit, le président les rappelait à l'ordre, elles ne crieraient pas : « Nous nous en moquons. » Point de provocations, point de menaces à craindre de leur part. Est-ce qu'une femme oserait jamais dire : « Je répondrai à toutes les interpellations ici

« et ailleurs? » Il n'est pas permis de le supposer.

L'auteur établit encore que « les femmes sont « plus propres aux sciences que les hommes », et la raison qu'il en donne me paraît des plus concluantes. « Il est certain, dit-il, que la femme est « d'une complexion plus humide que l'homme, « et par conséquent plus disposée aux sciences. » C'est à l'humidité de son tempérament qu'elle doit cet esprit que Montaigne appelle *prime-sautier*, et qui est si prompt à saisir ce que nous autres *têtes sèches* ne venons à bout de découvrir qu'à force d'études et de méditations. Certes, voilà de quoi révolter notre orgueil; mais qu'y faire? M. *** cite à l'appui de son opinion Aristote et saint Thomas. Or, il faut bien se rendre à des autorités si graves et si imposantes; qui oserait contredire Aristote et saint Thomas?

Enfin que « les femmes soient très-propres au « gouvernement », c'est une vérité que personne, je crois, ne songe à contester; elles ont gouverné des empires, et les ont gouvernés avec gloire. Telle reine, n'en déplaise à la loi Salique, a valu tous les rois de son temps. Les femmes des anciens Gaulois jouissaient d'une grande autorité, et on sait comment elles s'en servaient; malheur à qui osait y toucher! Combien d'époques, dans notre histoire, où nous aurions eu besoin d'elles! L'auteur a donc raison de s'étonner qu'elles soient éloignées de toutes les fonctions publiques; vos affaires, voire les plus importantes, si elles s'en mêlaient, n'en iraient certainement pas plus mal : je crois même que le secret de l'État en serait mieux gardé.

Que faut-il conclure de l'ouvrage de M. *** et de cet article ? La femme est un souverain détrôné, l'homme est un tyran; si elle obéit et s'il commande, c'est un abus de sa force, et un abus d'autant plus criant qu'il est en opposition avec l'esprit de vos lois nouvelles. Ne dites-vous pas que c'est le plus grand nombre qui doit gouverner ? Hé bien ! ce sont les femmes qui forment la majorité, et une majorité fort respectable et fort habile; les hommes sont moins nombreux, et on pourrait aussi les appeler, eux, une faction.

Leur règne, il est vrai, date de loin, mais qu'importe ? Il n'y a pas ici ce consentement tacite qui, dans certains cas, légitime une injuste possession, puisque les femmes n'ont jamais cessé de revendiquer leurs droits et de réclamer contre l'oppression dont elles sont les victimes. Je les invite à continuer; et, pour mieux interrompre la prescription, à crier encore plus fort, mais sans négliger le pouvoir des *petits incendiaires.*

Du 5 août 1822.

LONDRES

EN 1819, 1820 ET 1821.

Quand l'absurde est outré, l'on lui fait trop d'honneur
De vouloir par raison condamner son erreur.
LA FONTAINE, *Fables*.

Ne dénigrons pas nos voisins ; mais gardons-nous encore davantage de nous dénigrer nous-mêmes et de les exalter à nos dépens ; ce serait une générosité bien ridicule et bien peu honorable. On a droit de s'étonner que quelques écrivains du siècle dernier ne s'en soient pas aperçus. En vérité, ces messieurs n'étaient pas fins ; ils faisaient bon marché de la gloire de leur pays. C'est pitié de voir avec quel mépris ils parlent de nos institutions et de nos mœurs. On croit, en lisant certains passages de leurs écrits, qu'ils vont demander pardon d'être Français, et accuser le ciel de ne pas les avoir fait naître sur les bords de la Tamise.

Là seulement, à les entendre, on trouvait la civilisation et les lumières* ; le reste de l'Europe,

* Ceci rappelle un jeu de mots de Louis XV. Le comte de Lauragais revenait de Londres ; le roi lui demanda ce qu'il était allé faire dans ce pays. « Apprendre à penser, sire. — Des chevaux ? » lui répliqua le prince. (*Note de l'éditeur.*)

surtout cette pauvre France, était encore plongé dans d'épaisses ténèbres. Nous savons quelle influence ces écrivains exercèrent sur les esprits. L'anglomanie tourna toutes les têtes françaises ; rien ne parut beau que ce qui avait passé le détroit. Ce ne fut pas assez d'admirer les institutions politiques des Anglais ; leurs usages, même leurs modes devinrent les nôtres. On vit leurs jokeis presque aussi recherchés que leurs publicistes ; et il fallait alors, pour être de bon ton, penser et trotter à l'anglaise. Cependant la révolution arriva, et tout le monde en fut surpris : comme si un peuple qui méprise et avilit ses propres institutions pouvait encore les conserver long-temps * !

L'anglomanie a, dit-on, passé de mode. Nous ne saurions trop nous en féliciter ; cet engouement était d'autant plus ridicule, que les Anglais s'y montraient fort peu sensibles, et qu'ils répondaient on ne peut pas plus mal à nos civilités ou plutôt à nos hommages. Avez-vous lu les relations de leurs voyages ? elles sont curieuses, et

---

* Ce fut *Philippe-Égalité* qui introduisit les modes anglaises en France ; des modes on passa aux usages : de là naquirent les clubs. Enfin, après avoir imité les Anglais dans leurs modes et dans leurs usages, on les imita jusque dans leurs crimes : Élisabeth fit trancher la tête à l'infortunée Marie Stuart ; le malheureux Charles 1er perdit la vie sous la hache du bourreau ; le vertueux Louis XVI et l'auguste Marie-Antoinette éprouvèrent le même sort. (*Note de l'éditeur.*)

propres à nous faire rougir d'une stupide admiration; car, en mettant même de côté tout orgueil national, n'est-il pas honteux d'admirer qui nous méprise, sans qu'au reste on sache trop à quel titre?

Dans ses *Esquisses des mœurs françaises*, un M. Scott, après beaucoup de calomnies plus ou moins absurdes, et même plus ou moins atroces contre la France, examine la valeur comparative des Français et des Anglais; et tout bien examiné, tout bien pesé, il déclare que, « dans chaque rang « de la société, un Français est de *trois degrés* « au-dessous d'un Anglais. » Ce n'est, dira-t-on peut-être, que l'opinion d'un seul individu. Qu'on ne s'y trompe pas, ce M. Scott savait très-bien ce qu'il fallait dire pour plaire à ses compatriotes.

Cent autres d'ailleurs ont fait la même spéculation, et se sont indemnisés à nos dépens des frais de leur voyage en France. Un écrivain qui s'aviserait de nous louer n'aurait pour lecteurs que les bons esprits sans préjugés nationaux, et le nombre n'en est jamais très-considérable. Il faut donc, avec M. Scott, pour flatter la multitude, lui dire qu'un Français est de trois degrés au-dessous d'un Anglais. Cela n'est-il pas charmant? et l'eussiez-vous deviné? Mais voici mieux.

Un autre écrivain, je crois que Goldsmith est son nom, se montra encore plus impoli que ce

Scott. C'est à nos dames, lui, qu'il en veut spécialement. « Toutes leurs femmes, dit-il, celles
« même auxquelles ils croient de la beauté, pa-
« raissent malsaines et malades. Je ne saurais trop
« en donner la raison; mais c'est un fait qu'en
« France une dame de vingt-trois ans a déjà
« l'air passé. » Certes, l'impertinence est grande;
mais heureusement que celles à qui elle s'adresse
ont un moyen bien facile de la punir : qu'elles
se montrent à côté des rivales qu'on prétend leur
opposer. Mais la vengeance serait trop cruelle.....
C'est cependant à l'époque où l'on imprimait à
Londres de tels blasphèmes, et de plus coupables
encore, que nos poëtes et nos romanciers célé-
braient à l'envi la beauté et la vertu des Anglaises!
Il faut convenir que nous n'étions pas payés de
retour.

Maintenant userons-nous de représailles? ren-
drons-nous à nos voisins injure pour injure, calomnie pour calomnie? Non. Un parti plus noble
et plus généreux, c'est d'être juste envers ceux
qui ne le sont pas envers nous, et de leur donner
une leçon de modération dont ils profiteront s'ils
le peuvent, et si la vanité nationale le leur permet. L'auteur des trois volumes que j'annonce,
tableau fidèle et agréable de ce qui s'est passé à
Londres dans les trois dernières années, l'a parfaitement senti. Il nous montre les Anglais tels

qu'ils sont ; il les juge sans passion, sans esprit de dénigrement, et se plaît même, mais sans l'exagérer, à reconnaître ce que leur caractère a d'estimable, ce qu'il y a de bon et d'utile dans leurs institutions. On le lit avec intérêt, parce qu'on voit que ce qu'il cherche avant tout c'est la vérité. Mais après l'avoir lu on doute plus que jamais de l'exactitude du calcul de M. Scott ; on est même très-porté à croire que, lorsque nous aurons cet esprit public dont les Anglais nous offrent un modèle parfait, il ne nous restera rien à leur envier, si ce n'est peut-être encore l'estimable politesse de leurs écrivains quand ils parlent de la France et de ses habitans.

Les nôtres ont-ils assez vanté l'esprit de tolérance qui règne en Angleterre ? l'ont-ils assez long-temps opposé à ce qu'il leur plaisait d'appeler notre fanatisme ? Nous n'avons que deux mots à répondre : voyez les catholiques d'Irlande. Ces malheureux ont cru l'année dernière toucher au terme de leurs souffrances ; mais vain espoir ! le bill d'émancipation a été rejeté, malgré l'appui que lui prêtait un ministère éclairé, malgré tout ce qu'on doit redouter d'une injustice si révoltante et si prolongée. On a fait un appel aux anciens préjugés ; les vieilles haines politiques ont été ranimées, et le fanatisme a encore une fois triomphé sur cette terre qu'on dit être cependant l'asile de la tolérance.

Toutefois, je l'accorde, les lois anglaises n'ont de rigueur que pour les catholiques; on peut, sans perdre aucun de ses droits civils, professer en Angleterre toute opinion religieuse, quelle que soit son extravagance. L'auteur nous apprend qu'à son arrivée à Londres, il se mit en pension chez une famille anglaise composée de trois personnes, et où l'on comptait seulement trois religions. La mère était méthodiste et le fils anabaptiste; mais la fille conservait les principes de la religion anglicane. Quant à la servante, son parti n'était pas encore pris; elle *cherchait*, comme on dit dans ce pays-là. Je ne sais au reste si cette diversité de sectes est très-propre à entretenir la paix des familles; le gouvernement lui-même ne finira-t-il pas par s'en trouver mal? Je le crains: un ennemi s'en réjouirait.

Quant au clergé anglican, je voudrais bien savoir de quoi il peut se plaindre. Il lui sied bien, vraiment, de condamner ses frères dissidens; il s'est séparé de nous, on se sépare de lui, qu'a-t-il à dire? La raison, il l'a décidé, est le seul juge des livres saints. Eh bien! chacun a sa raison et veut en user; chacun *cherche*. Quand on a posé un principe, il faut savoir de bonne grâce en accepter toutes les conséquences, si dures qu'elles soient. L'auteur prévoit que le méthodisme, déjà si répandu en Angleterre, et qui, soit dit en passant, compte plus de quarante sectes différentes, deviendra un jour la religion dominante. J'en serai affligé pour les prélats de l'Eglise anglicane, dont les revenus souffriront un dommage notable ; mais au moins alors point de doute qu'éclairés par la suppression de leurs dîmes, ils ne sentent comme nous l'importance de l'uniformité dans les doctrines religieuses : excellente leçon qu'on ne saurait jamais payer trop cher.

Les Anglais sont les aînés de la grande famille constitutionnelle, et c'est toujours en Angleterre que vos publicistes et vos orateurs vous envoient chercher le vrai modèle du gouvernement représentatif. Nulle part en effet ce gouvernement ne paraît avoir été aussi bien compris : nous voyons qu'il y réussit à merveille ; mais à quelle cause doit-il ses succès ? Si je ne l'avais pas su, l'ouvrage qui me fournit le sujet de cet article me l'eût appris : soyez sûr que vous aurez quand vous le voudrez un excellent gouvernement représentatif aux mêmes conditions.

En Angleterre d'abord, et c'est le point capital, la loi d'élection assure au ministère une majorité qui, pourvu qu'il la soigne convenablement *,

---

* On pourrait croire que le gouvernement du juste-milieu a su mettre cette leçon à profit, si l'on s'en rapportait à *la Tribune*, qui donne sur ce sujet des éclaircissemens que nous nous garderons bien de répéter. (*Note de l'éditeur.*)

lui permet de faire à peu près tout ce qu'il veut.
Dès lors le grand problème de l'ordre constitutionnel est résolu; la grande difficulté du gouvernement représentatif est vaincue; il ne faut
plus alors qu'un peu d'habileté pour le conduire;
car partout, on le sait, tant valent les gouvernans,
tant vaut le gouvernement. Les maladroits, même
avec un très-beau jeu, n'en perdent pas moins la
partie.

Mais l'opposition? N'en soyez pas effrayé : elle
est là, parce qu'il faut qu'elle y soit; et si par
cas fortuit les électeurs n'envoyaient pas d'oppo-
sans, le ministère, qui entend son affaire, en nom-
merait d'office; il chargerait un certain nombre
de ses partisans de combattre ses projets. Passez,
leur dirait-il, de ce côté, et surtout opposez-vous
bien, et ne me ménagez pas. C'est que sans opposition il n'y a point d'intérêt dans le drame, point
d'amusement pour la galerie; mais cette opposition, qui s'oppose à tout, n'empêche rien ; et si
quelquefois elle paraît triompher dans le cours
de la pièce, elle est battue au dénouement.

L'année dernière, par exemple, elle demandait,
nous apprend-on, une légère réduction de l'im-
pôt sur la *drèche*; elle crut un instant qu'elle
allait l'obtenir : déjà même elle chantait victoire.
Le ministre au contraire faisait semblant d'avoir
peur, et les spectateurs applaudissaient...... Sou-

dain la scène change : « Un coup de tambour,
« dit l'auteur, ou un coup de sifflet, fait arriver
« à leur poste les cohortes ministérielles. » On va
aux voix, et le budget passe sans la plus petite
écornure : *plaudite cives.*

Et quel budget ! Le nôtre est honnête; et
comme nous ne sommes pas très-difficiles, nous
voulons bien nous en contenter; mais le ministère
anglais, en le voyant, doit sourire de pitié : le sien
est bien plus beau. Et remarquez, je vous prie,
comme tout se lie et se soutient dans un gouvernement représentatif bien raisonné, bien compris. La loi d'élection donne la majorité : cette
majorité donne le budget, et celui-ci par reconnaissance accroît, fortifie la majorité, et l'entre-
tient dans ses bonnes doctrines. Mais ne l'oublions
pas, cet admirable édifice repose tout entier sur
une loi que l'opposition trouve aujourd'hui absurde et détestable, mais qu'elle se garderait bien
de changer si elle arrivait demain au pouvoir.

Quoi qu'il en soit, dira-t-on, les Anglais n'en
sont pas moins le peuple le plus libre de la terre :
je ne le conteste pas; je conviens même que si
leur loi d'*habeas corpus* n'est pas toujours en vi-
gueur, c'est que l'on a des motifs très-graves pour
la suspendre. Oui, la liberté est chère aux Anglais, et même si chère, qu'on trouve à Londres
sa statue dans des lieux où on ne s'attendrait pas

de la rencontrer : sur la porte des prisons.....
Voyez-vous son bouclier, son bonnet? le mot *li-
bertas* ne laisse aucun doute, c'est bien elle.

Donnez-vous cependant la peine d'entrer, et
demandez aux prisonniers quelles sont les causes
de leur détention, et depuis quand ils sont là.
Si, dans un procès devant la cour de la chancel-
lerie, vous ne répondez pas à une pièce fournie
contre vous; si vous n'effectuez pas sur-le-champ
le dépôt à la banque d'une somme qu'il vous est
impossible de payer, le lord chancelier vous envoie à la prison de la Flotte, où vous restez jusqu'à ce que vous ayez ou répondu ou payé. « Une
« pauvre femme, dit l'auteur, y est renfermée
« depuis le 30 juillet 1789; un homme, depuis
« le 19 novembre 1800. » Vingt prisonniers pour
dettes y sont décédés depuis peu de temps,
notamment Thomas Williams : ce dernier, il est
vrai, n'était là que depuis trente-deux ans. *Vive
l'habeas corpus! Vive la liberté anglaise!* Notre
Bastille avait, je n'en disconviens pas, ses petits
désagrémens, mais du moins on pouvait en sortir; d'ailleurs le gouvernement qui vous y mettait avait l'attention de vous y nourrir; politesse
que le lord chancelier ne fait pas aux débiteurs
qu'il loge dans sa prison de la Flotte.

On accuse, et avec quelque raison, notre Code
criminel de sévérité; mais qu'il paraît doux quand

on le compare aux lois anglaises ! A la vérité, car il faut tout dire, sur dix condamnés, un seul au plus subit sa peine; les neuf autres n'invoquent pas en vain la clémence du souverain, et c'est ainsi que l'on corrige les lois cruelles qu'il serait plus sage de changer; car, je le demande à nos jurisconsultes, n'est-ce pas offrir au crime une chance trop favorable? Dix contre un à parier qu'on ne sera pas pendu! C'est un bel encouragement pour les gentleman de grands chemins : les plus honnêtes n'y peuvent résister; aussi tout Anglais qui voyage dans les trois royaumes a-t-il soin de faire ce qu'il appelle la bourse du voleur.

Qui croirait qu'au XIXe siècle, et sous un peuple éclairé, plusieurs lois rappellent les temps de barbarie où elles furent rendues? Ce n'est qu'en 1820 que les épreuves judiciaires ont été abolies, et ne croyez pas qu'elles fussent tombées en désuétude : la cour du banc du roi avait, l'année précédente, ordonné le *combat à outrance* entre un accusé et son accusateur. A-t-on une pareille honte à nous reprocher ?

L'année dernière encore, une vieille femme, prévenue de se rendre au sabbat sur un manche à balai, aurait pu, ainsi que l'auteur l'observe, être très-légalement brûlée, très-constitutionnellement rôtie en Angleterre. Mais la raison a été

enfin la plus forte : le parlement vient d'abolir
toutes les lois contre les sorciers ; et le bill ayant
été adopté à minuit sonnant, le marquis de Lon-
donderry remarqua ingénieusement que l'heure
était bien choisie pour s'occuper de sabbat et de
sorcellerie. Soit ; mais si nos chambres s'en oc-
cupaient, n'importe à quelle heure, la France les
croirait folles à lier.

J'avais envie d'examiner si sous d'autres rapports il n'y a pas quelque chose à rabattre du
calcul de M. Scott ; si, comme le prétend ce judi-
cieux observateur, « dans chaque rang de la so-
« ciété un Français est décidément de trois de-
« grés au-dessous d'un Anglais ; » mais ce serait,
je pense, prendre une peine fort inutile ; la question est probablement décidée dans l'esprit des
lecteurs. Au reste, ce M. Scott était Anglais, et
son opinion n'a rien qui doive surprendre ; mais
que faut-il penser des écrivains qui, malgré l'honneur qu'ils avaient d'être Français, ne se sont pas
contentés d'estimer une nation estimable, mais
nous ont abaissés pour l'élever davantage, nous ont
faits plus petits, afin qu'elle parût plus grande ?

Du 4 mars 1822.

LA PHILIPPIDE.

Un sot, en écrivant, fait tout avec plaisir ;
Il n'a point en ses vers l'embarras de choisir.
BOILEAU, *Satire II.*

Qu'on n'aille pas me demander quel est le plan de ce poëme. Cette question serait fort indiscrète, et je défierais l'auteur lui-même d'y répondre d'une manière satisfaisante. La vérité est qu'il n'y a dans la *Philippide* ni plan, ni ensemble. Le poëte, comme quelques uns des nobles paladins qu'il met en scène, erre à l'aventure ; il marche sans but déterminé, et s'inquiète peu de savoir où il va, ni quand il arrivera. Le sujet principal de son ouvrage est certainement ce dont il s'occupe le moins. A peine l'effleure-t-il quelquefois en passant ; il songe à tout autre chose. Et d'abord, que d'étranges historiettes il nous raconte à propos de la bataille de Bouvines et de la guerre des Albigeois, qu'il a dans son début promis de chanter, mais qu'il ne chante que quand cela lui plaît, et lorsqu'il croit n'avoir rien de mieux à faire !

Ces contes détachés, qui, remarquez-le bien, ne tiennent en rien au fond du poëme, et qui embarrasseraient l'action, s'il y en avait une,

M. Viennet les a tellement multipliés que, contre
son intention, car je suis sûr qu'il a voulu nous
amuser, ils fatiguent l'esprit au lieu de le récréer.
C'est un des défauts les plus sensibles de son ouvrage. Les épisodes, lorsque le poëte les choisit
avec art, les amène naturellement, et ne les emploie qu'avec une sage économie, offrent aux
lecteurs un agréable et nécessaire délassement ;
mais lorsqu'on les prodigue sans mesure, et même
quelquefois sans respect pour la vraisemblance,
alors ils ont une vertu contraire, et c'est sans doute
pourquoi, en lisant la *Philippide*, on éprouve assez
souvent le besoin d'être délassé de ses épisodes.

Je sais que ces observations critiques toucheront
fort peu M. Viennet, qui ne fera qu'en rire. Le
poëte qui, en parlant des *vieux Catons*, dit :

Je me bats l'œil de leur morale austère,

ce poëte, à plus forte raison, se *battra-t-il l'œil*
de mes austères remontrances. Mais que m'importe à moi? Je fais ma charge, je la fais sans
acception de personne. La poésie a aussi son
ordre légal, et quand les poëtes-députés se per-
mettent d'en sortir, il faut sévèrement, mais avec
cette politesse qu'on leur doit comme à d'autres,
les inviter à y rentrer, et à abandonner un système qui, pour me servir d'une expression qu'ils
ont mise à la mode, est vraiment déplorable.

Ce qu'on doit encore reprocher à M. Viennet, c'est de ne pas avoir assez varié le sujet des historiettes dont se compose une grande partie de son poëme. Que fait-il donc de son imagination? car je sais qu'il en a. Vous trouvez dans les premiers chants de son poëme trois enlèvemens de princesses; et, sans vouloir *berner leur douleur*, il nous raconte la mésaventure de ces dames sur un ton moitié sérieux, moitié plaisant. Or, y a-t-il dans tout cela un grand mérite d'invention? Des princesses enlevées! on ne voit pas autre chose chez nos vieux romanciers.

Au reste, puisque M. Viennet aime tant les enlèvemens, c'est un plaisir que je n'entends pas lui refuser. Toutefois, sur les trois princesses qu'il enlève ici, il n'y en a que deux que je lui passe; celles-là sont si peu connues que, sans me *battre l'œil* comme M. Viennet de la morale des vieux Catons, je crois que l'auteur d'un poëme héroï-comique peut prendre avec elles certaines libertés. Je permets qu'il les enlève, et me borne à faire des vœux pour leur prompte délivrance, et aussi pour le châtiment de leurs ravisseurs; car je pense sur le compte de ces gens-là tout comme M. Viennet, qui s'écrie peu poétiquement, j'en conviens, mais du moins bien sagement :

Ah! que le ciel, qui fit le genre humain,
Eût dû lancer un châtiment certain

Sur le premier qui d'une flamme indue
Sentit brûler son âme dissolue !

Certes, s'il y a quelque chose à blâmer dans ces vers, ce n'est pas la pensée qu'ils expriment.

La troisième princesse que M. Viennet enlève ou fait enlever est exposée à de plus grands dangers que les deux autres; elle disparaît au grand étonnement des assistans. On ne sait ce qu'elle est devenue;

Mais tout à coup, ô douleur accablante !
Sur le sommet d'un rocher sourcilleux,
Et dans les bras d'un géant monstrueux
Paraît au loin la malheureuse infante.

Le fils de Philippe-Auguste, Louis et ses chevaliers partent à l'instant pour la délivrer; mais, dit M. Viennet,

Mais quels chemins pour arriver là-haut !

Ils y arrivent cependant; mais le géant, nécroman de son métier, *leur rit à la figure* et les enferme dans un donjon;

Mon pouvoir seul vous en délivrera,
Et j'ouvrirai quand elle m'aimera.

L'aima-t-elle? M. Viennet, qui est discret, ne nous l'apprend pas, et il ne tire la belle des mains du géant que pour la mettre dans une position encore plus fâcheuse et plus critique.

On aperçoit, sur la mousse entassée,

Cette beauté qui, du sommeil pressée,
Sans nul effroi reposant ses appas,
D'un grand péril est pourtant menacée :
Un Sarrasin l'entoure de ses bras....

Or, il est temps de le dire, la princesse que le député de l'Hérault trouve si plaisant de faire ainsi passer des bras d'un géant monstrueux dans ceux d'un vilain Sarrasin, c'est Blanche de Castille..... la mère, si je ne me trompe, d'un de nos plus grands rois, et qui, en l'absence de son fils, gouverna la France avec tant de courage et d'habileté! M. Viennet se dit fort ami de la gloire nationale, et je l'en crois, mais il aurait dû le prouver un peu mieux. Qu'il enlève des princesses, puisque cela l'amuse, je le veux bien; mais que du moins il épargne un peu celles que la France honore, et qui ne sont pas faites pour servir de jouet à sa bouffonne imagination. Verser sur elles le ridicule, essayer de les avilir, est, à mon avis, un tort bien plus grave que celui d'avoir chanté le vainqueur de Bouvines dans des vers souvent très-prosaïques. L'omnipotence, soit poétique, soit parlementaire, ne s'étend pas jusque-là.

Philippe-Auguste est le héros de ce poëme; sa gloire serait plus belle si le poëte n'eût pris plaisir à dégrader une partie de ses rivaux. Vous souvient-il de ce Jean-Sans-Terre que, dans les pre-

miers chants de son poëme, M. Viennet a couvert
de tant d'ignominie et à qui il a donné cet aimable congé : *Va-t'en, gredin; va-t'en!* Eh bien!
le voilà qui, comme je l'avais craint, au lieu
d'ensevelir sa honte au fond de son palais, repa-
raît sur la scène, et c'est pour y jouer encore le
rôle le plus méprisable; vous le voyez d'abord aux
prises avec un pauvre solitaire qui lui prédit que
son règne finira bientôt.

> Il secouait la barbe de l'hermite,
> Ses *dents*, ses nerfs *tressaillaient* de fureur.
> « Vieux fainéant, mendiant hypocrite,
> « S'écriait-il, ton père Lucifer
> « T'a-t-il prédit que dans cette journée,
> « De ton cou noir serrant la peau tannée,
> « Un beau lacet *t'eût* fait mourir en l'air? »

Il allait le faire pendre, mais on lui annonce
que ses barons révoltés s'avancent pour le combattre. Aussitôt

> Un froid mortel parcourt les os du roi.
> Va-t'en, dit-il en grelottant d'effroi....

Puis s'adressant au porteur de la fâcheuse nouvelle :

> Les as-tu vus, ces conjurés maudits?
> Sont-ils bien loin? *sont-ils beaucoup de monde?*
> . . . .
> Et sur la pierre, à ces mots retombé,
> Muet, confus, ne sachant que résoudre,
> Ne pouvant fuir ni conjurer la foudre,
> Dans sa stupeur il demeure absorbé.

Et voilà un des braves qui veulent détrôner Philippe-Auguste, celui qui dit :

Et sous mon règne expirera la France;

voilà l'Hector que le poëte oppose à son Achille! On dira peut-être que M. Viennet a représenté Jean-Sans-Terre tel que l'histoire nous l'a donné. Je réponds que c'est un portrait que, grâce à un goût très-prononcé pour la caricature, il a chargé comme tant d'autres. D'ailleurs, tout ce qui est historique n'est pas toujours, on le sait bien, très-poétique, et M. Viennet pouvait faire, une fois dans l'intérêt de son poëme, ce qu'il n'a fait que trop souvent dans celui de ses opinions politiques.

Des adversaires de Philippe-Auguste, Othon le Guelphe est le plus puissant. Vous croyez d'abord qu'il va s'emparer de nos plus belles provinces en moins de temps encore qu'il n'en faudra aux Russes pour conquérir la Turquie et refouler Mahmoud en Asie. Mais par quels exploits cet Alexandre signale-t-il sa bravoure? Il met à contribution un couvent de pauvres moines mendians. Ne voilà-t-il pas un beau fait d'armes? Et je le remarque ici, mais non à l'éloge de M. Viennet, j'en trouve beaucoup de cette espèce dans la *Philippide.* Toute la machine de ce poëme a été construite, toutes les batteries poétiques de l'honorable député de l'Hérault, ancien chef de bataillon d'artillerie, ont été dressées contre les moines :

> Un monastère, un temple à dévaster,
> Et des frocards, des nonnes à fouetter.

Tels sont les nobles passe-temps de ses héros. *C'est un plaisir*, disent-ils,

> C'est un plaisir de piller les moutiers.

Que M. Viennet soit donc content; ce plaisir, il se l'est donné assez souvent. Malheur aux couvens qu'il trouve en son chemin! Il ne lui suffit pas d'en vider les caves, les celliers; Dieu sait comme il traite leurs habitans. Puis quel langage saugrenu, quels étranges discours il leur prête! Enfin quels pauvres vers, sans doute à dessein, il met dans leur bouche! *J'inventerai*, dit un d'eux, que M. Viennet probablement veut faire passer pour fou,

> J'inventerai des supplices nouveaux;
> Mes jacobins, transformés en bourreaux,
> N'épargneront ni l'enfant, ni la mère....
> J'établirai sur toute nation
> Le tribunal de l'inquisition,
> Que j'ai fondé pour soumettre la terre
> Au joug sacré de la religion.
> Sois mon appui dans cette occasion....

Que les moines pardonnent à M. Viennet les choses peu obligeantes qu'il leur dit dans sa *Phi-*

lippide. Puisqu'ils lui ont fait faire de tels vers, tout doit être oublié : les frocards sont vengés.

Que M. Viennet cherche à égayer ses lecteurs aux dépens des princesses, des moines à *face rubiconde* et des dévots qui

Depuis douze ans ont *rappris* leurs prières,

je le conçois. Mais comment peut-il, lui poëte libéral, lui député de 1828, répandre la couleur de l'ironie sur une des plus belles époques de l'histoire de nos voisins, sur celle où ils forcèrent Jean-Sans-Terre de leur accorder les lois qui les régissent aujourd'hui ? Ce délit est bien grave, et je crois devoir dénoncer le coupable aux amis des chartes constitutionnelles et des libertés publiques.

C'est le primat d'Angleterre, le fier Langton, qui parle au nom des barons conjurés. Une charte ne lui suffit pas; il exige que le roi rende aux monastères tous les biens dont il les a dépouillés, et même qu'il rétablisse leurs caves, leurs celliers, dans l'état où il les a trouvés. La chose est difficile. Le vin n'est pas seulement tiré, il est bu.

Ah ! par les dents et la barbe de Dieu,
Cria Sans-Terre en écumant de rage,
Où veux-tu donc que je prenne, morbleu !
Pour réparer cet immense pillage?
Vivez d'épargne, et gênez-vous un peu.

. . . .

Buvez de l'eau, s'il vous manque du vin,
Et pour en boire attendez qu'il en pousse.

Le primat, comme on le devine bien, est peu satisfait de son discours.

Anglais, dit-il, vous n'avez plus de roi;
Au nom du ciel, du pape et du saint-siége,
Je le dépose, et je donne... — Tais-toi,
S'écria Jean, qu'effrayait ce cortége;
Je te rendrai tout ce qui te plaira :
Je promets tout, et tiendra qui pourra.

Mais rentré dans son palais, Jean-Sans-Terre, qui n'a jamais peur que lorsqu'il voit l'ennemi, reprend courage et menace ceux devant qui il vient de trembler :

Manans, vilains, savonniers, scélérats,
S'écriait-ils, nous aurons des soldats;
Vous nous paîrez cette infâme contrainte.
Foin des sermens que m'arracha la crainte !

Vous voyez comment, de ce qui pouvait lui fournir le sujet d'un tableau intéressant, M. Viennet a fait, je suis fâché d'être obligé de le dire, une caricature. Je ne parle pas d'une certaine amazone, d'une coureuse d'armée nommée Cunégonde, qui joue un rôle assez remarquable dans cette grande affaire; femme intrépide qui, s'il faut en croire M. Viennet,

Eût tenu tête à tout le régiment.

Lorsqu'un poëte a la fureur de se moquer lui-

même des choses qu'il nous conte, il lui est bien
difficile de ne pas tomber dans le burlesque, surtout s'il emploie volontiers certaines expressions
qui par leur trivialité ne peuvent appartenir
qu'à ce malheureux genre, non moins contraire
au bon sens qu'au bon goût. C'est encore, je ne
puis le taire, un des torts de M. Viennet. On
pardonnerait à Scarron d'avoir dit :

Ce baiser-là *t'allait comme de cire.*

On lui pardonnerait encore d'avoir montré Ju-
dith *reluquant le grand couteau* avec lequel elle
va couper la tête de ce pauvre Holopherne; mais
je suis étonné et même affligé de trouver ces expressions, et d'autres que je pourrais citer, dans
la Philippide de M. Viennet, où je ne m'attendais
guère à les rencontrer. Puis je ne sais pourquoi
il veut que quelques uns des personnages qu'il
met en scène meurent en plaisantant. Un très-
mauvais sujet, du nom de Saccamant, se dispose
à attenter à la pudeur de Mme la baronne d'Es-
cornac; mais arrive un paladin qui, pour modérer ses feux, *lui porte un coup de lance dans
l'abdomen.*

— Ah ! mon pendard, il vous faut des baronnes !
— Moi, dit le drôle, il ne me faut plus rien;
Grâces à vous, *je ne vaux plus un chien.*
Je vais au diable.....

C'est, ou je me trompe fort, du burlesque tout

pur, et pour surcroît de malheur, il n'est pas
très-amusant, parce qu'il manque de vérité. Le
vulgaire pourra en rire; mais les lecteurs judi-
cieux sentiront que Saccamant, dont j'ai, pour
cause, abrégé les adieux, ce Saccamant, qui *ne
vaut plus un chien*, et qui *va au diable*, choisit
bien mal son temps pour faire le mauvais plaisant.
Point de bonne gaieté sans naturel. L'auteur de
la Philippide ne s'en est pas toujours souvenu.

D'ailleurs, et c'est, comme je l'ai déjà remarqué,
le défaut capital de son poëme, ses personnages
ne disent presque jamais ce qu'ils doivent dire. Il
prête aux uns son ton moqueur, aux autres son
esprit philosophique. C'est toujours lui que je
vois et que j'entends. Et alors où est la vérité?
où est le naturel? *Je peins*, dit-il,

Je peins ce siècle et ne l'invente pas.

Mais dans ce siècle où il nous reporte, il n'y
avait pas, que je sache, tant de libéraux et tant
de goguenards philosophes. Disons-le, M. Viennet
est aujourd'hui puni par où il pèche. Si sa *Philippide* ne vaut pas mieux, c'est surtout à ses opinions politiques qu'il peut s'en prendre, et il
devrait bien les abandonner, puisqu'elles lui ont
fait faire un poëme si bizarre. C'est ainsi qu'il
faut qu'un poëte se venge.

4 octobre 1828.

DES
PROCÈS INTENTÉS AUX JOURNAUX,

ET SPÉCIALEMENT

DES PROCÈS A LA GAZETTE DE FRANCE.

> Grâce à Dieu, mes procès seront bientôt finis ;
> Il ne m'en reste plus que quatre ou cinq petits.
> RACINE, *les Plaideurs.*

Un philosophe, je crois que c'était Galilée, soutenait, il y a environ deux cents ans, que le soleil était immobile, et que la terre tournait autour de cet astre. Il fut cité devant un tribunal dont tous les membres étaient, à ce qu'il paraît, d'assez médiocres physiciens, et ce tribunal, voulant bien, pour une première fois, le traiter avec indulgence, se borna à lui enjoindre d'être plus circonspect et plus sage, et à lui défendre d'enseigner ni par écrit ni de vive voix un système *si absurde et si faux en bonne philosophie.* Le philosophe était docile ; et, sans approuver cette défense, il s'y soumit en attendant qu'il plût au ciel d'éclairer ses juges et son siècle.

Cependant la terre tournait toujours, non-obstant l'arrêt de la cour, et le soleil ne bougeait pas. Galilée en était plus convaincu que jamais, et le silence qu'on lui avait imposé, et qu'il gardait depuis plus de quinze ans, devenait pour lui un bien rude supplice. Il brûlait d'envie d'écrire; les doigts lui démangeaient. Enfin, ne pouvant résister à une tentation si violente, il publia des *Dialogues* à l'appui de son opinion. Alors, vu la récidive, ses premiers juges le condamnèrent à la prison, mais sans amende. Il fut de plus obligé d'abjurer à genoux son *erreur insensée*, ce qu'il fit sur-le-champ avec beaucoup d'humilité. Mais au moment où il se releva, regardant la terre et la frappant du pied, il ne put s'empêcher de dire : « Pourtant elle remue » : *E pur si mouve*. Le philosophe ne se trompait pas, mais bien ses juges, qui n'auraient pas dû se mêler de juger un procès qui n'était pas de leur compétence. Mais cela ne se voit-il pas encore tous les jours ?

Au reste, puisque l'occasion s'en présente, je remarquerai en passant que la captivité de Galilée ne fut pas aussi dure que quelques écrivains se sont plu à le dire. On peut taxer d'ignorance le tribunal qui le condamna, mais non d'une excessive sévérité, ni d'un indécent oubli des convenances. Il ne fut pas enfermé dans un lieu malsain avec des vagabonds, des prévenus d'escroquerie et de vol. Une des villes les plus agréables de la Toscane, et tout le territoire environnant, voilà quelle fut sa prison, ou, si l'on veut, sa Sainte-Pélagie, et il s'y trouva si bien, qu'il n'en voulut jamais sortir.

Loin de moi l'idée de vouloir comparer les journalistes à Galilée. Aucun d'eux ne consentirait à accepter cet honneur. Tous auraient le bon esprit de se moquer de celui qui aurait la sottise de le leur offrir. Mon seul but est de faire voir à nos ministres, qui paraissent n'avoir pas lu l'histoire, ou qui, s'ils l'ont lue, n'ont du moins guère profité de ses leçons, que les procès intentés à la presse, et les condamnations qui s'ensuivent, produisent toujours un effet bien différent de celui qu'on en attend, et que le moyen le plus sûr d'accréditer une opinion, c'est d'envoyer en prison l'écrivain qui la défend. L'exemple de Galilée en offre une preuve bien frappante. L'opinion de ce philosophe, lorsqu'on la mit en cause et son défenseur en spectacle, n'était encore partagée que par un petit nombre d'hommes éclairés; mais l'arrêt prononcé contre elle fit en sa faveur ce que peut-être un siècle tout entier n'aurait pu faire.

A peine fut-elle condamnée, que chacun voulut l'examiner; et, grâce au rapide mouvement imprimé à tous les esprits, elle fut bientôt généralement adoptée. On l'enseigna dans tous les livres, dans toutes les écoles; et quand on parlait des

juges qui l'avaient proscrite, on ne manquait jamais de dire qu'il fallait que la tête leur eût tourné
au moment où ils avaient décidé que la terre ne
tournait pas. Heureux donc ceux qui souffrent
pour leur opinion ! ils ne savent pas assez combien un peu de persécution leur est utile. Qu'on
plaigne les persécutés : je l'approuve ; mais j'avoue
que je suis quelquefois tenté de plaindre aussi ces
pauvres persécuteurs, ministres ou non, qui ont
une si bonne volonté de vous nuire, et qui vous
servent si bien sans qu'ils s'en doutent.

Bien entendu qu'il ne s'agit pas ici de ces doctrines dangereuses qui peuvent compromettre
la paix publique, mais seulement de celles qui
n'ont rien de menaçant pour la société, et qu'un
gouvernement, quand il est comme le nôtre
sorti d'une insurrection populaire, doit abandonner, s'il est bien avisé, à une libre discussion.
Or, que les hommes du juste milieu mettent ici
la main, non sur l'estomac, mais sur la conscience, et qu'ils me disent s'il est une opinion
plus inoffensive que celle qui est depuis si long-
temps défendue dans la *Gazette de France*, et
pour laquelle le directeur de cette feuille politique, M. de Genoude, vient de se voir condamné
à trois mois de prison et à trois mille francs d'a-
mende? le droit héréditaire et le vote général.
La loi électorale sous l'empire de laquelle nous

vivons ne lui paraît qu'un monopole ajouté à
bien d'autres. Il propose de l'élargir; enfin,
émancipant les communes et les provinces, il
demande qu'à l'aide de plusieurs degrés d'élection
sagement combinés, tous les citoyens payant un
cens d'imposition concourent à former la représentation nationale. Cette opinion est-elle donc
si coupable qu'elle ne puisse être expiée que par
une énorme amende et un long séjour à Sainte-
Pélagie?

Je présume que M. l'avocat-général a dû chercher long-temps ce qu'il pourrait avoir à répondre
lorsque, le 25 janvier dernier, il a entendu le
début de M. de Genoude : « On est venu vous
« dire (c'est l'accusé qui parle à ses juges), on est
« venu vous dire que j'étais un homme de dés-
« ordre, parce que je demande la convocation
« de la nation, et M. l'avocat-général, qui a porté
« contre moi cette accusation, a soutenu qu'il ne
« reconnaissait la volonté souveraine que lors-
« qu'elle s'exprimait, comme aux trois journées,
« par l'insurrection. Ainsi, Messieurs, vous le
« voyez, la provocation au désordre vient de
« ceux qui sont chargés de maintenir l'ordre pu-
« blic, et le défenseur de l'ordre, c'est moi, moi
« qui appelle le vœu de la nation, et qui déclare
« que la révolte n'est jamais permise. » Les rôles,
comme on voit, étaient bien changés, et si j'avais

été juré dans cette affaire, je ne me serais pas contenté d'absoudre l'accusé, j'aurais condamné l'accusateur, dans l'intérêt du gouvernement qui, quelle que soit son origine, ne doit pas aimer à voir trop souvent la volonté souveraine s'exprimer par des barricades.

Remarquez bien que l'opinion de M. de Genoude n'est pas chez lui le fruit des derniers événemens politiques. Tout ce qu'il demande aujourd'hui, il l'a demandé, et dans les mêmes termes, en 1814. Un écrit qu'il a publié à cette époque le prouve. On peut donc s'étonner que la révolution de juillet, qui a proclamé la souveraineté du peuple, et qui a, dit-on, été faite pour sauver la liberté de la presse, condamne un écrivain pour une opinion dont la restauration, fondée sur la légitimité, ne s'est pas trouvée offensée, et qu'elle a trouvée très-innocente! Il faut que notre glorieuse révolution y prenne garde. Si elle continuait à intenter aux journaux plus de procès qu'il n'y a de jours dans l'année, les amis qui lui restent pourraient bien regretter d'avoir échangé contre sa *liberté* ce que, sans doute par plaisanterie, ils appellent encore l'*esclavage* de la restauration.

Voici quelque chose de plus étrange encore : le vœu de M. de Genoude est précisément celui qu'exprimaient, il y a plus de quarante ans, les

Dauphinois ses compatriotes, et notamment toute la famille de M. Casimir Périer, qui réclamait comme un droit imprescriptible de la nation française la convocation des états-généraux, et était même si pressée de l'obtenir, qu'elle laissait à peine à la couronne le temps de faire ses réflexions. Cependant M. de Genoude est aujourd'hui à Sainte-Pélagie, tandis que M. Casimir Périer, chef du conseil de Louis-Philippe, roi des Français par la grâce du peuple, se prélasse dans son fauteuil de président! C'est, puisqu'il faut le dire, que ni l'un ni l'autre ne sont à leur place, et je ne suis pas le seul qui le pense.

Trois cents procès ont été, depuis un an, intentés à la presse. C'est peu, allez-vous dire. J'en conviens; mais considérez, je vous prie, que la la presse est *libre*, et que si elle ne l'était pas, on ne l'en aurait pas probablement tenue quitte à si bon marché. Quoi qu'il en soit, le directeur de la *Gazette de France*, M. de Genoude, ne peut pas se plaindre d'avoir été oublié dans cette distribution des faveurs du ministère public. Rappelons ici les condamnations qu'il a subies, en d'autres termes, comptons ses honorables cicatrices.

Un jour il se permet de dire que la gauche et M. Méchin veulent le renversement de la dynastie: *Quinze jours de prison.* Apparemment c'était alors un délit. En serait-ce un aujourd'hui?

Croyez-vous que si je disais à l'honorable M. Persil qu'il s'est montré hostile à l'ancienne dynastie, cela le fâcherait fort? Moi je crois, au contraire, qu'il en serait très-agréablement flatté. Les événemens politiques ont tout-à-fait changé l'état de la question. Il y a deux ans, on trouvait bon de voir une calomnie dans ce qui n'était qu'une légère médisance; aujourd'hui c'est un compliment.

Un autre jour, quand la révolution de juillet était encore toute chaude, et que chacun croyait pouvoir demander ce qui lui plaisait le plus, M. de Genoude demanda, lui, avec M. de Kergorlay, Henri V et la régence : *Un mois de prison*. Puis voici M. Cottu, ancien magistrat, qui s'avise d'écrire à un journal que la nouvelle royauté a été *bâclée*, et que Henri V est le roi de son cœur et de sa raison. D'autres journaux insèrent cette lettre. Plusieurs jours se passent; le ministère public se tait. Ce silence ressemblait à une autorisation. M. de Genoude reproduit la lettre de l'ancien magistrat : *Un mois de prison*. Il était arrivé le dernier, il a été seul poursuivi. Le ministère public, dira-t-on peut-être, poursuit qui il veut. Je saurais que répondre, n'était mon profond respect pour la chose jugée, n'importe comment.

Enfin M. de Genoude vient d'être condamné,

avec les gérans de deux autres journaux, *à trois mois de prison* et à trois mille francs d'amende, pour avoir demandé encore une fois les états-généraux. La peine est acerbe; mais qu'il s'en console : ce procès qui aura sa page dans l'istoire de la liberté de la presse, ce procès où il s'est si noblement défendu, a été pour lui un véritable triomphe. Il a perdu sa cause devant la cour; il l'a gagnée devant le public qui l'a absous par ses applaudissemens, et qui a vu dans son opinion, non, comme son accusateur, une provocation au désordre, mais au contraire le seul moyen d'établir l'ordre public sur une base inébranlable, de concilier tous les partis qui nous divisent, et de préserver la France de tous les maux que le funeste système de ces malencontreux doctrinaires doit tôt ou tard attirer sur elle.

Bien d'autres poursuites ont été dirigées contre la *Gazette de France.* Les énumérer serait long. M. de Genoude dit un jour que « le serment des « électeurs et des députés n'entraînait aucune su- « jétion à Louis-Philippe. » Aussitôt grande rumeur dans le parquet; la *Gazette de France* est saisie à la poste, et son directeur cité devant le juge d'instruction : mais la chambre d'accusation rend une ordonnance *de non lieu,* et tout s'arrête. Cette chambre savait-elle donc que 164 députés ne tarderaient pas à protester publiquement contre la qualification de sujet, et que les ministres ne seraient bientôt plus, dans les rapports qu'ils feraient au roi, ses très-humbles *sujets*, mais seulement ses *serviteurs*, expression dont on peut d'autant plus facilement se servir qu'elle ne tire pas à conséquence? Le tort de M. de Genoude est, comme on voit, d'avoir toujours raison un peu trop tôt. Que n'attend-il?

Avant peu son opinion, je n'en doute pas, sera l'opinion commune. Déjà quarante gazettes royalistes la propagent dans les provinces; car il paraît que cette *poignée de vaincus*, comme l'appelait impertinemment je ne sais quel orateur du parquet, s'est bien grossie depuis 1830. Toutes les feuilles d'Allemagne et d'Angleterre ont remarqué que la nôtre était placée sur le véritable terrain national, et quand on est là, on est sûr de triompher. Un peu de patience, et bientôt la France, que les hommes du juste-milieu veulent tenir en tutelle, sera émancipée et ses communes affranchies. Encore quelque temps, et la centralisation sera détruite : le monstre se débat en vain sous les coups qu'on lui porte; il périra, j'y parierais ma tête, et je suis sûr qu'elle ne courrait pas plus de risques que celle de M. de Broglie, s'il y avait une nouvelle restauration, si le *revenant* revenait. Mais à quoi songe donc ce fils aîné du père suprême des doctrinaires? Qui diable lui a

dit qu'on en voulait à sa tête? C'est, je le soupçonne, parce qu'elle est malade qu'il craint si fort
de la perdre.

Sans doute il y aura encore des procès, des
condamnations, des amendes et des emprisonne-
mens; mais que les ministres se le tiennent pour
dit, ces moyens violens ne feront que hâter le
triomphe de l'opinion qu'ils veulent étouffer.
Cette opinion, il est bon qu'ils le sachent, n'est
plus seulement partagée par tous les hommes
éclairés, par ceux du moins qui n'ont pas un intérêt particulier à la combattre; elle descend dans
les classes inférieures de la société, elle pénètre
les esprits qui ont le moins de culture. N'a-t-on
pas entendu, dans les groupes de la cour d'assises,
des hommes en veste dire que la *Gazette de
France* était le journal du peuple? Je n'en suis
pas surpris. C'est que, comme le dit M. de Genoude, « sans accorder en théorie la souveraineté
« du peuple, lorsque d'autres proclament cette
« souveraineté pour l'exercer eux-mêmes, sans
« vouloir consulter la nation, nous demandons,
« nous, que les provinces et les communes s'ad-
« ministrent elles-mêmes, et que le peuple tout
« entier participe à la nomination des assemblées
« générales.

« Loin d'improuver le sentiment d'instinct gé-
« néreux qui a porté quelques hommes à embras-

« ser la doctrine de la souveraineté du peuple,
« nous leur offrons le seul moyen de réaliser ce
« sentiment dans ce qu'il a d'applicable. » Puisque
les hommes en veste apprennent à connaître
leurs véritables amis, honneur au bon sens des
hommes en veste!

Les républicains demandent aussi le vote universel; et le juste-milieu qui, comme chacun
sait, est bon logicien, et qui le prouve tous les
jours, en conclut qu'il y a une coalition entre
eux et nous. Il va plus loin : il assure que le
traité d'alliance rédigé par les plénipotentiaires
des deux partis est déposé dans les cartons du
ministère de l'intérieur. Pourquoi donc n'en sort-
il pas? Nous serions curieux de le voir. Ce traité
a sans doute été signé à Sainte-Pélagie ou sur
les bancs de la cour d'assises; car c'est là que
les républicains et les carlistes sont réunis, grâce
au bon plaisir des ministres, qui les confondent
dans une même accusation, et disent aux niais,
qui peuvent seuls être aujourd'hui leurs dupes :
Voyez comme ces républicains et ces carlistes
s'entendent!

Nous disons, nous, aux ministres, à MM. Casimir Périer, Barthe et consorts..... nous disons à
leurs champions du juste-milieu : Non, il n'y a
point de coalition, comme vous l'entendez, entre
les royalistes et les républicains. Sur quelles bases

reposerait-elle? Les premiers auraient-ils accepté le programme de l'Hôtel-de-Ville, ou les seconds la légitimité? Pour faire de si ridicules suppositions, il faut être, comme vous, bien décidés à ne reculer devant aucune absurdité.

Ces hommes, d'ailleurs, avec lesquels vous nous faites un crime de demander le vote universel, la liberté de l'enseignement, la liberté des communes, la destruction de la centralisation, toutes choses qui ont été promises à la France et que vous lui refusez, ces hommes que vous nous donnez pour alliés, malgré eux et malgré nous, vous avez l'air de ne pas les reconnaître. Avez-vous donc oublié ce que vous leur devez?

N'est-ce pas d'eux que vous avez reçu un nouveau gouvernement, un nouveau principe, une nouvelle charte, enfin tout ce qui est sorti d'une révolution dont vous recueillez seuls tous les fruits, et que pourtant ils ont faite sans vous? Ils vous le disent assez souvent et d'un ton qu'ils ont le droit de prendre; la fierté sied aux braves. Avez-vous, aux trois journées, partagé leurs dangers? où étiez-vous, quand ils se battaient dans les rues? S'il faut les en croire, ce n'est qu'après la victoire que vous avez paru sur le champ de bataille, pour dépouiller à la fois les vainqueurs et les vaincus.

Une souscription est ouverte en faveur des

trois journaux condamnés, le 7 de ce mois, par la cour d'assises; c'est un appel aux royalistes et aux amis de la liberté, et je ne doute pas que tous ne s'empressent d'y répondre, et j'attends encore mieux. Il y a dans ce pays-ci beaucoup de compagnies d'assurances : pourquoi n'en formerait-on pas une contre les rigueurs ministérielles? Pourquoi ne ferait-on pas un fonds destiné à payer les amendes auxquelles les journaux seraient condamnés pour des questions d'intérêt général? La charte de 1830 ne défend pas les bonnes œuvres, et celle-là en vaudrait bien une autre. Qu'en pense M. Persil? Veut-il prendre une action dans cette noble entreprise?

Du 26 février 1832.

HISTOIRE

DE LA

DÉTENTION DES PHILOSOPHES ET DES GENS DE LETTRES

A LA BASTILLE ET A VINCENNES.

> Souvent qui tarde trop se laisse prévenir.
> P. CORNEILLE, *Rodogune*.

Ce n'est point, comme son titre pourrait le faire croire, un ouvrage de parti que j'annonce. M. Delort n'est ni l'apologiste, ni l'accusateur des philosophes; il les laisse pour ce qu'ils sont, vous permet d'en penser tout ce qu'il vous plaira, et se contente de vous apprendre pourquoi quelques uns d'entre eux ont été enfermés à la Bastille ou à Vincennes, combien de temps ils y ont passé, enfin comment ils y ont été traités. Voilà tout ce que vous saurez après avoir lu son livre, et, je vous en prie, ne lui en demandez pas davantage, car vous l'embarrasseriez fort.

Historien prudent et discret, M. Delort, qui connaît l'esprit de son siècle, et n'a rien de plus à cœur que de vivre en paix avec tout le monde, ne s'est pas soucié d'aborder une question délicate, que pourtant son sujet amenait bien na-

turellement : qui des philosophes ou de la Bastille avait tort? Probablement l'auteur le sait;
mais il se garde bien de le dire. Il a pensé, je le
présume, qu'il existait encore trop de fâcheuses
préventions contre l'une des deux parties, pour
que ce procès pût être équitablement jugé, et
c'est bien aussi mon opinion. Toutefois, si dans
les *documens authentiques et inédits* qu'on livre
aujourd'hui à notre curiosité, si dans ce *livre
noir* du siècle dernier, je trouve quelques témoignages favorables à la plus fameuse de nos
anciennes prisons d'État, sans me constituer son
défenseur, je me permettrai de les opposer aux
odieuses imputations dont on l'a chargée; car il
faut au moins avoir le courage de le dire, cette
pauvre Bastille, on l'a fort calomniée, comme
s'il n'eût pas suffi de la raser.

En parlant des philosophes qui ont été détenus à la Bastille ou à Vincennes, ce serait manquer de respect à leur vénérable patriarche que
de ne pas le nommer le premier; car à tout
seigneur tout honneur. On a cru jusqu'à présent
qu'une pièce de vers dont il n'était pas l'auteur,
les fameux *J'ai vu*, avait seule motivé la première détention de Voltaire à la Bastille. Mais
qu'on lise les pièces autographes que M. Delort
a recueillies dans nos dépôts littéraires et ailleurs,
qu'on lise surtout le rapport officiel du commis-

saire Ysabeau, que la décence ne me permet pas de transcrire ici, et alors on se convaincra facilement que Voltaire était accusé non seulement « d'avoir composé des vers insolens contre M. le « régent et Mme la duchesse de Berri sa fille », mais encore d'avoir fait beaucoup mieux. C'est un terrible fureteur que ce M. Delort; il découvre tout. N'a-t-il pas déterré à la Bibliothèque royale une note de la police du temps, ainsi conçue: *Arouet de Voltaire est un aigle pour l'esprit, mais un fort mauvais sujet pour les sentimens!* Cette note, que je donne pour ce qu'elle vaut, est assez curieuse; elle prouve au moins que notre jeune philosophe, qui n'avait pas encore de barbe au menton, était déjà fort mal dans les papiers du lieutenant de police de cette époque, M. le Voyer-d'Argenson, qui a créé en France cette salutaire institution contre laquelle, et je sais bien pourquoi, on réclame tant aujourd'hui, mais qui n'en est pas moins une des plus grandes nécessités du siècle et de notre civilisation perfectionnée.

Je soupçonne que Voltaire, en sortant de la Bastille, lui dit: Au revoir; du moins ne tarda-t-il pas à lui faire une seconde visite. En vain avait-il si gaiement répondu au régent qui, sans rancune, lui offrait sa protection : « Mon-« seigneur, je suis on ne peut plus sensible aux « bontés de Votre Altesse Royale, mais je la sup-

« plie de ne plus se charger de mon logement. »
On se crut peu de temps après obligé de prendre encore ce soin. Cette fois, Voltaire ne resta
à la Bastille que *quinze jours*, mais il n'en sortit
qu'en se soumettant à l'ordre qui lui fut donné
de partir pour l'Angleterre, ordre *arbitraire* si
l'on veut, mais qu'après avoir lu l'ouvrage que
j'annonce on trouvera fort excusable. C'est fort
bien de crier au despotisme, mais il faut au moins
saisir l'à-propos.

Voltaire, grâce à ses saillies toujours ingé-
nieuses, toujours piquantes, mais parfois fort
impertinentes, s'était fait beaucoup d'ennemis,
et déjà quelques uns, moins endurans que les autres, lui avaient donné des témoignages non
équivoques de leur ressentiment. M. Delort, ce
furet aux recherches duquel, comme je l'ai déjà
fait remarquer, rien ne peut échapper, a trouvé
dans un vieux manuscrit du temps les notes suivantes :

1° Voltaire a reçu auprès du pont de Sèvres des
coups de bâton de la main de M. de Beauregard;

2° Le chevalier de Rohan-Chabot lui en a fait
donner par ses gens vis-à-vis l'hôtel de Sully,
rue Saint-Antoine:

3°..... C'en est assez. Décidément on en voulait
aux épaules du jeune philosophe, et c'est, je n'en
doute pas, pour les préserver des petits désagré-

mens auxquels elles étaient sans cesse exposées, qu'on l'obligea de sortir de Paris. Il ne fallait pas que ce qui s'était passé « auprès du pont de « Sèvres et vis-à-vis l'hôtel de Sully, rue Saint- « Antoine, » se renouvelât. L'autorité devait y mettre ordre. Voilà comment je l'excuse, sans vouloir au reste, Dieu m'en garde, défendre les mesures arbitraires, les lettres de cachet, et les prisons d'État où l'on vous enfermait sans jugement, ce qui, j'en conviens, n'est pas très-constitutionnel, au moins comme nous l'entendons aujourd'hui.

Voici un autre philosophe qu'on arrête, et que l'on conduit au château de Vincennes; mais celui-là, vous en conviendrez, mérite bien cette légère correction : c'est l'auteur de plusieurs ouvrages à la fois irréligieux et obscènes; c'est le grand athée du dix-huitième siècle, c'est Diderot, qui n'en serait pas quitte aujourd'hui à si bon marché. La cour le condamnerait certainement à plus de trois mois de détention. Observez encore que si, comme je l'ai entendu dire, il n'y a point de belles prisons, celle de Diderot dut lui paraître moins laide que beaucoup d'autres : on l'y traita si bien !

A peine le ministre, philosophe lui-même, eut signé l'ordre d'arrestation, que, dans une lettre confidentielle dont M. Delort a senti l'importance,

il recommande fortement au gouverneur de Vincennes d'avoir pour le prisonnier qu'il lui envoie
beaucoup de douceur et *d'égards*. Ce sont ses
propres expressions. En conséquence, on donne
à Diderot pour prison le château et le parc tout entier. On ferme même les yeux lorsque, comme on
le lit dans un de ses ouvrages, il vient voir à Paris
une femme qu'il aime, et qui, par parenthèse,
n'est pas la sienne; enfin le prisonnier est plus
libre que ses gardiens. Or, si par ordre ministériel on avait tant de *douceur* et *d'égards* pour
un professeur effronté d'athéisme, pour l'ennemi
le plus violent de la religion et de la monarchie,
enfin pour celui qui disait « qu'il voudrait voir
« étrangler le dernier des prêtres avec les boyaux
« du dernier des rois, » comment devait-on traiter les écrivains à qui on n'avait à reprocher que
quelques étourderies philosophiques? M. Delort
nous apprend qu'avant de sortir de Vincennes,
Diderot «promit sur son honneur de ne rien faire
« qui pût être contraire en la moindre chose à la
« religion et aux bonnes mœurs. » Oh! le bon
billet qu'avait là le gouvernement! On sait en
quelle monnaie Diderot l'a payé.

« Morbleu, la Bastille ne vient point, et voilà
« qu'il faut tout à l'heure payer mon terme. » C'est
Langlet du Fresnoy qui parlait ainsi, et qui, en
voyant arriver enfin l'exempt de police, lui di-

sait : « Ah ! bonjour, M. Tapin ; je suis à vous.
« Allons, vite, Marianne, mon petit paquet, du
« linge, du tabac.... » M. Delort regarde cette
anecdote comme « faite à plaisir. » Moi j'aime à
y croire, parce qu'elle est gaie, et que d'ailleurs
ce passage d'une des lettres de Langlet du Fresnoy, *je dois deux années de loyer*, lui donne une
grande apparence de vérité. Au reste, si, comme
on le prétend, il n'était pas amoureux de la Bastille, pourquoi s'y est-il fait envoyer si souvent ?
Cinq fois seulement, dit M. Delort. Eh bien ! *cinq
fois*, soit; ce nombre n'est-il pas fort honnête ?

On peut donc croire que l'écrivain dont il est
ici question ne fit tant de voyages à la Bastille,
ne reçut tant de visites du commissaire Tapin et
de ses confrères, que parce qu'il le voulut bien.
Et je trouve dans les *documens* recueillis par
M. Delort plus d'une preuve à l'appui de cette
opinion. Ainsi, lorsque la France avait depuis
long-temps abandonné les malheureux Stuarts
et reconnu le roi Georges, Langlet du Fresnoy
était toujours en guerre avec ce prince, et dans
ses écrits le traitait insolemment d'usurpateur.
N'était-ce pas, je vous le demande, prier le gouvernement de vouloir bien lui accorder un logement à la Bastille? Je n'explique pas autrement
l'audace de ce Labeaumelle que M. Delort a aussi
inscrit sur ses tablettes, et qui, à peu près dans

le même temps, ne craignait pas d'écrire que la cour de Vienne, pour faciliter l'exécution de ses desseins, avait l'honnête habitude *de tenir des empoisonneurs à ses gages.* Quand, à cette époque, on voulait coucher chez soi, on ne se permettait pas de si grandes témérités. Le gouvernement, si bon qu'il fût, pouvait-il les tolérer? C'était nécessairement à la Bastille ou à Charenton qu'il fallait envoyer des écrivains qui, si on les eût laissé faire, auraient mis le feu aux quatre coins de l'Europe.

Je m'étonne que M. Delort ait placé Mme de Tencin dans son catalogue; c'était une femme sans principes et capable de tout. Sa réputation était épouvantable. Comme elle avait des manières fort douces, je ne sais qui disait d'elle : « Si cette dame avait quelque intérêt à vous empoisonner, elle choisirait le poison le plus doux.» Mais ce n'est, M. Delort le sait bien, ni comme philosophe ni comme femme de lettres qu'elle eut affaire à la justice. Elle était tout simplement accusée d'avoir assassiné un de ses amans. En conséquence, on l'enferma au Grand-Châtelet, et ce ne fut, remarquez-le bien, qu'à force de sollicitations, et, comme le prouvent les documens authentiques de M. Delort, *à cause de sa santé délicate*, qu'elle obtint plus tard la faveur d'être conduite à la Bastille. Car, disons-le à l'éloge de cette Bastille tant décriée, les prisonniers de quelque distinction et d'une *santé délicate* demandaient à y être transférés comme on demanderait aujourd'hui, si cela pouvait s'obtenir, à être transféré aux bains de Tivoli. Calomniez-la donc encore!

Lui ferez-vous un crime d'avoir donné l'hospitalité à un certain chanoine d'Etampes nommé Desforges, qui, piqué je ne sais par quelle mouche, s'avisa un jour de publier, au mépris des lois de l'Eglise et de l'Etat, un ouvrage fort étrange, qui avait pour titre: *Avantages du mariage, et combien il est nécessaire et salutaire aux prêtres et aux évêques de ce temps-ci d'épouser une fille chrétienne?* Pouvait-on décemment permettre aux chanoines d'Etampes de soutenir de pareilles thèses, et de braver ainsi les canons du concile de Trente? N'était-ce pas un sujet de scandale? Et si aujourd'hui même, malgré toute la faconde de ses avocats, M. l'abbé Dumonteil, qui voulait aussi tâter du mariage, a été par deux fois débouté de sa demande; si nos tribunaux, bien avisés, ont mis *néant* au bas de sa requête, doit-on s'étonner que sous l'ancien gouvernement on n'ait pas cru devoir compatir aux pressantes nécessités de notre chanoine, et qu'au lieu d'une *fille chrétienne* qu'il demandait, on lui ait donné six mois de Bastille? M. Delort

nous apprend que ledit chanoine devint plus
sage, et ne fit plus parler de lui; je n'ai pas de
peine à le croire : voilà le fruit d'une correction
paternelle infligée à propos. La Bastille a rendu
bien des services de ce genre dont on ne lui tient
pas assez de compte.

Le tour de Marmontel est venu; cet écrivain
va occuper à la Bastille la chambre de Voltaire;
et c'est une satire qu'il n'a point composée, mais
qu'il a eu l'imprudence très-pardonnable de ré-
citer devant plusieurs personnes, qui lui vaut ce
triste honneur. « Si, dit M. Delort, on avait réfléchi que la plume de Marmontel n'avait jamais
été trempée dans le fiel, on aurait pu voir facilement qu'il n'était pas l'auteur de cette satire. » J'en conviens; et comme je ne suis pas de
ces hommes qui donnent raison à l'autorité,
même quand elle a tort, je dirai que dans cette
circonstance elle se conduisit fort légèrement;
elle aurait du moins dû se presser d'agir. Le cas
était grave; il fallait donc l'examiner avec la plus
sérieuse attention. Les quiproquo, dans les affaires de ce genre, sont si fâcheux, qu'on ne saurait prendre trop de précautions pour les éviter;
mais aussi pourquoi Marmontel avait-il une si
bonne mémoire?

Au reste, si, quoique innocent, il fut mis à la
Bastille, que ne fit-on pas pour la lui rendre

agréable ? « On lui donna, suivant les ordres du « ministre, une des plus belles chambres, des « livres pour s'amuser, et plumes et encre pour « écrire. » Le gouverneur eut pour lui des attentions infinies; il le visitait plusieurs fois dans la journée, et, excepté la liberté, il lui offrait gracieusement tout ce qui pourrait lui plaire. Les mets les plus délicats lui étaient servis. Il nous donne, dans les *Mémoires* qu'il a laissés, le menu d'un de ses dîners; et en vérité je doute qu'on soit mieux traité à la table du roi. Crions donc un peu moins contre la Bastille; n'oublions pas que la révolution nous a donné beaucoup mieux : les prisons de la liberté auraient dû nous réconcilier un peu avec celles du despotisme.

Quoique fort difficile à contenter, l'abbé Morellet est aussi obligé de rendre un témoignage favorable à la Bastille. Il ne sait pas pourquoi on en a dit tant de mal. Quant à lui, il n'a que du bien à en dire, et il déclare « qu'il n'y a éprouvé « aucune des duretés qu'on reproche à l'ancien « régime. » Sa détention qui, d'après ses propres calculs, car il se rendait justice, devait durer six mois, n'en dura que deux, et il la supporta d'autant plus gaiement qu'il en attendait avec raison les plus grands avantages. « Mon séjour à la Bas- « tille, se disait-il, comme on peut le voir dans « ses *Mémoires*, sera pour moi dans le monde

« une excellente recommandation, et fera infail-
« liblement ma fortune. » Il ne se trompait pas.
Ce pauvre abbé, qui jusqu'alors avait vécu assez
obscurément, et que le commissaire Miché,
chargé de l'arrêter, avait trouvé logé dans un
vilain *collége borgne* du pays latin, au *quatrième
étage sur le derrière*, fut, en sortant de la Bastille,
un personnage important. On l'accueillit partout
avec distinction ; de bonnes maisons lui furent
ouvertes, et bientôt, lorsqu'il eut beaucoup d'appétit, il en eut moins que de dîners. Voilà pourtant ce que la Bastille valait à ceux qui, si on me
permet de le dire, avaient le bonheur d'y être
mis ; elle leur donnait dans la société une très-
haute considération ; c'était le cordon bleu des
gens de lettres.

Quant à la fortune de l'abbé-philosophe, le
gouvernement s'en chargea ; et ainsi qu'on le voit
dans l'ouvrage de M. Delort, qui a fouillé partout,
elle fut assez honnête. — Six mille francs de traitement pour ce fameux *Dictionnaire de Commerce*, annoncé en 1769, et dont nous n'avons
encore vu que le prospectus ; *item*, 1,200 fr. pour un
secrétaire ; *item*, une gratification *perpétuelle* de
2,000 fr., accordée au gratifié par le ministre
Turgot, son ami ; *item*, une pension de 4,000 fr.
sur les économats ; *item*, un bon prieuré de 15 à
20,000 fr..... C'était, ma foi, un abbé passable-

ment bien renté, et vous voyez que l'ancien gouvernement ne gardait pas rancune aux philosophes qu'il mettait à la Bastille.

Du 23 mars 1828.

LE GÉNÉRAL DUMOURIEZ

ET

LA RÉVOLUTION FRANÇAISE,

PAR M. LEDIEU*.

> Il y a des sottises bien habillées, comme il y a des sots très-bien vêtus.
>
> CHAMPFORT, *Maximes.*

Que peut-on avoir de nouveau à nous dire sur le général Dumouriez et sur la part qu'il a prise à la révolution française? Nous avons ses Mémoires rédigés par lui-même, et je ne sache pas que ceux qui les ont lus leur reprochent d'être trop courts. Il y a rappelé toutes les particula-

---

* M. Ledieu était un ami intime de Dumouriez; il fut même chargé, sous la restauration, de plusieurs missions du duc d'Orléans auprès de ce général. Depuis la révolution de juillet, il y a eu scission entre Louis-Philippe et M. Ledieu; ce dernier a même été l'objet spécial des persécutions de M. Persil.

rités de sa vie, même les plus indifférentes, et
qu'il importait le moins au public de connaître :
c'est un privilége qu'on accorde, au reste, volontiers aux auteurs de Mémoires particuliers,
et Dumouriez en a assez largement usé.

L'ouvrage que j'annonce est une apologie
de la conduite de ce général. L'auteur, qui fut
son ami et a vécu dans son intimité, se croit
obligé de le justifier des imputations dont il n'a
cessé d'être l'objet. Mais ici encore Dumouriez
a pris les devans; et qu'ajouter à ce qu'il a écrit
pour sa propre justification? Il a mis dans sa défense personnelle tout l'esprit et tout le talent
dont le ciel l'avait généreusement doué; et si,
malgré tous ses efforts, il n'a pu atteindre le but
qu'il s'était proposé, son défenseur sera-t-il plus
heureux? M. Ledieu, si, comme il le croit, quelques accusations «pèsent encore sur la cendre
« de son ami», viendra-t-il à bout de les détruire?
J'en doute, d'autant plus qu'en plaidant cette
cause il n'a pas toujours employé les moyens les
plus propres à la faire triompher. Cet avocat a
beaucoup de zèle et de chaleur, mais il manque
souvent d'adresse et d'habileté; ce n'est pas du
moins ainsi que, à la place de son client, j'aimerais qu'on me défendît.

Le plaidoyer de M. Ledieu est divisé en deux
points : 1° la révolution fut juste et nécessaire,

Dumouriez dut la suivre; 2° elle devint atroce, Dumouriez dut l'abandonner.

« Dans l'ordre moral et politique, dit l'auteur, « comme dans l'ordre physique, l'équilibre est « la condition de l'existence; est-il détruit, une « révolution en est la conséquence nécessaire. » Voilà pourquoi, dans l'opinion de M. Ledieu, la révolution française eut lieu. Nous manquions d'équilibre, et pour le mieux prouver il remonte à l'origine de notre monarchie; c'est se placer sur un terrain favorable. Il faut bien accorder à M. Ledieu qu'à cette époque et dans les siècles qui la suivirent, *les droits des gouvernans et des gouvernés n'étaient pas fixés.* Les barbares qui envahirent les Gaules avaient, j'en conviens avec lui, des idées fort peu constitutionnelles; et s'il leur eût parlé de sa balance des pouvoirs, de son équilibre politique, très-certainement ils ne l'auraient pas compris; s'il leur eût demandé une charte semblable à celle qui nous régit, ils lui auraient répondu : Notre charte à nous est fort simple; un seul article la compose : *malheur aux vaincus!* Voilà, il faut bien le remarquer, quel était alors l'effet inévitable de l'état de conquêtes, et nos ancêtres n'étaient pas seuls soumis à ce terrible droit de la force : on ne voyait dans la plus grande partie de l'Europe que quelques maîtres et des troupeaux d'esclaves.

Mais dans quel but, dans quelles intentions, je voudrais bien le savoir, nous reporte-t-on toujours à ces temps d'ignorance et de barbarie où les droits de l'humanité étaient méconnus, mais où, après tout, les hommes ne furent que ce que leur époque les fit, et ce que M. Ledieu et moi nous eussions été, si nous eussions eu le malheur de naître quelques siècles plus tôt? En vain espère-t-on trouver dans le passé des accusations contre le présent qui le condamne, et qui a un autre esprit et d'autres mœurs. Il y a long-temps que cette féodalité, sujet de tant de vaines déclamations, et dont toutes les traces sont effacées, serait oubliée, si certains écrivains ne se plaisaient à en retracer les désordres. M. Ledieu paraît croire qu'elle a encore aujourd'hui des partisans; mais où sont-ils? Qu'il nous les montre. Un seul a osé se montrer, et il a été sifflé par tous les partis. C'est..... et quelle autorité! c'est M. de Montlosier, qui la lune dernière était ultrà-féodal, qui est aujourd'hui ultrà-libéral, et qui demain voudra peut-être se faire enterrer dans la robe d'un jésuite. Que savons-nous? La lune nouvelle en décidera.

Dans cette continuité d'injustices, de crimes et de confusion, que les écrivains libéraux nous rappellent sans cesse avec tant d'affectation, nous voyons briller de loin à loin d'éclatantes vertus

2. 15

qui consolent l'humanité, et qu'un historien impartial aime à contempler. Ainsi le voyageur engagé dans d'immenses déserts aime à s'arrêter dans ces lieux de repos que la nature offre trop rarement à sa vue. C'est, il faut le savoir, et quand on le sait ne pas le taire, c'est la religion qui, à l'époque de la féodalité, ne pouvant mettre un terme à des guerres qui semblaient n'avoir d'autre but que de répandre le sang des hommes, eut au moins la gloire d'en diminuer l'atrocité, en forçant les combattans à suspendre pendant plusieurs jours de la semaine leurs désolantes fureurs. Comment M. Ledieu a-t-il pu oublier de lui rendre cet hommage? Je suis encore très-surpris qu'il tienne si peu de compte des efforts constans que nos rois ont faits pour détruire la féodalité. « Les peuples, dit-il, n'y gagnèrent aucun autre avantage que d'être soumis sans intermédiaire à la puissance royale par la ruine des grands. » C'était certainement ce qui pouvait alors leur arriver de plus heureux: tous les bons esprits sont de cet avis.

M. Ledieu aurait sans doute mieux aimé une de ces chartes constitutionnelles comme on en fait si facilement aujourd'hui; mais la mode n'en était pas encore venue; l'équilibre moral et politique ne devait être établi que beaucoup plus tard. Au reste, quoiqu'on nous donne ce mer-

veilleux équilibre comme *condition de l'existence*, la condition n'est pas, à ce qu'il paraît, tellement de rigueur, que les monarchies ne puissent s'en passer assez long-temps. La nôtre, sans
posséder l'équilibre, a traversé plusieurs siècles. On souhaite aux jeunes chartes nées de
nos jours une aussi longue durée; mais qu'elles
ne se flattent pas de l'obtenir. Hélas! combien,
dans un petit nombre d'années, en avons-nous
déjà vu naître et périr! Il est affligeant d'y
penser.

Je vois M. Ledieu, lorsqu'il arrive à l'époque de
la révolution, s'agenouiller dévotement devant
l'Assemblée constituante, et la féliciter sur ses
grands et sublimes travaux. Sans doute il s'imagine qu'elle a établi l'équilibre qui lui est si
cher, et qu'elle a fixé « les droits respectifs du
« souverain et des sujets. » Eh bien! elle a fait
précisément tout le contraire. La constitution,
qui fut son ouvrage, a si bien désarmé le pouvoir royal, que les peuples qui ne veulent plus
de rois, désespérant de faire mieux, ne manquent
jamais de la prendre pour modèle. J'invite
M. Ledieu, qui ne peut récuser ces autorités,
à lire avec attention les écrits de MM. Mounier,
Lally-Tolendal, de Clermont-Tonnerre..... Il y
apprendra à mieux apprécier cette assemblée
qu'il admire, et que nous croyons, nous, traiter

avec modération, en ne l'accusant que d'une stupide imprévoyance.

L'auteur de cet ouvrage voudrait, je le soupçonne, réconcilier le général Dumouriez avec tous les partis; mais, suivant moi, il s'y prend mal pour réussir dans cette entreprise, que d'ailleurs je crois peu facile. D'abord, il adresse les reproches les plus violens et les plus injustes à tous ceux qui se sont opposés à la révolution. Avocat maladroit, il n'a point senti que ce n'était pas en les injuriant qu'il les rendrait favorables à sa cause. Puis, M. Ledieu avance certaines propositions qu'aucun royaliste ne laissera passer sans réclamation. S'il ne déclare pas, comme M. de Lafayette, que l'insurrection est le plus saint des devoirs, il en fait du moins un *droit* incontestable, et en proclame les prétendus avantages. « Les peuples, dit-il, qui jouissent de la plus grande prospérité sont ceux qui ont fait de l'insurrection la base de leurs gouvernemens. » Les royalistes nieront le principe et la conséquence; ils n'accorderont même pas à M. Ledieu « que l'anarchie soit préférable au despotisme. » Pour moi, malgré tout le mal qu'il veut que j'en pense, je préfère le *despote* Louis XIV aux anarchistes de 92. Chacun a son goût: celui de M. Ledieu n'est pas le mien.

Quant aux services que Dumouriez a tenté de

rendre à la monarchie expirante, ou plutôt ex-
pirée, nous sommes très disposés à lui en tenir
compte. Ainsi M. Ledieu pouvait très-bien se
dispenser de le justifier d'avoir fait *empoigner*
par ses gendarmes les quatre conventionnels qui
se trouvaient à son quartier-général. Il n'y a pas
là matière au plus léger reproche. Ces gens étaient
de très-bonne prise; et Dumouriez eût mis en
lieu de sûreté la Convention tout entière, que
nous le lui passerions volontiers, tant nous avons
d'indulgence pour les fautes de ce genre. Mais
les libéraux, j'en avertis M. Ledieu, ne seront
pas de si bonne composition, et là où nous
voyons une œuvre méritoire, ils verront, eux,
une belle et bonne trahison. Ils ne pardonneront
pas davantage à Dumouriez le traité qu'il fit avec
le prince de Saxe-Cobourg, traité en vertu duquel les Autrichiens devaient, en cas de besoin,
se joindre à son armée, et marcher avec elle sur
la capitale. Je doute même qu'ils lui sachent
beaucoup de gré des excellens conseils qu'il
donna plus tard aux souverains en guerre avec
la France. Ces services ont été rendus à la légitimité, et la révolution ne peut pas, en conscience, s'en montrer reconnaissante.

En voici qui, je n'en doute pas, lui seront plus
agréables. Les Napolitains s'insurgent; et Dumouriez, qui ne voit pas que ce n'est chez eux

qu'un caprice qui ne durera pas long-temps, « se
« hâte de faire, dit M. Ledieu, et de leur envoyer
« deux plans très-bien conçus, l'un sur l'organi-
« sation de l'armée, l'autre sur la défense du
« royaume. » On assure que ce dernier a obtenu
un *auguste suffrage* *. Comment donc le général
Pepé, si bien conseillé, a-t-il pu faire une si
pauvre campagne? Comment les Autrichiens
n'ont-ils pas tous été, suivant la fameuse prédiction de M. le comte Foy, enterrés dans les
Abruzzes? Ce n'est pas, comme on voit, la faute
de Dumouriez. C'est peut-être celle des Napolitains qui, tout bien examiné, auront jugé que
la liberté qu'on venait de leur donner ne valait
pas la peine d'être défendue.

Secourable à toutes les insurrections, le général Dumouriez rédigeait alors plusieurs Mémoires militaires en faveur de celle des Grecs; ce
qui ne l'empêchait pas d'envoyer « un système
« complet de défense aux Cortès d'Espagne. »
Cependant l'armée française, qui venait de passer
la Bidassoa, marchait gaiement et avec rapidité
sur Madrid. Dumouriez en fut accablé : « Ce n'é-
« tait pas seulement, dit M. Ledieu, de l'indigna-
« tion qu'il éprouvait, c'était une douleur pro-

---

* Il est pour les ingrats de rigoureux tourmens.

TH. CORNEILLE, *Ariane.*
(*Citation de l'éditeur.*)

« fonde qui ne le quittait ni le jour ni la nuit. »
Il disait souvent : *Cette guerre me tue*. Il n'en
vit pas la fin ; il mourut avant la prise du Trocadéro. Point de doute que ses derniers services
ne soient très-agréables à ceux qui aiment les
révolutions; mais qu'en penseront ceux qui ne
les aiment pas? La cause que M. Ledieu a entre-
pris de défendre offre une difficulté bien difficile à vaincre; ce qui d'un côté est utile à son
illustre client, lui nuit de l'autre.

Est-ce bien sérieusement que, dans un temps
où règne la licence, on accuse je ne sais quel
« pouvoir ombrageux de vouloir étouffer jus-
« qu'au nom de liberté », et qu'on vient nous
parler d'*auteurs et d'ouvrages brûlés?* M. Ledieu
peut être sans inquiétude : on ne brûlera ni lui
ni son livre; mais je l'invite, moi, à écrire avec
plus de correction, et à ne pas rendre à notre
langue le mauvais service de *l'enrichir* de certaines expressions dont elle n'a aucun besoin. Je
l'engage surtout à réduire au moins de moitié
son tableau des quatorze siècles qui ont précédé
la révolution française; tout ce qui est inutile
ne saurait être trop court.

4 septembre 1826.

LE

DUC DE ROVIGO EN MINIATURE.

Le bonheur du méchant comme un torrent s'écoule.
RACINE, *Athalie.*

Serais-je donc prophète sans le savoir? Lorsque parurent les Mémoires de M. le duc de Rovigo, j'annonçai aussitôt qu'ils lui attireraient insensiblement de fâcheuses affaires, et l'événement n'a déjà que trop justifié cette triste prédiction. Mais que ce duc n'accuse ici que lui seul; il recueille ce qu'il a semé. Quelle sotte idée il a eue de publier des Mémoires historiques, lui sur le compte duquel on fait courir tant de vilaines histoires! Il nous apprend que ses amis lui avaient donné le sage conseil de se taire. Pourquoi ne l'a-t-il pas suivi? J'en suis d'autant plus surpris que, plein de candeur, M. de Rovigo avoue ingénument dans sa préface qu'il ne sait pas écrire. « Tous « mes compagnons d'armes, dit-il, n'ignorent pas « que ce talent a toujours été chez moi la dispo- « sition la moins développée. » En effet, quand on lit ses *écritures*, on s'aperçoit aisément que sa plume n'est pas tout-à-fait aussi bonne que son épée.

Nos politiques de salon, qui veulent tout expliquer, attribuent la publication de ses Mémoires au dépit d'une ambition déçue et à la défense royale qui lui a été faite de paraître à la cour. Il est vrai que s'il se présentait au château, on lui dirait : M. le duc, halte-là, on ne passe pas; et c'est, j'en conviens, un grand désagrément pour un homme de cette qualité. M. Savari doit en être d'autant plus piqué qu'il croit en avoir obligation à son ami le prince de Talleyrand. Mais d'abord, de quoi ne console pas le témoignage d'une bonne conscience? Puis, heureux celui qui, en attendant le moment où on voudra bien le recevoir au château des Tuileries, peut, comme M. de Rovigo, aller vivre philosophiquement dans un des siens!

Les moralistes ont raison de le dire : la passion est une conseillère dangereuse. M. le duc de Rovigo n'est aujourd'hui que trop payé pour le savoir. Que de choses dures il est condamné à entendre et à lire! Chaque jour il paraît dans les feuilles publiques de nouvelles réclamations, et on sait dans quels termes elles sont conçues. On n'en est plus avec lui aux complimens; il est appelé par les uns le *séide* de Buonaparte, par les autres son *Tristan* : ceux-ci lui disent qu'il *ment impudemment*, ceux-là que ses Mémoires sont remplis *d'infâmes calomnies.* Puis, lorsqu'il espère qu'on va le laisser respirer un moment, arrive

M. Tourton, d'humeur peu endurante, qui le traite..... comme on n'a jamais traité un laquais de bonne maison. Enfin il est en butte à de continuelles attaques : tant de traits sont lancés contre lui que, s'il faut en croire ceux qui l'ont vu, son manteau ducal, percé en mille endroits, ressemble à une pièce de dentelle. Voilà pourtant ce qu'il a gagné à vouloir être, sans savoir écrire, le Tacite de l'époque.

Au reste, qu'il soit pris à partie par les hommes qui ont personnellement à se plaindre de ses Mémoires, et par ceux dont il a blessé l'opinion , il a dû s'y attendre. Mais le croirez-vous ? il n'est pas beaucoup plus ménagé par ses anciens amis, malgré tous les efforts qu'il a faits pour se concilier leurs suffrages. Son intention, en écrivant ses Mémoires, a été, j'en suis très-convaincu, d'élever un monument au maître qu'il a servi avec tant d'abandon. Eh bien! ils ne veulent pas lui rendre cette justice; ils prétendent au contraire qu'il n'a loué avec une exagération si ridicule ce qu'il y a de moins louable dans la vie de son héros, que pour achever de le perdre dans l'opinion de tous les esprits bien pensans. Ils disent enfin que si son admiration était sincère, elle serait plus judicieuse et un peu moins niaise. Ainsi, lorsque d'un côté il est assigné en réparation d'injures, on l'assigne de l'autre en réparation d'éloges. Cela n'est jamais arrivé qu'à lui.

Cependant il n'en paraît pas fort ému, et quand on fait sur lui de toutes parts un feu de file si bien nourri, il montre une impassibilité vraiment stoïque; je ne saurais trop l'en féliciter. Il y aurait, tous les hommes raisonnables en conviendront, beaucoup moins de courage que de folie à prêter le collet à tant d'adversaires. Que voudrait-on qu'il fît, non pas contre trois, mais contre mille, sans parler de ceux qui se présenteront plus tard? C'est au théâtre que le *qu'il mourût* de Corneille est si beau.

Telle est la position de M. de Rovigo. Qu'on ne soit donc pas surpris si je crois devoir parler de lui avec la plus grande modération. Il est peu honorable de battre les gens quand ils sont à terre, et ce n'est pas mon habitude. D'ailleurs M. le duc de Rovigo, qui a de l'érudition, pourrait rappeler certain apologue que vous connaissez; et comme dans cet apologue il jouerait nécessairement le rôle de lion, le public ne manquerait pas d'en rire. Or, c'est ce que je ne veux pas permettre; on ne s'est déjà que trop moqué du noble duc.

L'auteur de l'ouvrage que j'annonce partage cette opinion; il déclare que s'il avait pu prévoir le nombre et la violence des démentis qui ont été prodigués à M. le duc de Rovigo, il n'aurait pas songé à faire *l'abrégé critique* de ses Mémoires. « J'eusse craint, dit-il, que l'on me « reprochât de combattre un homme foudroyé « de toutes parts. » Ainsi, peu s'en est fallu que nous n'eussions pas M. *le duc de Rovigo en miniature.* Mais les craintes de M. de Sévelinges étaient bien peu fondées : les Mémoires de ce duc renferment une foule de téméraires assertions qu'aucune considération ne peut empêcher de réfuter. Ce n'est pas lui, mais ses erreurs, pour me servir d'un terme bien doux, que l'on combat; ce n'est pas à *l'homme foudroyé* qu'on en veut, mais à son livre.

Toutefois, je permets encore à M. de Rovigo de s'en plaindre. Ces droits de la critique, qui ne fait acception de personne et qui dit même aux ducs sa façon de penser, ces fruits nouveaux de la liberté de la presse doivent lui paraître un peu amers. On ne voyait rien de semblable sous le règne de celui qu'il appelle si plaisamment le *héros des institutions libérales.* Il y avait alors, à deux pas de chez moi, un ministre de la police générale qui faisait bonne garde, et ne permettait pas à ces écrivains de s'évertuer. On n'aurait pas eu, à cette époque, l'aimable idée de nous donner *le duc de Rovigo en miniature.* Mais veuille le ciel que la liberté de la presse n'enfante jamais de plus grands maux que celui-là ! Nous pourrons dire alors que nous l'avons échappé belle.

M. de Rovigo, comme son abréviateur l'observe, paraît, dès les premières pages de ses Mémoires, bien décidé à n'avoir d'autre opinion sur les hommes et sur les choses que celle de son cher empereur. S'il en était autrement, aurait-il parlé avec tant de dédain des talens militaires de M. le général Moreau? « M. le duc de « Rovigo, je le dis avec M. de Sévelinges, est sans « doute un brave officier comme tous ceux de « l'armée française »; mais qui donc a pu lui donner le droit de comparer une campagne mémorable que l'Europe a admirée, *à la montagne qui enfante une souris?* C'est évidemment Buonaparte qui lui a soufflé cette indécente comparaison. Cet homme était, lui, on le sait, jaloux de la gloire de Moreau; mais M. le duc de Rovigo ne peut l'être, il y aurait de l'absurdité à le supposer.

Quoi qu'il en soit, si, triomphant un jour de la malignité de son étoile, il est appelé au commandement de nos armées, je pense qu'une petite victoire comme celle de Hohenlinden ne gâterait pas sa réputation, et je la lui souhaite. Quant à la célèbre retraite de Moreau, qu'il dénigre tant qu'il peut, il m'appartient, je veux le croire, moins qu'à lui de la juger; mais puisque les gens du métier en sont contens, je dois

l'être; d'ailleurs M. le duc de Rovigo, qui a lu
Polybe et Folard, n'ignore pas que cette partie
de l'art de la guerre offre de grandes difficultés,
et qu'il n'est donné qu'à bien peu de généraux
de faire d'aussi belles retraites que celles de Moscou et de Waterloo.

M. le duc a fait la campagne d'Egypte, et il la
rappelle dans ses Mémoires, non pas pour vous
parler des pyramides de Thèbes aux cent portes, et autres vieilleries de cette espèce, à côté
desquelles il a passé sans les saluer, mais pour
essayer de justifier l'homme auquel il a voué
une sorte de culte de deux terribles accusations
qui pèseront éternellement sur sa mémoire. On
sait que Buonaparte, affligé de voir une grande
partie de ses soldats attaquée de la peste, les en
guérit radicalement en les empoisonnant : le
spécifique était sûr. M. le duc de Rovigo nie
qu'on l'ait employé; il prétend qu'il a vu de ses
yeux ces mêmes soldats, empoisonnés à Jaffa,
courir dans les rues du Caire *parfaitement réta-
blis*. Mais qu'opposera-t-il aux autorités vivantes
et irrécusables que M. de Sévelinges invoque
contre lui? Je ne sais ce que d'autres en penseront; quant à moi, depuis que j'ai vu le plaidoyer
de M. de Rovigo, je trouve l'accusé qu'il défend
encore plus coupable.

Je conviens, au reste, qu'il a de bonnes raisons

pour nier un crime si odieux : on ne veut pas avoir été l'aide-de-camp d'un empoisonneur. D'ailleurs M. le duc de Rovigo, on le sait, n'a écrit ses Mémoires que pour nous prouver que Napoléon était bon, très-bon, et même beaucoup trop bon ; car c'est un reproche qu'il lui adresse plus d'une fois, et il faut convenir que Napoléon l'a bien mérité. Une bonté vraiment excessive était son défaut capital, et je m'étonne que nous ne nous en soyons pas aperçus plus tôt.

Pourquoi donc M. le duc de Rovigo n'a-t-il pas nié également le massacre des prisonniers de Jaffa ? Les argumens auxquels il a recours pour se justifier sont si mauvais, si peu recevables ! « On traita les Turcs comme ils traitaient nos « soldats à qui ils coupaient la tête sur le champ « de bataille. » Mais, comme le demande très-sensément M. de Sévelinges, « un acte de bar-« barie peut-il être puni par un autre ? » Les sau-vages, quelques-uns du moins, mangent leurs ennemis ; si M. le duc de Rovigo faisait la guerre contre eux, mangerait-il ceux qu'il prendrait ? Non, il ne les mangerait pas ; non, il n'aurait pas ce barbare appétit, et ne pousserait pas jus-que là sa doctrine des représailles ; il devait donc, au lieu de l'excuser si mal, nier avec au-dace, pour l'honneur de son héros, le massacre des trois mille prisonniers de Jaffa. Cela lui

était d'autant plus permis que ce n'est certainement pas avec ses Mémoires, qui seront oubliés
avant la fin de 1830, qu'un jour on écrira l'histoire de notre temps.

Je renvoie ceux qui désireraient de plus amples
renseignemens sur cette partie de son ouvrage à
l'abrégé critique de M. de Sévelinges, et aussi à
une brochure récemment publiée par M. Année,
sous-intendant militaire, et qui a pour titre :
L'empereur Napoléon et le duc de Rovigo, ou *le
Revers des médailles*. M. le duc, dans une lettre
adressée aux journaux, a promis de répondre à
cet écrit attribué, dit-il, *à M. Année que je ne
connais pas*; qu'il se dépêche. Cette petite guerre
dont Buonaparte paiera tous les frais m'amusera
beaucoup. Je suis bien curieux de savoir ce que
M. le duc de Rovigo répondra à *ce M. Année
qu'il ne connait pas*, mais qui, lui, a l'air de le bien
connaître, et dont la brochure est vraiment fort
piquante ; mais on ne pique pas facilement
M. de Rovigo : ce duc a l'épiderme dur, très-
heureusement pour lui, puisque tant de piqueurs
lui en veulent.

Deux chapitres de ses Mémoires, et un long
appendice qui ferait seul un volume, sont consa-
crés à « l'attentat le plus noir, le plus honteux,
« dit M. de Sévelinges, qui ait souillé les annales
« françaises pendant le cours d'une révolution si

« fertile en forfaits de ce genre. » Il s'agit de la sanglante catastrophe du duc d'Enghien. M. de Rovigo affirme « qu'il n'y a pris aucune part qui « puisse lui être reprochée. » Il va plus loin: non content de se mettre hors de cause et de procès, il soutient que Buonaparte a été horriblement calomnié, et que c'est à son insu que l'infortuné duc d'Enghien, qu'il voulait sauver, a été fusillé. Mais M. le duc de Rovigo est, comme nous l'avons déjà remarqué, un avocat bien maladroit. Il se charge de fournir lui-même des preuves contre ses cliens! Ne lit-on pas, dans sa propre relation, que, lorsqu'il fut question au conseil de l'enlèvement du duc d'Enghien, Cambacérès s'étant opposé à cet attentat, il lui fut demandé *depuis quand il était devenu si avare du sang des Bourbons?* Or, observe M. de Sévelinges, « qui se fût permis d'adresser en plein conseil « une si terrible apostrophe au consul Camba- « cérès, alors la seconde personne de l'Etat? qui, « si ce n'est le premier consul lui-même? C'était « donc lui qui voulait répandre ce sang d'un « Bourbon? » La conséquence est de rigueur, et je défierais un meilleur logicien que M. de Rovigo de la réfuter.

Pourquoi, au reste, chercher encore l'auteur principal d'un exécrable forfait que Sainte-Hélène n'a que trop faiblement expié? Nous le con-

naissons; il s'est dénoncé lui-même. Buonaparte
a dit : C'est moi! Et quand ses indiscrets apologistes viennent nous dire : Ce n'est pas lui! ils
nous autorisent à leur demander ce qu'ils ont fait
du peu de jugement et de raison que le ciel leur
a départi.

M. le duc de Rovigo, qui veut qu'on ne lui
fasse aucune part dans cette affligeante affaire,
se permet, lui, d'en faire une, et une qui est bien
grande, à deux personnages qu'il est inutile de
nommer ici. C'est un véritable acte d'accusation,
et il a bien fallu que M. de Sévelinges nous le
fît connaître; mais, écrivain impartial, il a grand
soin d'annoncer que si les personnages éminens,
très-éminens, qu'a accusés M. de Rovigo, jugent
à propos de publier leur défense, il nous l'offrira
avec la même fidélité. Cette défense, espérons-le,
ne se fera pas attendre. M. le duc de Rovigo ose
dire « que son accusation reste entière, et qu'un
« *silence calculé* ne l'a pas détruite. » Il est bien
temps de lui ôter le droit qu'il croit avoir de tenir
un si fier langage.

Ne lui demandez pas si Pichegru s'est étranglé
dans sa prison ; c'est pour lui une vérité démontrée. Il vous explique même comment la chose
s'est passée. Malheureusement, son explication
prouve que *la chose* est impossible, et c'est ce
que lui fait voir très-clairement son ingénieux

abréviateur, qui lui oppose d'ailleurs le témoignage de tous les hommes de l'art. Mais il ne tient qu'à M. le duc de Rovigo de terrasser notre incrédulité; qu'il fasse l'expérience sur lui-même. Si elle réussit, la question sera jugée, et il aura purgé la mémoire de Buonaparte d'un très-grand crime. Sans doute il n'hésitera pas à donner au grand homme qu'il dit avoir tant aimé cette dernière preuve de son attachement. J'attends donc le résultat de l'expérience *.

Du 22 décembre 1828.

* Le roi de France avait méconnu les services du lieutenant-général Savary, duc de Rovigo; le roi des Français, moins ingrat, a su l'en récompenser, en le nommant, par une ordonnance royale du 6 décembre 1831, commandant en chef du corps d'occupation d'Afrique. (*Note de l'éditeur.*)

LE DUC DE BOURBON

S'EST-IL SUICIDÉ?

Le monde apprit sa mort, la tombe sait le reste.
DELILLE, *la Pitié.*

Depuis la révolution de juillet, les événemens se succèdent avec tant de rapidité que la trace en est bientôt effacée; peu de jours suffisent pour qu'on en perde le souvenir. Voyez les assommeurs embrigadés et payés; savez-vous par qui? dites-le pour moi. Que de bruit ils ont fait pendant une semaine! En parle-t-on aujourd'hui? On ne songe pas même à demander qu'ils soient tenus de porter l'uniforme, afin qu'en apercevant de loin une de leurs brigades, on puisse s'arranger pour l'éviter. Vous conviendrez avec moi qu'après une révolution qui a établi chez nous une si touchante fraternité, il doit paraître un peu dur à un citoyen paisible et inoffensif de se trouver, lorsqu'il y pense le moins, assommé par ses frères. C'est un désagrément qu'on ne s'attend pas d'ailleurs à éprouver chez une nation aussi civilisée que la nôtre, et surtout dans une ville qui a une bien bonne police, si on en juge par ce qu'elle coûte. Quoi qu'il en soit, l'affaire des assommeurs enrégimentés, qui, disait-on, devait avoir des suites très-sérieuses et très-graves, est déjà pour nous de l'histoire ancienne; on ne s'en occupe pas plus que de la querelle des Bourguignons et des Armagnacs. Mais il n'en est pas ainsi de la catastrophe de Saint-Leu; on s'en occupe encore. On demande toujours si le duc de Bourbon s'est donné la mort.

Et vos trente-six pairs de nouvelle création, quelle rumeur n'ont-ils pas d'abord excitée! Pauvre *charte-vérité!* tu n'es donc plus qu'un mensonge? Ils font de toi tout ce qu'ils veulent, et c'est grande pitié de voir comme ils te traitent. Vous n'entendiez pas autre chose. Mais cette violente tempête s'est tout à coup apaisée, et à l'heure qu'il est, on ne parle pas plus des trente-six nouveaux pairs que des chevaliers de la Table-Ronde. Aussi vos ministres se mordent-ils les doigts de n'en avoir pas fait un plus grand nombre. Ils disent que s'ils avaient pu prévoir qu'ils en seraient quittes pour si peu de scandale, ils auraient pour le moins triplé leur fournée. Attendez-vous donc qu'une autre fois ils seront mieux avisés. Ils savent aujourd'hui avec quelle facilité l'événement du jour nous fait oublier l'événement de la veille, et pourtant on se souvient encore et on se souviendra long-temps de la terrible catastrophe de Saint-Leu. On ne cesse de demander s'il est vrai que le duc de Bourbon se soit donné la mort.

Non, cela n'est pas vrai; cela n'est pas même vraisemblable. Il suffit, pour s'en convaincre, de lire, avec toute l'attention qu'elles méritent, les lumineuses observations d'un de nos avocats les plus distingués, sur l'instruction relative à la mort du duc de Bourbon. D'abord, en laissant de côté toute discussion, à qui espère-t-on persuader que le dernier des Condé ait, comme l'observe M. Hennequin, voulu clore le triomphal héritage de sa famille par un suicide rempli d'ignominie? Si on nous disait que, dans un moment de délire, le duc de Bourbon a mis fin à ses jours à l'aide d'une de ces armes qui lui étaient si familières; si on nous disait que c'est son épée, qu'il connaissait si bien, qui lui a rendu ce triste et déplorable service, nous pourrions le croire; mais qu'un Condé qui avait toute sa raison se soit pendu! qu'il ait choisi un genre de mort dont nos anciennes lois sauvaient la honte au plus obscur gentilhomme! on ne viendra jamais à bout, quoi qu'on fasse, d'accréditer cette opinion que la France d'ailleurs est intéressée à repousser.

Il est des familles dont la gloire est un patrimoine national, et à leur tête apparaît la famille des Condé, qui se lie à toutes les pages de notre histoire et les embellit de ses lauriers. Que d'autres, si les tribunaux en décident ainsi, jouissent de ses biens; qu'ils recueillent son immense fortune, nous ne la leur envions pas : mais la gloire ne se lègue pas par testament, et celle des Condé appartient à la France, qui ne doit pas souffrir qu'on y porte la plus légère atteinte. Tout Français aurait pu, dans cette affligeante affaire, se constituer partie civile; mais en leur qualité d'alliés du duc de Bourbon, il appartenait surtout aux princes de Rohan de venger sa mémoire d'une flétrissante imputation. On les a donc vus avec plaisir entrer dans cette lice honorable; mais on a été un peu étonné de les y voir seuls. Où étaient, sinon le légataire universel, du moins ses ayant-cause? Sans doute ils croyaient que le duc de Bourbon s'était donné la mort, et peut-être le croient-ils encore. C'est une erreur dont les observations de M. Hennequin les guériront radicalement. Quand l'évidence se montre, tous les doutes doivent disparaître.

D'abord il est constant, l'instruction le prouve, que le 25 août, veille de sa mort tragique, le duc de Bourbon jouissait d'une parfaite tranquillité d'esprit; il était même, des témoins l'ont déclaré, aussi gai qu'à l'ordinaire. Après le dîner il joua au wist, et en se retirant il salua affectueusement toutes les personnes qui l'entouraient, et leur dit : *A demain!* Malheureux prince! il ne devait pas y avoir pour lui de lendemain. Resté seul dans sa chambre, il est fidèle à toutes ses habitudes ; il remonte ses montres, et dans l'opinion de ceux qui admettent le suicide, il sait que sa dernière heure va sonner. Ce prince, quand il voulait se rappeler quelque chose, était dans l'habitude de faire un nœud à son mouchoir, et le lendemain son mouchoir a été trouvé sous son traversin avec un nœud. Or, je le demande, est-ce au moment où un homme va se donner la mort qu'il prend ces minutieuses précautions, et d'autres encore que l'instruction a révélées? Peut-on raisonnablement le supposer?

On sait d'ailleurs que le duc de Bourbon, qui avait plus d'une fois affronté la mort, la redoutait lorsque, comme le dit si bien M. Hennequin, elle ne se présentait pas à lui parée des prestiges de la gloire. Il avait surtout horreur du suicide ; il le regardait comme une lâcheté : de nombreux témoignages en font foi. Or, quand on est pénétré fortement de cette opinion, on ne se pend pas ; quand on croit qu'il n'y a qu'un lâche qui puisse se donner la mort, on a le courage de l'attendre.

Puis, lisez l'instruction relative à la mort du duc de Bourbon ; lisez les observations que M. Hennequin y a ajoutées, et l'impossibilité du suicide sera pour vous physiquement démontrée. Vous serez obligés de dire que ce n'est pas ainsi qu'on peut se donner la mort. L'état dans lequel le corps du prince a été trouvé suffirait pour le prouver. Enfin, si le duc avait eu le funeste dessein qu'on lui impute si gratuitement, il est une précaution qu'avant tout il aurait voulu prendre : ce prince, qui chérissait tous ses serviteurs, qui, plusieurs d'entre eux l'ont déclaré, paraissait plus occupé de leurs intérêts que des siens; qui, lorsqu'après la révolution on lui proposa de faire quelques réformes, répondit si noblement : « Il « est vrai que je puis me passer d'eux; mais peu- « vent-ils se passer de moi ? » Ce maître si bon, si généreux, aurait voulu, à l'aide d'une déclaration bien claire, bien expresse, mettre les personnes de sa maison à l'abri de tout soupçon. Il ne l'a pas fait. Concluez.

Le duc de Bourbon aurait donc péri victime d'un lâche assassinat? Ici je m'arrête. M. Hennequin a pu, il a même dû chercher les preuves de cet attentat, qu'il a cru voir pour ainsi dire écrites sur les murs qui en ont été les témoins et sur le corps de la victime, et examiner toutes les charges qui résultaient de l'instruction; mais ai-je le même droit? Dans le doute, je m'abstiens. Quant au testament, il ne peut y avoir d'indiscrétion à en parler : on sait quels tour-

mens il a causés au duc de Bourbon; on sait que
ce n'est qu'après une longue et vive résistance
qu'il a enfin consenti à le faire. « Ma mort, disait
« ce malheureux prince, est le seul objet qu'on
« ait en vue. Oui, disait-il encore à une dame que
« je n'ai pas besoin de nommer, oui, c'est une
« chose épouvantable, atroce, que de me mettre
« ainsi le couteau sous la gorge pour me forcer
« à faire un acte pour lequel vous me connaissez
« tant de répugnance. Eh bien! Madame, enfon-
« cez-le tout de suite ce couteau, enfoncez-le ! »
Cet acte, trop juste objet de tant de répugnance,
a été fait..... Il appartient à d'autres de prononcer sur sa validité; mais je ne saurais trop
recommander aux méditations de mes lecteurs
le plaidoyer de M. Hennequin. Il faut qu'ils le
lisent sans en passer une seule ligne, un seul
mot. Quelles tristes réflexions il fait naître!

Peu de jours avant sa mort, l'instruction le
prouve encore, le duc de Bourbon songeait très-
sérieusement à quitter la France. Les préparatifs
de son départ étaient faits, et la difficulté d'obtenir un passeport put seule empêcher cette réso-
lution. Il ne voulait donc pas se donner la mort.
A cette même époque, le bruit s'était répandu
qu'il allait changer ses dispositions testamen-
taires; ce bruit était-il fondé? Je l'ignore. Mais
je suis très-convaincu que si le prince eût fait un

nouveau testament, les pauvres n'y auraient pas
été oubliés; car il est bon qu'on le sache, une
partie de sa fortune était, si je puis m'exprimer
ainsi, leur patrimoine. Un de ses aides de camp
nous a dit que ce prince donnait immensément.
« Les malheureux, ce sont les propres paroles de
« M. le conseiller-rapporteur, les malheureux le
« pleurent comme un père, et ils l'ont perdu au
« moment où ses bienfaits leur devenaient plus
« nécessaires. » Le retrouveront-ils?

19 décembre 1851.

MÉMOIRES

SUR

NAPOLÉON ET L'IMPÉRATRICE MARIE-LOUISE.

Rien n'est si dangereux qu'un ignorant ami;
Mieux vaudrait un sage ennemi.
LA FONTAINE, *Fables.*

L'auteur de ces Mémoires espère qu'ils devien-
dront *historiques;* quant à moi, j'en doute un
peu. Mme Durand est convaincue, je le vois bien,
que rien de ce qui concerne Buonaparte et les

gens de sa cour ne paraîtra indifférent à la postérité. C'est une illusion qu'il m'est impossible
de partager, súrtout depuis que j'ai lu ses souvenirs. Il est vrai, comme elle l'observe, que les
lecteurs aiment beaucoup tout ce qui peut leur
faire connaître « les mœurs, les goûts et les ha-
« bitudes des personnages devenus historiques. »
Il est vrai qu'on permet aux auteurs de Mémoires de recueillir certaines particularités que
l'histoire, souvent trop dédaigneuse, regarde
comme indignes d'elle; mais il me semble que
Mme Durand a un peu abusé de cette permission.

Au reste, le jugement que je porte ici sur ses
Mémoires, et qu'elle trouvera sans doute beaucoup
trop sévère, n'est point sans appel; et si, comme
j'ai de fortes raisons de le craindre, il plaît aux
premières dames de la vieille cour de le réformer,
je me soumettrai sans murmurer à la décision de
ce respectable aréopage; mais je le prie de ne
pas me condamner sans m'entendre. Après avoir
célébré dans son *avant-propos* l'importance des
Mémoires historiques qui « donnent à l'histoire
« la couleur et la vie », Mme Durand entre en matière et raconte à ses lecteurs beaucoup de particularités sur les *habitudes privées* et le *caractère*
de Buonaparte. Vous saurez donc d'abord que
l'empereur, quand il était aux Tuileries, se bai-
gnait presque tous les jours; « et ne soyez pas sur-

pris si S. M. sentait si bon, répandait autour
d'elle une odeur si agréable »; elle se frottait tout
le corps d'eau de Cologne. Vous saurez encore
que de tous les souverains de l'Europe, Napoléon était, sans contredit, celui qui changeait de
linge le plus souvent. L'auteur des Mémoires que
j'annonce nous apprend que cela lui arrivait
« plusieurs fois par jour »; et ce qui est encore
plus remarquable, c'est qu'il changeait aussi souvent de culottes que de chemises.

Mais Mme Durand nous donne de ce fait, qu'elle
raconte avec toute la gravité convenable au sujet, une explication très-satisfaisante : « Fort
« distrait pendant ses repas, il salissait ses cu-
« lottes de casimir blanc ainsi que ses habits;
« il fallait souvent les nettoyer et les renou-
« veler. » Que faisait-il donc de sa serviette? Au
reste, je ne pense pas que sa gloire doive en souffrir. On peut être un grand homme, et ne pas
savoir manger proprement.

Quoi qu'il en soit, l'obligation où l'on était
de renouveler si souvent la garde-robe de l'empereur occasiona un déficit que M. Rémusat,
chargé de cette partie du service, nous a avoué.
Le tailleur, lassé d'attendre, s'adressa à Napoléon, qui entra aussitôt dans une *furieuse colère*.
C'est Mme Durand qui le dit, et je n'ai pas de
peine à le croire. Quelle honte pour un empereur

qui a un énorme budjet dont il ne rend compte
à personne, de ne pas payer le mémoire de son
tailleur! M. Rémusat fut remercié, et l'empereur
qui, comme l'observe l'auteur de ces Mémoires,
avait du *tact*, confia à M. de Montesquiou l'importante direction de sa garde-robe. « J'espère,
« Monsieur le comte, lui dit-il, que vous ne m'expo-
« serez pas à la honte de me voir réclamer le prix
« de la culotte que je porte.» Voilà de ces anecdotes qui donnent à l'histoire *la couleur et la
vie*; il paraît du moins que Mme Durand n'en
doute pas. Mais il s'agit de savoir si toutes les
premières dames de l'ancienne cour, qui, comme
il a été dit plus haut, doivent juger ce grand
procès, sont de son avis. Nous verrons si elles
pensent, comme Mme Durand, que tout dans la
vie de Napoléon est historique, non seulement
ses victoires, ses conquêtes et ses revers, mais
encore ses culottes de casimir blanc. C'est la
première question que je soumets à leurs lumières, et elles doivent l'examiner avec toute l'attention dont elles sont capables, et l'envisager sous
toutes ses faces; elle est vraiment très-grave.

Napoléon, je ne le remarque pas à son éloge,
était un pauvre gastronome. Un ancien préfet
du palais, M. de Beausset, dans des Mémoires
qui ne sont guère moins historiques que ceux
de Mme Durand, m'avait déjà dit que, quoique

la table de l'empereur fût toujours très-bien
servie, telle était la simplicité de ses goûts que
S. M. préférait aux mets les plus recherchés un
modeste plat de *haricots*. Je ne voulais pas le
croire; il me fallait un second témoignage, et je
suis charmé que Mme Durand veuille bien me le
fournir. Mais comment expliquer le silence que
l'histoire a gardé jusqu'à présent sur une parti-
cularité si importante, et qui fait tant d'honneur
aux *haricots?* Mme Durand a bien raison de le
dire, ce sont les Mémoires historiques qui donnent à l'histoire *la couleur et la vie.* « Sans eux
« elle n'offrirait pas plus d'intérêt qu'un bulletin
« officiel ou qu'une froide gazette. » Il est certain
du moins que, sans les Mémoires de M. de Beausset, préfet du palais, et ceux de Mme Durand,
première dame de l'impératrice, la postérité
n'aurait jamais su que Napoléon avait une si
grande prédilection pour les haricots; aucun historien n'en a parlé; tous ont ignoré cette parti-
cularité ou l'ont dédaignée; et voilà comme on
écrit l'histoire.

On nous a dit que Buonaparte était toujours
d'humeur fâcheuse et chagrine; mais Mme Durand assure qu'on nous a bien trompés. «Lorsque,
« dit-elle, il était en gaieté, ce qui, je le présume,
« lui arrivait souvent, ses éclats de rire s'enten-
« daient de fort loin; » il n'y avait pas dans tout

son empire une voix plus fausse, plus discordante
que la sienne. Il n'a jamais su mettre une chanson
sur l'air; Mme Durand est bien obligée d'un convenir. Qu'importe? « Il n'en aimait pas moins à chan-
« ter »; mais son répertoire n'était pas très-varié:
il ne savait que deux vieilles chansons qu'il tenait
probablement de madame sa mère : — *Ah! c'en
est fait, je me marie.* — *Si le roi m'avait donné
Paris, sa grand' ville.* Cette dernière chanson
avait pour lui un charme tout particulier; je le
conçois: le roi ne lui avait pas donné Paris, sa
grand' ville; il l'avait fort bien prise, et la chanson n'en était pour lui que plus piquante. Mais
j'ai appris qu'à Sainte-Hélène elle cessa de lui
plaire, et qu'il la retira de son répertoire. Quoi
qu'il en soit, vous voyez que malgré tous les
bruits qui ont couru sur son compte, notre empereur était un garçon fort jovial.

Ce qui le prouve encore mieux que ces chansons qu'il chantait si mal, ce sont les jeux innocens auxquels il aimait à se livrer. Il jouait aux
barres, même après son second mariage, et
« quoiqu'il fût déjà très-gras, il courait encore
« très-légèrement. » Toutefois, malgré sa légèreté,
M^mo Durand l'a vu tomber deux fois dans une
seule partie. Un Romain eût regardé ces chutes
comme un mauvais présage; mais « l'empereur,
« observe Mme Durand, se releva sans mot dire et

« n'en continua la partie que plus gaiement. » Le
saut de mouton était encore un de ses jeux favoris ; mais, par respect pour sa dignité, tous les
joueurs « passaient à côté de lui, et allaient fran-
« chir celui qui se trouvait plus loin. » Cepen-
pendant, s'il faut en croire Mme Durand, Isabey
n'eut pas une fois cette déférence ; il sauta sans
façon par-dessus les épaules de Buonaparte, et
celui-ci, ajoute Mme Durand, n'eut pas l'air de
le trouver mauvais ; mais il lui appliqua en passant une grande claque sur le derrière. « Je m'en
moque, s'écria Isabey, il n'en a pas moins
baisé... » L'anecdote est bien précieuse ; par malheur, je la crois fort suspecte. Mme Durand a été
mal informée. Isabey a pu sauter sans façon par-
dessus les épaules de Buonaparte, c'est une liberté que le *saut de mouton* permet ; mais
Isabey est trop poli, trop bien élevé, pour avoir
tenu le propos qu'on lui prête ici : les libertés
du *saut de mouton* ne vont pas si loin. Mme Durand nous apprend encore que Napoléon aimait
beaucoup à pincer les joues, le cou, les oreilles
de ceux et même de celles qu'il honorait de sa
familiarité : tant il est vrai, et je suis bien surpris que Mme Durand ne l'ait pas remarqué avant
moi, tant il est vrai que tout est délassement,
tout est plaisir pour une conscience pure et un
cœur innocent !

Je passe, par une transition un peu brusque, j'en conviens, aux *galanteries* de Buonaparte. L'auteur, qui n'a pu se dispenser d'en parler, prétend « qu'on a bien débité des *mensonges* à « cet égard. » Cependant nous tenons d'elle-même qu'un aide de camp de l'empereur passait généralement à la cour pour son *eunuque noir*. Or, ne peut-on pas affirmer, sans mentir, que ce n'était pas un office sans fonctions, une sinécure, que S. M. avait donnée à ce complaisant serviteur? Je sais qu'on a pu exagérer le nombre de ce que Mme Durand appelle les fantaisies de Napoléon; mais elle l'a, en revanche, bien diminué. La liste qu'elle nous donne n'est pas complète; il s'en faut de beaucoup : d'abord, sans les consulter, elle en a rayé deux actrices bien connues qui seront, j'en suis sûr, très-piquées de ne pas s'y voir. Puis, je n'y trouve pas notre célèbre *Contemporaine*, l'intéressante veuve de la grande armée, qui, ses Mémoires le prouvent, a le droit d'y figurer honorablement; c'est une omission que je ne pardonne pas à Mme Durand. On a enlevé à Buonaparte assez de conquêtes, laissons-lui au moins celle-là.

Au reste, il faut bien convenir avec Mme Durand que Napoléon n'eut jamais de sultane favorite, de maîtresse en titre. Quelques femmes ont brigué cet honneur; mais elles n'ont pu l'obtenir; le sultan était volage : il leur échappait au moment où elles croyaient l'avoir fixé; et ce qu'il y avait de plus triste pour elles, c'est que, si nous devons en croire Mme Durand, il voyait d'assez mauvais œil à sa cour les femmes qu'il avait favorisées; mais le public qui savait tout, car il avait aussi, lui, sa police secrète, ne faisait que rire du désespoir de ces modernes Arianes qui, parce qu'on avait eu la bonté de les aimer la veille, s'imaginaient qu'on devait les aimer le lendemain; et ce public riait encore bien davantage des plaintes de leurs maris, qui regardaient cet abandon comme un très-mauvais procédé.

Il faut bien, puisqu'on m'y force, que je parle de la cour impériale. Le ton de cette cour, Mme Durand veut absolument que je le dise, n'était pas très-poli. Buonaparte, il est vrai, songeait sérieusement à lui en donner un meilleur. C'est sans doute pourquoi il y avait admis tant d'anciens nobles; mais cette mesure ne produisit pas les heureux effets qu'il en avait espérés. « Il « aurait été naturel, dit Mme Durand, que l'an- « cienne noblesse, réunie en cercle avec la nou- « velle, donnât à cette dernière le ton et la po- « litesse d'autrefois. Pas du tout : les anciens « nobles affectaient le plus mauvais ton; et ces « mêmes individus, de retour dans le faubourg

« Saint-Germain, reprenaient les habitudes et la
« tenue qu'ils n'auraient jamais dû quitter. »
L'accusation est grave; et si, comme je le crois,
elle est fondée, j'en fais mon compliment aux
anciens nobles. Il me semble qu'ils auraient dû
seconder les bonnes intentions de l'empereur, et
donner à sa cour *le ton et la politesse d'autre-*
fois, puisque ce n'était que pour cela qu'ils y
avaient été appelés. Ils diront sans doute que la
chose n'était pas facile: je le sais bien; mais au
moins fallait-il faire preuve de bonne volonté.
Mme Durand leur en aurait su gré.

Buonaparte s'occupait d'une réforme encore
plus importante. Il connaissait, et remarquez que
c'est Mme Durand qui le dit; je n'aurais jamais osé,
moi, toucher une corde si délicate; « il connaissait *les mœurs relâchées* de sa cour, et il voulait que tout prît au moins *l'apparence* de la
régularité. » Le mal était grand, et on ne pouvait
trop se presser d'y remédier.

Croiriez-vous que les dames du palais étaient
pendant cinq à six heures de la journée obligées
d'entendre les récits d'aventures scandaleuses qui
faisaient rougir quelques unes d'elles et qui em-
barrassaient le plus grand nombre? Elles avaient
aussi à supporter quelquefois des persiflages in-
décens sur les liaisons. C'est encore Mme Durand
qui le dit, et il m'en coûte beaucoup d'être

obligé d'en conclure qu'on était là en assez mauvaise compagnie; mais, je le demande, comment tant d'honnêtes dames pouvaient-elles rester dans une cour où elles entendaient tous les
jours de si vilains propos, et où leur pudeur avait
tant à souffrir? Voilà ce que je ne peux expliquer.

Il y avait d'ailleurs à cette cour deux partis aussi
irréconciliables que les Guelfes et les Gibelins.
Pour s'en convaincre, il suffit de lire quelques
anecdotes que Mme Durand a insérées dans ses
Mémoires. Un jour qu'il y avait grande récep-
tion au château, on annonce *le prince Murat*.
Aussitôt le maréchal L... s'écria..... je n'ose répéter son exclamation; elle est d'une énergie
qui m'effraie. C'est que ce maréchal pensait et
disait hautement qu'il méritait mieux le titre de
prince que tous ceux qui l'avaient obtenu, et il
disait vrai. Y avait-il dans la grande armée un
soldat plus intrépide que lui? Mme Durand nous
dit que Mme la maréchale, que par parenthèse
elle n'aime guère, partageait sur ce prince les
sentimens de son mari, et *qu'elle en a donné plus
d'une preuve*. J'en suis peu surpris. N'était-elle
pas du bois dont on fait les princesses? Je pourrais citer même telle reine de ce temps-là qui ne
la valait pas, et qui surtout était moins jolie.

Les Mémoires que j'annonce renferment quelques anecdotes relatives aux événemens politiques, et qui ne sont pas sans intérêt. L'auteur nous apprend que, pendant le séjour que fit l'impératrice Marie-Louise à Blois, deux de ses beaux-frères, Joseph et Jérôme, voulurent l'enlever et la conduire dans le Midi où ils l'auraient gardée comme otage; mais un général s'opposa à l'exécution de leur dessein. M. Louis Buonaparte montra, lui, la plus touchante résignation. « Il assistait, dit Mme Durand, à tous les offices de l'église avec les signes d'une piété vive et sincère. » Quant à *Madame Mère*, jamais elle n'avait été de plus mauvaise humeur; mais elle ne regardait pas la partie comme perdue. «Nous autres Corses, disait-elle, nous nous connaissons en révolution : cela n'est pas fini. »

La prédiction de cette nouvelle Cassandre n'était pas vaine; le 20 mars l'a prouvé.

On trouve à la fin de ce volume *des pièces justificatives* dont la plus curieuse, sans contredit, est un bulletin qui devait être inséré dans le *Moniteur* du 31 mars 1814. L'ennemi, y disait-on, est en pleine déroute; et ce jour-là même il entrait dans nos murs. Bons Parisiens! comme on vous trompait!

DICTIONNAIRE

DES GENS DU MONDE.

L'esprit qu'on veut avoir gâte celui qu'on a.
GRESSET, *le Méchant.*

Depuis que la politique est seule à la mode, il faut s'attendre à en trouver jusque dans les almanachs sous verre. Aussi, paraît-il un ouvrage nouveau, vite je m'informe de sa couleur; et quoique bien désabusé des folies de ce monde, je veux connaître celle de l'auteur. C'est de ma part curiosité toute pure, et il est rare qu'elle ne soit pas satisfaite à l'ouverture du livre; car on joue maintenant à jeu découvert : plus de déguisemens, de réticences ou même de périphrases; chacun vous dit franchement ce qu'il est et ce qu'il pense, en attendant qu'il lui convienne d'être autre chose et de penser différemment; on sait au moins à qui on a affaire. Cet avantage serait encore plus grand, s'il y avait un peu plus de constance dans les opinions, et s'il était défendu à tout homme d'honneur d'en changer plus d'une fois par mois.

Quoi qu'il en soit, le jeune hermite, auteur

du *Dictionnaire des gens du monde*, m'embar-
rasse cruellement. J'ai lu sa préface tout entière
sans pouvoir deviner à quelle famille politique il
appartient; en voilà donc un qui ne montre pas
ses cartes. Qu'est-il cependant? libéral? il l'a été,
mais il a, dit-il, cessé de l'être; royaliste ou ultrà,
comme ils disent? il a aussi passé par-là, mais il
ne s'y est pas arrêté. Il est donc.....? non. Le peu
de considération qu'il a pour le budget me prouve
que son nom n'y est pas porté. Puis il traite bien
durement les écrivains qui, suivant lui, trafiquent
de leur opinion; et comme on ne peut pas croire
qu'il crache au plat pour en dégoûter les autres,
je conclus que son opinion est à lui. Persiste, bon
hermite, dans ces fiers sentimens : ta récolte ne
sera pas abondante; mais deux ou trois individus,
sur deux ou trois cent mille, t'honoreront de
leur estime, ce qui est bien consolant quand on
meurt de faim.

Il faut cependant, par le temps qui court, être
quelque chose; n'être rien est si dangereux!
tout le monde vous lapide. L'auteur serait-il par
hasard de ce parti qui n'est pas précisément un
parti, mais qui fait nombre? Serait-il de ce qu'on
appelle ou plutôt de ce qu'on a appelé le ventre?
Non; car il parle fort légèrement de la gastronomie, des dîners, de la cuisine et des cuisiniers;
et on ne médit point ainsi des objets de son culte,

des saints de son église. Ah! je le tiens enfin :
Monsieur est indépendant? non; il m'échappe
encore. Il vante, à la vérité, cette noble indépendance qui, soumise aux lois seules, repousse
toute faveur qui l'humilierait; mais il assure que
« ceux qui se disent les plus indépendans sont
« quelquefois les plus esclaves, et qu'en fait de
« spéculation, le rôle d'indépendant est aussi pro-
« ductif qu'un autre. » Ainsi l'auteur ne tient ni
aux uns ni aux autres; il n'est ni avec ceux-ci
ni avec ceux-là.

« Outré, dit-il, contre tous les partis, après
« avoir été tour à tour blanc, rouge, bleu, même
« noir, je résolus de n'être d'aucune couleur,
« pour voir si cela me réussirait. J'attaquai in-
« distinctement tous les rangs, toutes les condi-
« tions, etc., etc. » Il nous avertit encore qu'il a
« fort peu lu et jamais étudié. » C'est un avantage, mais il ne faut pas trop s'en vanter, lorsqu'on se charge surtout d'instruire la cour et la
ville. Au reste, l'hermite a « vu tous les états, le
« parterre, le théâtre et les coulisses, l'anti-
« chambre, le salon et la salle à manger, les jour-
« naux, leurs rédacteurs, etc., etc. » Il est vrai
qu'on pourrait encore avoir vu tout cela, et même
l'avoir vu long-temps sans le connaître, par la
raison, dit un homme d'esprit, que les hannetons
ne savent pas l'histoire naturelle. Mais l'hermite

ne s'est pas contenté de voir, il a « beaucoup
« observé. » Voyons de quelle lunette il s'est
servi ; son livre nous en dira peut-être plus que
sa préface.

Un honnête homme n'a que sa parole. L'auteur a promis d'attaquer tout le monde, il ne
ménage personne ; mais les grands sont certainement ceux qu'il ménage le moins.

« *Grands*, hommes d'une très-petite taille, qui
« s'élèvent à la faveur de souliers à talons. »

« *Grandeur politique*, synonyme de petitesse
« morale. »

Puisque nous ne pouvons y atteindre, dit
Montaigne, vengeons-nous-en à en médire. Ce
n'est pas toutefois un sentiment aussi bas qui
anime notre hermite ; je suis persuadé qu'il ne
médit pas des grands par petitesse ; mais ce publiciste de vingt et un ans caresse une chimère ; il a
des illusions, bonheur de son âge : voyez comme
il rêve :

« *Démocratie*, gouvernement où la vertu est
« le plus honorée et le mieux appréciée. »

« *République*, forme de gouvernement que
« beaucoup de gens critiquent, parce qu'elle ne
« souffre ni les préjugés, ni les escamoteurs poli-
« tiques, ni les priviléges, ni les rubans, ni encore
« moins les fonctions héréditaires. »

Ce n'est pas cela, l'hermite se trompe ; s'il avait

quelques années de plus, il dirait que la république est une forme de gouvernement que les escamoteurs politiques aiment beaucoup, parce qu'elle leur sert ordinairement à escamoter à leur profit les distinctions, soit honorifiques, soit réelles, qui cessent d'être abusives aussitôt qu'elles leur appartiennent, car ils ne détestent pas les grandeurs; mais ils sont petits : voilà l'abus qu'il faut corriger. L'auteur a raison de nous dire qu'il a fort peu lu l'histoire; s'il l'avait consultée, elle lui aurait montré comment la vertu est *honorée* et *appréciée* dans les gouvernemens démocratiques. Que ne s'est-il au moins donné la peine, avant de commencer le sien, d'ouvrir le plus célèbre de tous les dictionnaires; il y aurait vu « qu'on chercherait vainement, dans l'histoire « de Macédoine, autant de tyrannie que dans « l'histoire d'Athènes ; » ce qui aurait un peu affaibli sa jeune admiration pour une forme de gouvernement qu'il ne connaît pas, même par ouï-dire. Qu'est-il donc? c'est la première question que je lui ai adressée. Il proteste « qu'il est « bien revenu de son ultrà-libéralisme. » Soit; mais les premières impressions sont toujours difficiles à détruire radicalement : *quo semel imbuta recens....*

L'hermite en veut surtout à ceux que le hasard a jetés dans une classe jadis privilégiée. Suivant lui, ils *surchargent la terre*, qu'apparemment il faudrait en délivrer. Dans sa colère peu réfléchie, il ne leur pardonne pas d'avoir des aïeux. Mais qui donc n'a pas les siens, et qui est le maître de les choisir? Est-ce la faute de ces individus qui *surchargent la terre*, s'ils sont les fils de leurs pères? C'est un malheur sans doute, mais est-il d'une bonne philosophie de leur en faire un crime? Quel chemin le jeune hermite a-t-il donc pris « en revenant de son ultrà-libéralisme? » Il faudra bientôt être bâtard pour lui plaire; et celui qui crie sans cesse à l'intolérance fera des difficultés pour tolérer même les enfans légitimes.

Voilà, quoi qu'il en soit, un joli *petit cours de morale* à offrir aux gens de la cour pour leurs étrennes! Et je ne dis pas tout ce qu'il renferme d'aimable à leur égard; il faut laisser une part à la surprise. Je passe également sous silence tous les petits traits que l'auteur a lancés contre les institutions religieuses qui n'ont pas le bonheur de lui plaire. J'ignore si ces plaisanteries avaient autrefois quelque sel; mais il est certain qu'elles en ont fort peu aujourd'hui : elles sont d'ailleurs descendues si bas qu'on devrait y renoncer, ne fût-ce que par amour-propre.

« Belles lectrices, dit l'hermite, prenez ce livre, « il est moral et amusant. » J'aime les auteurs

qui se rendent justice ; mais celui-ci ne se juge-
t-il pas trop favorablement ? Et dans les moyens
qu'il emploie pour égayer sa morale, n'y a-t-il
rien qui blesse la délicatesse ? Les belles lectrices
en décideront.

« *Maîtresse*, maison garnie louée à tant par
« mois, et que l'on peut quitter sans donner
« congé. »

« *Cachemire*, talisman devant lequel la vertu
« des femmes résiste rarement. »

« *Polisson*, jeune étourdi auquel les femmes
« pardonnent volontiers. »

J'en suis fâché pour l'auteur, mais sa morale
pourrait bien ne plaire qu'aux femmes auxquelles les polissons ne déplaisent pas. Je n'avais rien
eu de plus pressé que de donner son ouvrage
à la mienne, qui aime singulièrement les petits
cours de morale amusante. Elle a rougi, mais de
colère, en voyant comment on me définissait.

« *Epoux*, bonhomme ordinairement fort hon-
« nête, qu'on ne se fait pas scrupule de tromper,
« et qu'on rend d'autant plus heureux qu'on le
« trompe plus souvent. »

Celle qui fait mon bonheur voulait jeter aussitôt le livre au feu, tant elle était irritée. Je l'in-
vitai à mépriser cette impertinence, à se moquer
de celui qui se moquait de moi, et à me rendre
toujours heureux comme par le passé.

Cependant, sans maligne intention, j'avais marqué avec un crayon tous les passages que l'auteur, qui s'est bien gardé de le dire, a empruntés aux vivans et aux morts. Mon dessein n'était pas de trahir son secret; je voulais compter ses larcins, non les révéler; mais sa définition de l'époux heureux m'a piqué au vif, et je m'en vengerai en prouvant que si ce jeune homme a peu lu, il a au moins beaucoup retenu et tiré un grand fruit de ses lectures. Je ne lui reproche pas tout ce qu'il a pris à Voltaire; ce Voltaire est si riche! il lui en restera toujours assez.

Champfort, qui n'est pas cité une seule fois, a des droits incontestables sur tout ce qui suit:

« *Philosophe*, homme qui oppose la nature à « la loi, la raison à l'usage, la conscience à l'opi- « nion, et son jugement à l'erreur. »

« *Société*. Elle est composée de deux grandes « classes: ceux qui ont plus de dîners que d'ap- « pétit, et ceux qui ont plus d'appétit que de « dîners. »

« *Mixte*. Au moral comme au physique, tout « est mixte; rien n'est un, rien n'est pur. Dans « les choses, tout est *affaires mêlées*; dans les « hommes, tout est pièce de rapport. »

« *Mari*, espèce de manœuvre qui tracasse le « corps de la femme, ébauche son esprit, et dé- « grossit son âme. »

L'auteur veut-il que j'allonge sa litanie, que je multiplie ses citations? Cela me paraît bien facile.

Passe toutefois pour les morts; ces bonnes gens se laissent dépouiller sans crier au voleur; mais les vivans ne sont pas d'aussi bonne composition. Il me souvient qu'un autre hermite, assez connu pour qu'il soit inutile de le désigner ici, eut un jour l'idée de composer un *Dictionnaire des gens du grand Monde*, et que même il publia deux articles sur ce sujet *. L'essai était heureux, et il paraît que le nouvel hermite l'a jugé tel, puisque, sans examiner si ces deux articles s'accommoderaient du voisinage, il les a fait entrer dans ce volume, que je n'ose plus appeler son ouvrage. Malgré cet énorme larcin, il ne traite pas plus charitablement les *plagiaires*. Veut-il donc qu'il ne soit permis qu'à lui seul de l'être? Je serais tenté de le croire, si je ne connaissais son horreur pour les priviléges.

Il est d'autant moins excusable, qu'il n'est pas tout-à-fait réduit à ne vivre que des idées d'autrui. Ce qu'il annonce sera de l'esprit, quand il y aura ajouté un peu de jugement et de réflexion : c'est surtout l'expérience qui lui manque. Beaucoup de choses le révoltent, avec lesquelles il se

* *L'Hermite de la Guiane*, tome I et tome III.

réconciliera plus tard, où il trouvera un jour la raison de ce qui lui paraît absurde et extravagant. Déjà un écrivain qu'il connaît bien aurait pu lui apprendre que « ce qui a été établi par « des hommes qui avaient lu le livre entier de la « vie, ne doit pas être jugé par des gens qui, « malgré leur esprit, n'en ont lu que quelques « pages. » Quelle folie de prétendre à vingt et un ans, réformer l'univers! A cinquante et plus on est encore écolier!

2 janvier 1818.

DE L'ÉDUCATION,

PAR Mme CAMPAN.

> C'est l'éducation publique qu'il faut aux hommes ; mais l'éducation particulière est préférable pour les femmes.
>
> BERQUIN, *Lettres familières.*

L'éditeur de cet ouvrage a raison de le dire : « L'éducation maternelle est nécessaire aux « femmes. » Si j'avais pu en douter, son introduction, non moins remarquable par la justesse des pensées que par l'élégance du style, m'en aurait bientôt convaincu. Mme Campan partage cette opinion, et une autorité si imposante suffit pour décider la question : on doit en croire une institutrice publique, quand elle proclame les avantages de l'éducation maternelle, et ne veut pas qu'une étrangère soit placée entre le cœur d'une mère et celui de sa fille. Malheureusement il est, en morale comme en politique, des principes incontestables dont l'état actuel de la société a rendu l'application, sinon impossible, du moins bien difficile.

Si toutes les mères sont capables d'élever leurs filles, il y a de l'imprudence à chercher d'autres institutrices; fermez à l'instant même tous vos *pensionnats de jeunes demoiselles*, il sont au moins inutiles. Mais je me trompe fort, ou le grand nombre de ces établissemens, aujourd'hui si multipliés que chaque rue de la capitale a le sien, prouve déjà que, sans exagérer les difficultés d'une éducation, la plupart des mères sont effrayées des obligations qu'elle impose; et, après tout, cette défiance qu'elles ont d'elles-mêmes n'est-elle pas très-raisonnable?

Je ne puis plus demander si beaucoup de mères ne sont pas privées des connaissances nécessaires pour élever leurs filles. M. Bunière nous assure que *cela devient de jour en jour plus rare*. A la bonne

2. 18

heure, je n'attendais pas moins du progrès des lumières ; mais si le siècle est éclairé, il est aussi, personne ne le nie, fort dissipé, et l'éducation maternelle ne peut manquer de s'en ressentir. On l'a dit
il y a long-temps : Leçon commencée, exemple
achève. M. Bunière observe « qu'il serait facile et
« commode pour une mère de recommander à sa
« fille la piété, la modestie, l'étude, tandis qu'elle
« garderait pour elle-même la parure, les plai-
« sirs et la dissipation ; mais, ajoute-t-il, la jeu-
« nesse n'admet pas ce partage. » Belles leçons,
vraiment, que celles d'une mère qui parlerait
contre la coquetterie en mettant du rouge, qui
vanterait le goût de la retraite en allant tous les
soirs au spectacle !

Ces observations sont justes, et les jeunes
mères les ont faites avant nous. C'est sans doute
pourquoi elles hésitent presque toutes à se
charger de l'éducation de leurs filles, non qu'elles
manquent de tendresse et de courage, il n'est
pas même permis de le soupçonner ; mais renoncer à des plaisirs innocens, à des habitudes
qui sont chères ! se vouer pendant plusieurs années à une vie de récluse ! Le sacrifice est trop
pénible, on ne peut s'y résigner, et les plus cou-
rageuses appellent bientôt à leur aide une *gouvernante*, sur laquelle, au reste, elles se promettent bien d'exercer une rigoureuse surveillance :

ce sera toujours, disent-elles, l'éducation maternelle. Non, elles se trompent; ce sera cette éducation que Mme Campan a fort justement nommée l'*éducation au logis*, qui est la pire de toutes.

D'abord, on ne surveille bien que ce qu'on
est en état de faire soi-même. Puis, je le demande,
qu'est-ce qu'une gouvernante dans la maison où
on l'appelle? Mme Campan voudrait qu'elle y fût
regardée comme une parente. Est-ce sur ce pied
qu'elle s'y trouve? Aperçoit-on du moins, comme
on le doit, l'importance, disons mieux, la dignité des fonctions qui lui sont confiées? L'en-
vironne-t-on de cette considération sans laquelle son ministère devient tout-à-fait inutile?
Elle n'est le plus souvent que la première domestique, avec moins de crédit toutefois que la
femme de chambre, qui sait fort bien le lui faire
sentir dans l'occasion; enfin, on se croit quitte
avec elle quand on lui a payé ses gages.

Or, quelle autorité une institutrice aussi dé-
gradée peut-elle conserver sur son élève, qui
ne tarde pas à s'apercevoir qu'au lieu d'une
maîtresse, c'est une *bonne* qu'on lui a donnée?
Vous voulez que votre enfant la respecte, et c'est
de vous-même qu'il apprend à la mépriser! On
le pardonnerait à ces insolens favoris de la fortune, que la révolution a pu enrichir, mais dont
elle n'a point changé les mœurs et les grossières

habitudes. Faut-il s'étonner qu'ils ne sentent pas le prix d'une éducation dont ils ont été privés? Mais d'autres n'ont pas cette excuse, et c'est à eux surtout que je m'adresse : on les entend quelquefois se plaindre de chercher vainement des instituteurs et des institutrices capables d'élever leurs enfans; mais en vérité, quand je vois comment ils les traitent, je ne sais s'ils méritent d'en trouver.

On s'est long-temps moqué, et quoique ce sujet de plaisanterie soit usé, je crois que les libéraux se moquent encore de l'éducation des couvens. Qu'elle laissât quelque chose à désirer, c'est ce que j'accorde volontiers. La danse, par exemple, y était fort négligée, et on attachait plus d'importance à l'étude de l'*Histoire Sainte* qu'à l'exécution de la sonate. Voilà un tort très-grave que je ne veux point dissimuler; mais la révolution l'a bien réparé, peut-être même un peu trop. Qui ne se souvient de ces pensionnats qui florissaient il y a quelques années, et où l'art de la danse, regardé comme base d'une bonne éducation, était porté à un degré de perfection dont on ne pourrait trouver aujourd'hui de modèle que sur nos théâtres? A la triste éducation des couvens avait succédé une éducation plus analogue aux mœurs du jour, plus conforme aux besoins de la société : l'éducation de l'Opéra.

Pudeur et bienséance à part, rien de plus brillant que les exercices publics qui avaient lieu à
la fin de l'année dans ces pensionnats, et dont les
journalistes ne manquaient jamais de rendre
compte dans cette partie de leurs feuilles qu'ils
consacraient aux *spectacles*. « Ils finissaient tou-
« jours, dit Mme Campan, par des représentations
« théâtrales: des ballets étaient exécutés; l'inno-
« cence y paraissait sous les costumes des dan-
« seuses de l'Opéra. » Et comme il faut que la province charge toujours les travers et les ridicules
de la capitale, les maîtresses de pension, dans
beaucoup de départemens, louaient les salles de
spectacle pour faire briller davantage les talens
de leurs élèves, ce qui était encore plus dangereux pour l'innocence.

Toutefois n'allez pas croire que les jeunes
filles élevées ainsi ne sussent que danser et chanter; elles savaient tout : le programme de leurs
exercices en faisait foi. Il est vrai que la danse
et la musique leur laissaient peu de temps à
perdre, ou, si l'on veut, à consacrer aux études
sérieuses; mais on employait pour les instruire
je ne sais quels procédés dont malheureusement
le secret est perdu aujourd'hui. La grammaire,
les langues, l'histoire, la géographie, et bien
d'autres choses encore leur étaient enseignées en
quelques leçons par des professeurs fort habiles,

qui n'avaient pas mis eux-mêmes plus de temps à les apprendre.

On ne rencontrait pas, il faut l'avouer, de tels prodiges dans le pensionnat que Mme Campan dirigeait; je soupçonne même qu'elle en eût été effrayée; car elle avait la simplicité de croire que Fénélon et Rollin n'étaient pas des sots, et elle disait avec eux : « En éducation, ce n'est pas en « courant qu'on arrive au but. » Aussi la voit-on, dans son cours d'instruction, proportionner toujours les études à l'intelligence des élèves, et ne présenter à chaque âge que les connaissances qui sont à sa portée. Cette méthode, dont l'ouvrage que j'annonce offre le développement, n'est pas nouvelle : elle date de ces *anciens jours* dont nos sages ne parlent qu'avec mépris; mais après tout, comme c'est la seule que la raison approuve, et qui puisse obtenir d'heureux résultats, on a bien été forcé d'y revenir. Il y a même lieu de s'étonner que cette nécessité n'ait pas été sentie plus tôt; mais il était dit que dans l'éducation, comme dans tout le reste, nous devions parcourir le cercle entier des extravagances humaines.

Remarquons-le encore, car la vérité nous en fait un devoir, remarquons-le à l'éloge de Mme Campan, « ce fut, comme le dit l'éditeur, dans son « pensionnat de Saint-Germain que l'éducation « fut replacée, pour la première fois depuis la

« terreur, sur sa véritable base »; elle osa même y ouvrir un oratoire, à une époque où on ne pouvait manifester des sentimens religieux sans compromettre sa tranquillité, et où le signe de la croix était une conspiration. Le Directoire le sut, et il en sentit toutes les conséquences. Si la religion, qu'il avait proscrite et qu'il ne cessait de persécuter, recouvrait son empire sur les cœurs, qu'allaient devenir la révolution et ses doctrines? Mme Campan s'était trop pressée : son oratoire fut fermé; on profita même de cette occasion pour interdire tout exercice religieux dans les pensionnats; enfin, de par le Directoire, il fut défendu à nos enfans de prier Dieu.

Notre institutrice s'en dédommagea plus tard, comme on le verra dans son Traité d'éducation. Je ne sais en vérité comment certains journaux, qui ne sont pas amis du nôtre, ont pu lui prodiguer tant d'éloges; c'est un honneur qu'elle méritait peu. Quoi! la messe *tous les jours!* « et « le dimanche l'office du matin, les vêpres, les « complies et le salut étaient chantés par les élè- « ves »; Mme Campan ne leur faisait pas grâce d'une antienne : les libéraux seront fort étonnés de l'apprendre. Que serait-ce donc si je signalais à leur mauvaise humeur certain chapitre où elle traite très-sérieusement du *choix d'un confesseur?* Il n'en faudrait pas davantage pour la

perdre entièrement dans leur esprit. La messe,
ils pourront la lui pardonner; mais le confesseur, ils ne le lui pardonneront certainement
pas.

« Un dé, des ciseaux, des aiguilles, dit Mme Cam-
« pan, ne doivent jamais quitter notre sexe. » Toutefois gardez-vous de croire qu'elle proscrive ces
arts qui sont le charme de la vie : elle n'a point
cette barbarie; mais, institutrice prévoyante, elle
veut que les jeunes filles, quelle que soit la fortune de leurs parens, manient alternativement
et avec un plaisir égal l'aiguille et le pinceau.
« On ne saurait, dit-elle, se ménager trop de res-
« sources contre les atteintes du sort. L'auguste
« fille de Louis XVI, solitaire dans une tour de
« douleur, a travaillé de ses propres mains aux
« vêtemens qu'on ne semblait lui avoir donnés
« qu'à regret. » Après avoir cité un tel exemple,
je dois m'arrêter; mais si les lecteurs croient que
d'autres soient encore nécessaires, ils les trouveront dans l'ouvrage de Mme Campan; et sans
doute ils gémiront avec elle sur les malheurs
d'une révolution pendant laquelle des femmes,
autrefois comblées de tous les biens de la fortune, ont été obligées, pour soutenir leurs familles tombées dans l'indigence, de broder les
jabots de leurs anciens laquais.

Savoir récompenser et punir est peut-être le

secret le plus important de l'éducation. Or, il paraît que Mme Campan le connaissait. Ses récompenses n'avaient rien de fastueux; elles n'étaient point décernées au son des fanfares, mais elles n'en laissaient pas des souvenirs moins profonds. Je vois que pour donner à celle de ses élèves qui, pendant le cours de l'année, avait toujours été douce et affable avec ses compagnes et respectueuse envers ses maîtresses, une marque de satisfaction particulière, Mme Campan lui accordait l'honneur d'aller, en présence des dames et des élèves, planter dans un des bosquets du parc un arbre qu'elle seule avait ensuite le droit de cultiver. Assurément, comme l'observe l'éditeur, rien de plus simple qu'une semblable récompense. Elle faisait cependant sur l'esprit de l'élève une impression que le temps effaçait difficilement, ainsi que le prouve une anecdote touchante que M. Bunière a racontée dans son introduction, et que j'abrège.

Une ancienne élève d'Ecouen est atteinte chez ses parens d'une maladie grave... Dès ce moment on croit lire dans ses regards l'expression d'un désir qu'elle n'ose avouer. On la questionne. « Nous sommes, dit-elle, au mois de juillet: mon « acacia d'Ecouen doit être en fleur; j'en vou- « drais avoir une branche. » Ce désir fut satisfait, et elle expira en tenant dans ses mains cette branche de l'arbre qu'elle chérissait, et qui lui rappelait la plus heureuse des époques de sa vie.

Ce Traité d'éducation est suivi d'un théâtre pour les jeunes personnes, que des amis fort indiscrets ont déjà mis sans façon au-dessus de celui de Mme de Genlis; mais qu'elle se rassure, elle n'est pas encore détrônée. Il faut que, malgré le mérite que renferment quelques pièces de son théâtre, notamment celle qui a pour titre : *Les deux Educations*, Mme Campan se contente de la seconde place : l'esprit de parti pourra seul lui donner la première.

Du 12 janvier 1824.

ALGER! ALGER!

Charles X a réalisé en trois mois ce
que Louis XIV n'avait pu exécuter pendant tout son règne.

BERGASSE.

L'heure de l'embarquement approchait, et nos braves soldats, qui brûlaient de voir un ennemi qu'ils étaient sûrs de vaincre, ne cessaient de crier : *Alger! Alger!* Le moindre délai irritait leur impatience; et cependant que n'avaient pas fait, depuis trois mois, les organes de l'opposition pour les décourager et pour décrier une entreprise qui devait être si glorieuse pour la France et si profitable à l'humanité! L'un d'eux, M. de Laborde, aujourd'hui aide de camp de Louis-Philippe, la trouvait seulement injuste dans son origine, imprudente dans sa précipitation, infructueuse dans ses résultats, coupable et criminelle dans son exécution; toutes les feuilles libérales en exagéraient à l'envi les dangers. Notre armée, à les entendre, n'aurait pas seulement à combattre la milice turque, si impétueuse dans ses attaques, et les Maures, que leur fanatisme rendait si redoutables, mais encore les lions, les tigres, et d'innombrables tribus de Bédouins plus terribles que les bêtes féroces qui désolent ces contrées : bref, pas un de nos soldats n'en devait revenir.

L'Angleterre, d'ailleurs, ne s'opposerait-elle pas à nos projets de conquêtes ? il y allait de son honneur et de son intérêt. Ces journaux l'en avertissaient très-loyalement, et en même temps ils tenaient leur bon ami le dey d'Alger au courant de tous nos préparatifs; ils lui faisaient connaître l'état de nos forces, et lui disaient même sur quel point il serait attaqué : leur patriotisme allait jusque-là. Il est donc aujourd'hui bien démontré que si cette entreprise n'a pas tourné à la honte de la nation, ce n'est pas du moins la faute d'un parti qui se disait *national*, car il y a, certes, bien travaillé.

Quant à nous, qu'on accuse tous les jours de former le parti *anti-national*, nous disons avec reconnaissance : Honneur au général qui a conçu l'expédition d'Afrique ! honneur à la brave armée qui n'a eu besoin que de vingt jours pour rendre à la civilisation le chef-lieu de la barbarie, et pour faire une conquête qui, en dépit de ses détracteurs, est et sera toujours une des grandes gloires nationales; c'est le jugement qu'en porte, dans un ouvrage très-piquant qu'il vient de pu-

blier *, le secrétaire particulier de M. le comte de
Bourmont, et force est de le confirmer et de reconnaître, avec M. J.-T. Merle, que cette entreprise est la plus noble, la plus glorieuse et la
plus morale qui ait jamais honoré les fastes d'une
grande nation. Cependant elle est toujours dé-
nigrée par les hommes de la révolution de juillet ;
mais je voudrais bien savoir ce qu'ils ont à lui
opposer. Nous parleront-ils de leur expédition
de Lisbonne? Voilà, je crois, jusqu'à présent,
leur plus beau fait d'armes ; mais je n'y vois pas
beaucoup plus de gloire pour le vainqueur que
de honte pour le vaincu. Quand, avec des forces
imposantes, une très-grande nation, qui a été
long-temps maîtresse de l'Europe, va attaquer
un très-petit prince qui est incapable de se défendre, le triomphe est facile, et il ne faut pas
trop s'en vanter, à moins qu'on ne veuille se
vouer au ridicule.

Observez encore que nous avons conquis Alger comme nous avions, peu de temps auparavant, rétabli Ferdinand sur son trône, malgré
l'Angleterre, tandis que le gouvernement né de
la révolution de juillet n'a fait son expédition de
Lisbonne qu'après avoir obtenu l'autorisation de

---

* *Anecdotes historiques et politiques , pour servir à l'Histoire de
la conquête d'Alger*, par Ch.-J.-T. MERLE. Chez Dentu, Palais-
Royal. Prix : 5 fr.

la conférence de Londres, et s'être bien assuré que l'Angleterre ne prendrait pas fait et cause pour don Miguel, pour ce *monstre*, comme l'appelle M. Sébastiani, notre ministre des affaires étrangères, qui traite si durement les très-petits princes. Il sied donc mal à la révolution de juillet d'accuser tous les jours la restauration d'avoir humilié la France, de l'avoir mise aux genoux des grandes puissances. Tant de fierté, quand on a de si bonnes raisons pour être modeste, ne peut qu'étonner. Il vraiment très-heureux que la restauration, fortement pénétrée du sentiment de sa dignité, ait fait l'expédition d'Alger : la révolution n'y songerait guère, elle n'oserait.

Ne cherchez pas dans l'ouvrage que j'annonce des détails très-circonstanciés sur les opérations militaires de la campagne d'Alger; l'auteur a le bon esprit, aujourd'hui si rare, de ne parler que de ce qu'il sait; et si parfois il émet une opinion sur quelque combinaison stratégique, c'est qu'elle lui vient de bon lieu. Au reste, vous n'avez pas de peine à croire que dans une expédition où, grâce aux Bédouins, excellens tireurs, qui manquent rarement l'homme qu'ils visent, il y avait tant de dangers à courir, le secrétaire particulier du général en chef a dû en avoir sa petite part; il peut même se vanter de l'avoir échappé belle le jour où, pour assister à l'entrée triomphale de notre armée dans Alger, il ne craignit pas de faire plusieurs lieues à la barbe des Bédouins qui rôdaient dans le voisinage, et, notez ce point, les fit à pied.

Je ne pouvais penser, vous dit-il, à obtenir de l'obligeance de MM. les sous-intendans la faveur d'un cheval ou d'un mulet; il m'auraient répondu comme l'Argante des *Fourberies de Scapin* : Je ne lui donnerais pas seulement un âne ; ces Messieurs sont sévères en diable sur les règlemens. Vous direz peut-être qu'en pareil cas il n'y a rien de mieux à faire que de s'emparer d'un sous-intendant et de son cheval, et, si le trajet est long, de monter tantôt sur l'un, tantôt sur l'autre. Mais ne plaisantez pas : un sous-intendant, qui à Paris est peu de chose, est à l'armée un personnage pour le moins très - important; je le tiens de M. Merle, qui, à ce qu'il paraît, est payé pour le savoir.

Ce que c'est pourtant que d'avoir un heureux caractère! on rit de tout; on trouve fort gai ce que d'autres trouvent fort triste. Cette campagne n'a point enrichi M. Merle. Il peut même dire qu'il l'a faite à peu près à ses dépens; mais, comme Figaro, il a voulu du moins avoir du plaisir pour son argent, et il convient que rien au monde ne l'a jamais autant amusé que la suffisance de beaucoup de grosses épaulettes, l'impertinence de quelques intendans, et les prétentions ridicules de certains habits brodés. Tout cela nous vaudra un joyeux vaudeville qu'il nous promet, et qui sera incessamment en répétition.

Je me suis convaincu, dit-il, qu'il y a plus de comédies dans une journée de quartier-général, qu'il ne s'en fait en un an dans quatre théâtres royaux. Où la comédie va-t-elle se nicher? Je n'aurais jamais soupçonné qu'il pût y avoir des intendans si gais, des habits brodés si divertissans, et de grosses épaulettes si comiques.

On ne saurait croire combien d'obstacles M. de Bourmont eut à vaincre avant de faire adopter dans le conseil de Charles X un projet qui, comme il le disait dans son rapport, devait prouver à l'Europe qu'un roi de France ne se laisse pas impunément insulter par un chef de pirates. M. le Dauphin, effrayé des difficultés de l'entreprise et des dépenses qu'elle occasionerait, y était tout-à-fait contraire; mais le maréchal duc de Raguse jouissait, sous le rapport militaire, de toute la confiance du prince. M. de Bourmont le savait, et causant un jour avec ce maréchal, il mit l'expédition d'Alger sur le tapis, et en parla comme d'une affaire à peu près décidée. La mission était belle. Quel général ne l'eût pas ambitionnée! M. le général Lamarque, si Charles X la lui avait confiée, n'aurait pas trouvé de termes assez forts pour exprimer sa reconnaissance. Le maréchal Marmont crut entrevoir que c'était à lui qu'elle était destinée, et M. de Bourmont se garda bien de détruire une si douce illusion. Cette petite ruse de guerre, dit M. Merle, cette adroite manœuvre de cour, réussit à merveille. L'expédition d'Alger, grâce à un stratagème qu'on ne trouve pas dans Frontin, fut bientôt résolue; mais le maréchal Marmont n'en eut pas le commandement, et, entre nous, elle n'y perdit rien.

Ce n'est pas que ce maréchal, quoiqu'il ait été dupe de la petite ruse de guerre de M. de Bourmont, manque de talens militaires; il s'en faut bien. Personne, dit-on, n'entend mieux que lui la tactique; mais il est encore plus malheureux qu'il n'est habile, et sa tactique ne peut rien contre sa maudite étoile, dont, au mois de juillet 1830, nous avons senti si cruellement toute la malignité. Voyez maintenant à quoi tiennent les révolutions des empires. Si M. le maréchal Marmont avait été nommé commandant en chef de l'expédition d'Afrique, M. de Bourmont restait à Paris. Il aurait, n'en doutez pas, combattu dans le conseil du roi les ordonnances; et si, cédant à de hautes et impérieuses sollicitations, il eût enfin consenti à les signer, croyez bien qu'il n'aurait pas, lui, laissé sottement à la Providence seule le soin de les soutenir. C'est un homme d'esprit, qui sait très-bien que les gros bataillons ne gâtent jamais rien, et que la Providence n'aide volontiers que ceux qui commencent par s'aider eux-mêmes. On aurait vu ce que peut, dans les affaires de ce genre, un homme de plus; et que savons-nous? Charles X serait peut-être encore aujourd'hui aux Tuileries, Louis-Philippe à Neuilly, et le dey d'Alger à la Casauba.

Ce dey, puisque l'occasion d'en parler se présente, n'est-il pas un homme bien aimable? L'auteur l'appelle barbare. Je pense, moi, qu'il n'a été, du moins à notre égard, que trop poli; il savait sur quel point de la côte nous devions débarquer, et pour lui quel avantage s'il avait voulu en profiter! il aurait pu nous traiter de Turc à Maure. M. Merle observe que quelques centaines de bombes ou de fusées à la Congrève, lancées au hasard sur la baie où se trouvaient réunis plus de trois cents bâtimens, auraient suffi pour incendier une partie de la flotte et compromettre le débarquement; et voilà précisément ce que l'aimable dey d'Alger ne voulait pas. Loin de s'opposer à votre débarquement et de le compromettre, il vous aurait au besoin aidés à le faire; c'est que, du moins le disait-on dans notre armée, ce dey voyait dans tous les Français qui débarqueraient autant de prisonniers. Notre immense matériel était pour lui une proie assurée; il en doutait si peu, que ses magasins et ses arsenaux étaient d'avance disposés pour les recevoir. C'est pourquoi il vous a laissés débarquer si à votre aise.

Aveugle présomption! dit M. Merle; présomption, soit; mais je suis si touché d'un si bon procédé, que l'envie me vient quelquefois d'aller remercier Son Altesse d'avoir été si présomptueuse, et cela me serait facile, puisqu'elle est aujourd'hui à Paris. Mais à propos, quel sujet l'y a donc amenée? Croyez que, malgré tout ce qu'en disent les journaux, la visite qu'il vous rend pour celle que vous lui avez faite l'année dernière, n'a aucun but politique. Si le dey d'Alger pouvait songer à rentrer dans ses États, ce n'est pas, et vous savez bien pourquoi, à votre cabinet, mais à la conférence de Londres qu'il s'adresserait. Il est venu à Paris pour se familiariser avec vos usages, vos mœurs, vos institutions, mais surtout pour voir votre juste-milieu, dont il a souvent entendu parler dans ses voyages, et qui, après vos *funambules*, est certainement ce que vous avez de plus curieux à lui montrer.

Je ne sais si dans cette campagne le vent s'était fait libéral, et s'il s'entendait méchamment avec les Bédouins de l'Afrique et ceux de l'Europe; mais la vérité est qu'on a eu de grands reproches à lui faire. C'est lui qui a retardé notre débarquement au moins de douze jours; c'est lui encore qui, lorsque nous fûmes débarqués, toujours contraire aux vœux de l'armée, retarda l'arrivée des convois et de nos gros canons. Alger, sans lui, nous aurait vus beaucoup plus tôt. Toutefois, s'il faut en croire M. Merle, le vent n'aurait pas été le seul coupable, il aurait eu des complices; mais moi, je n'accuse que lui, parce que je suis prudent et ne veux pas me brouiller avec la marine, qui pourrait se plaindre de mes médisances, tandis qu'à coup sûr le vent ne s'en plaindra pas; il souffre tout; on peut dire de lui tout ce qu'on veut, il ne fait de procès à personne.

Aujourd'hui il n'est bruit que de Jemmapes et de Valmy, de Valmy et de Jemmapes. Cette fastidieuse ritournelle ne finit pas, et les plus beaux faits militaires de notre expédition d'Afrique sont passés sous silence; on ne nous parle même pas de la mémorable bataille de Staoueli, qui certes en vaut bien d'autres, mais qu'on serait fâché de rappeler à notre souvenir, parce qu'elle est une des gloires de cette restauration qu'on insulte aujourd'hui, et dont, comme l'observe très-bien M. Merle, on ferait mieux d'imiter l'indépendance et la dignité. La prise du célèbre château de l'empereur ne méritait-elle pas aussi qu'on en fît quelque mention? C'était une chose bien décidée par les libéraux qu'on ne pourrait jamais le prendre. Notre armée devait rester devant ses terribles remparts plus longtemps que l'armée des Grecs devant Troie. Ce fort imprenable a été pris en cinq jours. Il n'y a que ces trois mots de César : *veni*, *vidi*, *vici*, qui puissent donner une juste idée de cette brillante expédition. Aussi est-ce en vain que l'esprit de parti voudrait la condamner à un injurieux oubli: l'histoire saura la venger, et flétrir ses misérables détracteurs.

Disons-le encore, mais en baissant les yeux, la restauration elle-même n'a point reconnu comme elle le devait les services de l'armée d'Afrique. Elle les a même, si on me permet d'employer cette expression, marchandé sou à sou: le tableau des récompenses que son général demandait pour elle, et qu'elle méritait à tant de titres, fut soumis à M. le Dauphin, et il sortit de son cabinet indignement mutilé et réduit de plus de moitié. Ce n'est pas au prince, vous le croirez sans peine, que le secrétaire particulier du comte de Bourmont impute cette inepte ingratitude, mais à ce qu'il appelle sa *camarilla*, à cette foule de valets de cour qui ont entouré le prince de leur fatal dévouement, jusqu'au jour où leur intérêt a été de le trahir ou de l'abandonner. Il signale les étranges moyens qui furent employés pour réduire les effets de la munificence royale.

On persuada au prince, dit-il, que l'on ne devait pas traiter aussi magnifiquement les vainqueurs d'Alger que les vainqueurs du Trocadéro, et qu'une armée commandée par un lieutenant-général ne pouvait pas être récompensée comme une armée commandée par l'héritier du trône. On ne croirait pas à de pareilles inepties, à de pareilles pauvretés, si ce que nous avons vu pendant quinze ans ne nous avait appris tout ce que peuvent contenir de sottises, de lâcheté et d'infamie les antichambres de Saint-Cloud et des Tuileries.

M. Merle nous avertit dans son avant-propos qu'il ne doit de ménagement à personne; ce qu'il dit des antichambres de Saint-Cloud et des Tuileries ne le prouve peut-être que trop bien; mais que voulez-vous? il est des momens où l'indignation l'emporte, et où l'historien le plus calme perd tout son sang-froid, et laisse échapper de dures vérités qu'il voudrait pouvoir retenir. Demandez maintenant pourquoi nous sommes le parti vaincu? demandez pourquoi il n'y a pas jusqu'au juste-milieu qui, sans doute pour nous faire mourir deux fois, ne se permette de nous insulter? Malheureuse restauration! ce ne sont pas seulement tes ennemis qui t'ont perdue, ce sont tes amis, si toutefois il est permis d'appeler ainsi des gens qui t'ont si mal servie.

Du 12 septembre 1831

VOLTAIRE

APOLOGISTE

DE LA RELIGION CHRÉTIENNE.

J'ai trompé les mortels, et n'ai pu me tromper.
VOLTAIRE, *Mahomet*.

Cet ouvrage surprendra fort tous ceux qui le
liront; les grandes vérités de la religion chrétienne y sont victorieusement démontrées, et par
qui ? on ne le devinerait jamais. Vous croyez
connaître tous les pères de l'Église; mais en voici
un auquel, j'en suis sûr, vous ne songez guère.
Le prince de Ligne avait raison de vouloir parier
« qu'il tirerait facilement des œuvres de Voltaire
« de quoi faire un livre de dévotion et presque
« un catéchisme. » Je suis maintenant de moitié
dans la gageure. L'ouvrage que j'annonce est un
traité complet de doctrine chrétienne; et, ce qui
vaut la peine d'être remarqué, nous en sommes
redevables, non à un docteur en théologie, non
à l'un de ces missionnaires que l'on insulte tous
les jours, et que même quelquefois on étrangle
avec une tolérance toute philosophique, mais au
chef des mécréans, à l'écrivain que les ennemis

de la religion reconnaissent pour leur chef. C'est l'apôtre de l'incrédulité qui nous conduit à la foi!

Qu'en penseront ses disciples? On ne les combat plus ici, ils le voient, avec Pascal et Bossuet, faibles autorisés qu'ils dédaignent, petits esprits dont la crédulité excite leur compassion : c'est Voltaire qu'on leur oppose. Résisteront-ils à ses enseignemens religieux? Leur oracle a parlé; seront-ils sourds à sa voix? Impie, ils le revèrent; chrétien, le répudieront-ils? J'en ai peur; mais il n'importe. Tant d'hommages rendus à la religion par son plus grand ennemi, par celui qui a répété si souvent : *Écrasez l'infâme!* vont les embarrasser un peu. Ce *livre de dévotion*, sorti tout entier de la plume de Voltaire, car M. Mérault n'en est que le très-humble éditeur, leur paraîtra vraiment inexplicable. Pour se tirer d'affaire, diront-ils avec Diderot : « Ce Voltaire est un ca-« pucin? » Nous le voulons bien; capucin, soit. Mais du moins qu'ils soient conséquens, et qu'ils sentent combien il est humiliant pour des philosophes de leur force de marcher sous la bannière d'un capucin. Nous ne leur en demandons pas davantage aujourd'hui; nous laissons à la grâce le soin de faire le reste.

Il faut cesser d'être vaurien, ou reconnaître d'abord avec Voltaire l'existence de Dieu; il l'a prouvée en plus de cent endroits de ses ouvrages, soit en prose, soit en vers. Ses preuves ne sont pas nouvelles, et elles ne pouvaient l'être; mais il les expose toutes avec ce rare talent dont le ciel l'avait doué, et qui ne brille jamais d'un éclat plus vif que lorsqu'il le consacre à la défense de la vérité. Il n'y a, suivant lui, dans l'athéisme, ni philosophie, ni morale. Mme la comtesse de Genlis a dit quelque part que « si elle aperce-« vait dans les mains de ses *gens* des ouvrages « impies, comme le *Dictionnaire philosophique*, « elle ne se croirait pas en sûreté dans sa mai-son. » Voltaire, lui, est convaincu que « l'athée, « pauvre et violent, sûr de l'impunité, serait un « sot s'il ne vous assassinait pas pour voler votre « argent. Aussi, ajoute-t-il, quoique je me pique « fort de tolérance, j'inclinerais à punir celui qui « nous dirait : Dieu n'est pas..... » On le trouve-rait sans doute aujourd'hui bien rigoureux; et je ne serais pas étonné si quelque bon esprit, comme nous en avons tant, essayait de lui prouver, la charte à la main, que dans ces matières la li-berté de penser suppose nécessairement celle de publier tout ce qu'on pense; que Dieu est sans doute fort respectable, mais qu'on peut, en y mettant de la politesse, lui soutenir, même en face, qu'il n'existe pas, sans que M. le procureur du roi ou son substitut ait quelque chose à y voir.

Le siècle a marché : nous sommes donc bien plus avancés que Voltaire.

Ne croyez pas en être quitte avec lui, quand vous lui aurez accordé que Dieu existe. Il vous faudra encore admettre tous ses attributs, sa toute-puissance, sa justice et cette providence, dont il regarde le dogme « comme une chose dé- « montrée à tous les esprits raisonnables. Il ne « tombe pas, dit-il, un seul cheveu de nos têtes « sans l'ordre du maître des choses et des temps. « Ainsi ont pensé tous les sages, et malheur à « ceux qui contredisent ces sublimes vérités! » Ainsi, nous le savons, pensait Newton, et ce que ce grand génie a reconnu est pourtant contesté aujourd'hui par de petits savans qui sont à peine arrivés au carré de l'hypothénuse !

Qu'ils y prennent garde; je les avertis que Voltaire, puisqu'ils ne veulent pas d'autre guide, les mènera beaucoup plus loin qu'il ne leur plaît d'aller. Leur premier devoir, il le leur rappelle plusieurs fois dans ses écrits, est de rendre à *l'Être des êtres* un culte extérieur; et comme leur ca-téchisme, qu'ils ont peut-être oublié, le leur a appris, de l'honorer, de le servir, de..... Mais je les entends s'écrier : Oh! l'ennuyeux sermon! A la bonne heure; toutefois le sermon paraît assez piquant, lorsque l'on connaît le prédicateur. Ce n'est pas moi, ils le savent bien, c'est Voltaire qui prêche. Ainsi, qu'ils le renoncent pour leur maître, ou que, dociles à ses commandemens, ils aillent à la messe, puisqu'il pousse l'exigence jusque-là.

Ce qui, j'en suis fâché pour eux, va déplaire encore davantage à nos jeunes mécréans, très-fiers, on ne sait trop pourquoi, de la force de leur esprit, et qu'il compare si bien à Jeannot-Lapin, qui se croit un foudre de guerre, Voltaire reconnaît un Dieu rémunérateur et vengeur; il veut dans une autre vie des peines et des récompenses. « Ma croyance, dit-il, est utile au « genre humain; toute la terre doit l'embrasser. « L'opinion contraire fait les Néron, les Car-« touche » et les Louvel. Il admet donc un enfer? Oui, mes frères, un enfer et tous ses agrémens; il vous en démontre éloquemment la nécessité; et quand il vous y verra arriver après lui, il pourra vous dire que c'est votre faute, qu'il vous avait prévenus, et que vous deviez par conséquent vous arranger pour ne pas venir lui tenir compagnie.

Passons au second point de son sermon, puisque sermon il y a.

La nature est muette, on l'interroge en vain ;
On a besoin d'un Dieu qui parle au genre humain.

Ce Dieu a parlé, et Voltaire le soumet à une

respectueuse docilité. Si donc vous voulez être de sa communion, croyez comme lui à la nécessité de la révélation, et « regardez la foi comme « une alliée qui vient à votre secours, et non « comme un ennemi qu'il faut attaquer. Proster-« nez-vous avec lui devant l'Évangile, dont la « gloire est d'avoir détruit les odieuses et absur-« des superstitions qui couvraient toute la terre. » *Adorez*, c'est l'expression dont il se sert, non seulement la morale divine, mais encore les miracles qu'il renferme, parce qu'ils sont « une « preuve sensible de la puissance et de la bonté « de son auteur. » Enfin, gardez-vous bien surtout de retrancher une seule page de ce livre, qui *porte l'empreinte de Dieu même.* C'est Voltaire qui le dit : et voilà, pour le remarquer en passant, son opinion sur les Évangiles raccourcis qu'on publie aujourd'hui, sans doute dans de très-bonnes intentions.

L'obscurité de nos mystères n'épouvante pas Voltaire autant qu'on pourrait le croire. Il voit dans la nature des milliers de phénomènes tout aussi difficiles à comprendre. Personne n'est plus convaincu que lui « de la profonde ignorance « de l'homme et de la puissance infinie du créa-« teur »; et quand on lui demande pourquoi il marche, comment il digère, il répond bravement comme Mentor : Je n'en sais rien. Si vous n'êtes pas un de « ces superbes animaux qu'on « appelle philosophes », vous aimerez autant que moi la colère où il entre contre celui qui soutient que l'esprit ne doit admettre que ce qu'il peut expliquer. « Décideur impitoyable, lui crie- « t-il, pédagogue à phrases, raisonneur fourré, « tu cherches les bornes de ton esprit; elles sont « au bout de ton nez. » En effet, elles sont là; mais on connaît l'orgueil philosophique. Quel philosophe voudra jamais convenir qu'il ne voit pas plus loin que le bout de son nez?

J'aime à voir avec quel respect, quelle vénération Voltaire parle, au moins dans ce volume, de la morale de l'Évangile, des vertus chrétiennes, enfin de toutes les institutions du christianisme, sans excepter la *pénitence*, comme j'ai grand soin de le faire remarquer à ses disciples qui, s'ils l'écoutaient quand il leur donne de bons conseils, iraient plus souvent à confesse. Je suis encore très-édifié de toutes ses réflexions sur le *détachement du monde* et de ses frivolités. On croit entendre un père du désert. Nous lisons dans l'*Imitation de Jésus-Christ* : « Celui qui ché- « rit sa cellule trouvera le bonheur. » Voltaire commente cette maxime de cent manière différentes, et il fait si bien sentir les charmes de la solitude, que vous seriez tenté de vous retirer à la Trappe, si on y dînait un peu mieux. C'est vraiment grand dommage que la réputation de ce saint homme nuise à l'effet des belles choses qu'il nous dit.

Voltaire est généralement regardé comme le principal auteur de la révolution. Condorcet, son ami, a dit de lui : « Il n'a pas vu tout ce qu'il a « fait; mais il a fait tout ce que nous voyons. » Ceux qui voudront le justifier de cet outrageant éloge trouveront dans ses écrits d'excellens moyens de défense. Combien de fois n'a-t-il pas répété que la tyrannie d'un seul était bien préférable à celle de plusieurs? « Un despote, dit-il, « a toujours de bons momens. Les assemblées de « révolutionnaires n'en eurent jamais. » Tous vos vains systèmes d'égalité, fruit de l'orgueil et de la folie, lui paraissaient si dangereux qu'il demande des peines très-sévères contre les insensés qui les prêchent. Il trouvait à la fois plus honorable et plus sûr, pour nous comme pour lui, « de dépendre d'un descendant de Robert-le-« Fort, lequel descendait de Charlemagne par les « femmes, que d'avoir pour rois des bourgeois « nos confrères. » Celui-là, comme on voit, n'aimait pas la souveraineté du peuple. J'ignore si ces gouvernemens qu'on appelle représentatifs lui auraient plu; mais il soutenait « qu'il « ne s'est jamais rien fait de grand dans le monde « que par le génie et la fermeté d'un seul homme », et entre nous, je crois qu'il avait raison.

Rien de plus sage que les conseils donnés par Voltaire à la jeunesse de son temps, qui probablement n'en avait pas plus besoin que celle du nôtre. J'eusse défié MM. de Port-Royal, qui pourtant n'étaient pas des docteurs très-accommodans, d'y trouver un seul mot à changer. « Je « vous invite, dit Voltaire, à ne lire que les ou-« vrages qui sont depuis long-temps en posses-« sion des suffrages du public, et dont la répu-« tation n'est pas équivoque. Il y en a peu; mais « on profite davantage en les lisant, qu'avec ces « mauvais petits livres dont nous sommes inon-« dés. » Ces mauvais petits livres le désolaient; plusieurs passages extraits de ses écrits le prouvent. Qu'aurait-il donc dit, si le déluge des in-32 dont nous sommes affligés aujourd'hui fût arrivé de son temps?

Il voyait déjà *avec douleur* « qu'on avait une « bibliothèque nombreuse contre la religion qu'on « devrait respecter... Ses chagrins redoublaient « par la quantité incroyable d'écrits irréligieux « qui, alors comme aujourd'hui, se succédaient « aussi rapidement que les gazettes et les jour-« naux... Et, s'écriait-il, on a la barbarie de « m'imputer, à mon âge, une partie de ces extra-« vagances ! » Les barbares, ce me semble, n'é-taient pas trop mal informés. Quoi qu'il en soit, on aime à voir Voltaire prononcer lui-même la condamnation et défendre expressément la lecture de ceux de ses ouvrages où il a offensé la religion et les mœurs. La *Bible*, la *Bible*, voilà le livre qu'il vous recommande de lire. « On n'en « connaît pas de plus intéressant...; pas une page « qui ne fournisse d'utiles réflexions pour un jour « entier... On ne peut rien vous donner qui en « approche... » Et c'est Voltaire qui le dit!

Oui, c'est lui; et il faut espérer que ses jeunes disciples profiteront des bonnes leçons qu'il leur donne ici. Ils trouveront facilement, je le sais, dans ses œuvres bien des volumes à opposer à celui que M. Mérault a eu l'heureuse et chrétienne idée d'en extraire; mais c'est lorsque l'aigle s'élance dans la nue qu'ils doivent le suivre, et non lorsqu'il vient se reposer sur un fumier. Leur maître le dit encore.

25 septembre 1826.

L'HERMITE EN SUISSE.

Rarement à courir le monde
On devient plus homme de bien.
LA FONTAINE, *Paysan du Danube.*

Pensez-en tout ce qu'il vous plaira; quant à moi, je l'avoue, le plan d'éducation de M. Alexandre de Laborde me paraît admirable. A quoi bon ces colléges, ces Facultés, ces écoles de tous les degrés dont la France est couverte? qu'y enseigne-t-on? Supprimez tous ces établissemens qui vous sont inutiles; voici, pour instruire vos enfans, une recette plus sûre et beaucoup plus agréable.

Emballez ces marmots dans une bonne chaise de poste, *qu'ils voyagent à la grâce de Dieu* pendant dix à douze ans, mais qu'ils visitent les quatre ou cinq parties du monde, tous les continens, toutes les îles, et si quelque horde de sauvages ne les mange pas en route, vous serez, à leur retour, étonnés de voir tout ce qu'ils auront appris : devant eux nos savans pâliront. Que de récits merveilleux ils auront à vous faire! que de choses intéressantes ils auront à vous dire sur la gentillesse et l'amabilité des jeunes Lapones, sur la

2.   20

vertu farouche des dames d'Otaïti, qui vous offrent ce que vous ne songez même pas à leur demander....! Voilà la bonne méthode d'éducation,
la seule bonne. Peut-être trouvera-t-on qu'elle
serait un peu chère, mais cette objection ne doit
pas nous arrêter : qui donc n'a pas aujourd'hui
quatre-vingt à cent mille francs dont il ne sait
que faire ? Toutefois je ne suis pas surpris que la
docte compagnie à laquelle M. Alexandre de Laborde a soumis ses hautes et lumineuses idées
sur l'éducation les ait si peu goûtées. C'est à la
chambre des députés, dont il est membre, qu'il
devait, pendant qu'on discutait le budget, présenter sa belle découverte; il y eût trouvé des
juges bien plus dignes d'en apprécier le mérite.
S'il eût été sifflé par ses collègues du côté droit,
ceux du côté gauche l'auraient à coup sûr fort
applaudi, et ils n'eussent pas manqué de profiter
de l'occasion pour demander, comme mesure d'é-
conomie, la suppression de tous nos colléges; car
nous avons là de bien bonnes têtes que les plus
extravagantes innovations n'étonnent pas. Mais
M. de Laborde s'est adressé à un corps savant, et
ces académiciens ont encore bien des préjugés. Ils
marchent si peu avec leur siècle que, pour qu'un
projet obtienne leur assentiment, il faut qu'il
soit raisonnable, comme si la raison n'était pas
aujourd'hui tout-à-fait décréditée! Tout ce qui

blesse le bon sens les effarouche. Gens de l'autre monde, ils ne savent pas que chez nous, grâce aux progrès des lumières, le bon sens n'a plus voix au chapitre.

C'est la Suisse, si je ne me trompe, que M. de Laborde nous invite d'abord à visiter. Hé bien! suivons son conseil; allons en Suisse avec un *hermite* qui, malgré sa robe, est un assez aimable compagnon de voyage. Que de beautés naturelles, que de sites enchanteurs, que de merveilles cette contrée va offrir à notre admiration! Mais ce sont surtout ses habitans que je suis, moi, très-curieux de connaître. Je dois, on me l'a du moins bien promis, trouver chez eux toute la simplicité des mœurs antiques, et cette précieuse innocence de l'âge d'or qui, on en conviendra, commence à devenir fort rare. C'est un phénomène que je veux constater. Puis, aucun pays de l'Europe ne jouit d'une aussi grande liberté que la Suisse : nos libéraux ne cessent de le répéter; mais je les connais : peut-être ne vantent-ils tant la liberté de nos voisins que pour décrier la nôtre. L'hermite qui nous sert de guide nous dira sans doute ce qu'il en pense.

Il faut, quand on voyage en Suisse, s'arrêter le moins que l'on peut dans les villes; l'impression que vous éprouvez en les voyant n'est pas agréable, et à peine y êtes-vous entré que vous

désirez en sortir : « plusieurs, dit notre hermite,
« feraient hausser les épaules à un habitant du
« Rouergue. » Leurs magistrats devraient donc
s'occuper un peu plus du soin de les embellir.
Quelques-uns y songent, c'est une justice qu'on
doit leur rendre ; mais quand l'affaire est mise en
délibération, la question préalable, s'il faut en
croire le bon hermite, est aussitôt demandée, et
on ne manque jamais de bonnes raisons pour la
faire adopter. Il y a quelque temps que, dans
une de ces villes, un membre du conseil proposa
d'utiliser un vaste terrain qu'occupent de vieilles
fortifications dont on ne pourra jamais se servir, et de l'employer à construire de nouveaux
édifices, à percer des rues, à former de jolis
boulevards.... Sa motion fut accueillie par des
murmures approbateurs ; mais un autre membre
ayant demandé et obtenu la parole, s'opposa
fortement à la motion du préopinant. « Pendant
« deux siècles et demi, dit-il, on s'est bien passé
« de rues élégantes, on peut donc s'en passer
« encore. Des promenades, nous en avons bien
« assez hors de la ville. D'ailleurs ne voyez-vous
« pas que de nouveaux édifices feront baisser les
« loyers des vieilles maisons ? » Ce puissant argument ferma la discussion. *L'ordre du jour !* s'é-
cria-t-on de tous les points de la salle ; *l'ordre
du jour !* Les propriétaires des vieilles maisons

décidèrent qu'on n'en bâtirait pas de nouvelles, et que les fortifications, malgré leur inutilité bien reconnue, resteraient à leur place. Mais aussi pourquoi, dans les assemblées délibérantes, toutes les affaires se décident-elles à la majorité des voix? Il me semble, à moi, que si on suivait l'avis de la minorité, nos gouvernemens représentatifs n'en marcheraient pas beaucoup plus mal.

Nous ne manquons pas d'ouvrages sur la Suisse. Qui n'a pas décrit ou chanté ses beaux lacs, ses montagnes de neige, ses glaciers, ses cascades? L'hermite le sait; mais à une époque où les images du moyen âge, quoique souvent bien décolorées par nos écrivains romantiques, agissent si puissamment sur l'âme, il a cru qu'en les évoquant elles pourraient rajeunir un peu des descriptions usées depuis si long-temps. « C'est la Suisse, dit-il, avec ses superstitions, « ses héros, ses trophées, sa physionomie du « moyen âge; la Suisse, avec les mœurs, les « jeux, les fêtes de ce siècle, que nous avons « tenté de retracer dans notre ouvrage. » Toutes les nations de l'Europe, grâce aux révolutions qu'elles ont éprouvées, sont devenues méconnaissables. Partout l'empreinte primitive est entièrement effacée; mais chez les Suisses on la retrouve encore. Ce peuple a conservé ses anciens usages;

et s'il en est quelques-uns qui nous paraissent étranges, faut-il s'en étonner? ils tiennent à une simplicité de mœurs que dans notre état de civilisation tant perfectionnée nous avons peine à concevoir. Que vois-je? le jour baisse. Une jeune fille ouvre la fenêtre de sa chambre, regarde autour d'elle avec inquiétude, puis elle penche la tête, sourit, fait quelques signes et disparaît; mais bientôt elle revient, et laisse glisser le long du mur une longue corde que saisit impétueusement un jeune paysan, qui, à l'aide de cette échelle improvisée, se hisse et va s'asseoir à côté d'elle sur le bord de la croisée. J'entends d'ici le bruit des baisers.... ne craignez rien, l'honneur de la jeune fille n'en souffrira aucune atteinte. Mais voici que l'amant saute dans la chambre, ferme la fenêtre.... encore une fois ne craignez rien; ce grand danger qui vous effraie, leur innocence ne peut même le comprendre: c'est ainsi que les choses se passaient dans l'âge d'or, et jamais, on le sait bien, il n'en résultait le moindre inconvénient. Mais il fait nuit, leur lampe est éteinte; veulent-ils donc rester là jusqu'au lendemain? oui, sans doute, et je conviens qu'en France cela pourrait devenir sérieux; mais ces visites nocturnes, encore en usage dans la Suisse allemande, quoique souvent prolongées jusqu'au jour, n'ont point de fâcheux résultats. Plus de cent voya-

geurs, dont les relations sont probablement
très-dignes de foi, me l'ont assuré. Et notre
hermite, qu'en pense-t-il? La situation, dit-il,
est singulièrement périlleuse ; et cependant il
est bien *rare* que nos deux amans succombent.
Mais pourquoi nous dit-il ailleurs « qu'à Rhin-
« felden *souvent* la cérémonie du baptême suit
« de quelques mois seulement la cérémonie des
« noces? » Pourquoi MM. du grand-conseil de
Berne ont-ils, dans leur sagesse, décrété, il n'y a
pas long-temps, des peines contre les parens qui
permettraient à leurs filles de laisser glisser une
corde le long du mur, et de recevoir leurs amans
pendant la nuit? Ne serait-ce pas parce que ces
graves magistrats, après avoir mûrement examiné la chose, ont cru s'apercevoir que dans
leur canton, comme à Rhinfelden, les deux céré-
monies se suivaient d'un peu trop près? Allons,
je le vois bien, l'innocence des mœurs de l'âge
d'or est aujourd'hui fort difficile à rencontrer;
et puisque je ne la trouve point en Suisse, je
n'irai certainement pas la chercher ailleurs : ce
serait prendre une peine bien inutile. Mais y a-
t-il eu un âge d'or? il nous est au moins permis
d'en douter : ces poëtes sont si menteurs !

C'est un poëte qui a le premier appelé Zurich
l'Athènes de la Suisse; et ce beau nom, dont
Zurich s'enorgueillit, les écrivains en prose ont

bien voulu le lui conserver, grâce à l'aménité de ses mœurs, à son amour pour les lettres, à ses monumens, et surtout aux hommes illustres qu'elle a vus naître. Quoi qu'il en soit, *l'Athènes de la Suisse* est, à ce qu'il paraît, une ville passablement ennuyeuse ; du moins notre hermite nous assure-t-il qu'on ne peut l'habiter plus d'une semaine sans risquer de mourir du spleen. Il faut que l'étranger soit bien recommandé pour qu'on le reçoive dans la société; et qu'y fera-t-il, s'il ne sait ni boire ni fumer, s'il n'aime ni la pipe ni la bière? Je lui conseille, pour charmer son ennui, d'acheter et de lire un almanach très-curieux, intitulé *l'État* : cet almanach, qui n'a pas son pareil, contient le nom de chaque habitant, sa profession, jusqu'à son âge; et quel scandale! les femmes elles-mêmes n'y sont pas oubliées! Elles ne peuvent donc pas, à Zurich comme ailleurs, comme chez nous, par exemple, cacher leur âge, et se dire encore jeunes quand elles ont depuis longtemps cessé de l'être : le cruel almanach les convaincrait d'imposture; et c'est dans *l'Athènes de la Suisse* qu'on imprime ce livre abominable, et qu'on l'imprime avec privilége! car, pour que vous le sachiez, Messieurs les libéraux, il y a dans cet État républicain une censure qui même est assez sévère. « Le gouvernement, dit l'hermite, « est fort peu partisan de ce que nous nommons en

France *idées libérales.* » J.-J. Rousseau avait raison lorsqu'il écrivait : « Il n'y a pas de pays où « l'on soit plus libre qu'en France » ; il le disait sous notre ancienne monarchie. Et que dirait-il aujourd'hui ? Peut-être, en voyant jusqu'où va notre liberté, quels écarts elle se permet, quels odieux libelles elle enfante, peut-être tremblerait-il et pour elle et pour nous.

La Suisse, pendant les guerres dont notre révolution l'a rendue le théâtre, a fait des pertes qu'elle ne pourra jamais réparer. Schaffouse pleure encore son pont de bois, ouvrage d'un simple ouvrier, et que supportaient huit arches d'une étonnante hardiesse : cette merveille excitait l'admiration de tous les voyageurs ; mais aujourd'hui ils demandent vainement à la voir, on ne peut la leur montrer. Nous avons passé par là, et le pont n'y est plus ; les Français, dit l'hermite, l'ont fait sauter en 1799. Mais je le regrette moins que les précieux manuscrits et les livres si rares conservés pendant tant de siècles dans quelques abbayes de la Suisse, surtout à Saint-Gall, lieu de pèlerinage pour tous les érudits. On prétend, sans qu'on sache où la trouver, qu'une partie de ces richesses littéraires a été conservée ; mais qu'est devenue l'autre ? Je crains fort que les amis des lumières n'en aient fait des cartouches.

J'aime à entendre les Suisses raconter avec un

noble orgueil les exploits et les hauts faits de leurs ancêtres; aucun peuple, que je sache, n'a de plus beaux souvenirs. On vit à Nœfels, en 1388, trois cent cinquante Suisses lutter pendant cinq heures contre quinze mille ennemis, et finir par en triompher. Chaque année, dit notre hermite, en commémoration de cette victoire, a lieu une procession qui parcourt les divers sentiers du champ de bataille.... et les descendans des héros de Nœfels, la tête nue, entendent répéter les noms de leurs concitoyens morts pour les sauver de l'esclavage : c'est ordinairement un prêtre qui fait le discours. Ils calomnient donc bien impudemment la religion catholique, ces écrivains qui lui reprochent d'être ennemie de la liberté! Je les invite à lire le discours qu'un capucin, car il y a des capucins en Suisse, a prononcé dans une de ces fêtes nationales, et dont l'hermite nous donne quelques fragmens. Quelle verve! quelle chaleur! je dirai même quelle hardiesse! Guillaume-Tell lui-même en aurait été étonné. M. de Pradt a traité le même sujet; il a exprimé les mêmes idées, mais avec beaucoup moins d'élévation et de force : M. l'ancien archevêque de Malines, j'en suis honteux pour lui, paraît bien pâle à côté du pauvre capucin suisse.

1828.

MÉMOIRES

LA CONVENTION ET LE DIRECTOIRE.

. . . . L'oreille épouvantée
N'entend plus que la hache, à grand bruit agitée,
Et les cris des mourans, et la voix des bourreaux,
Et les roulemens sourds des affreux tombereaux ;
Le farouche soupçon, la morne inquiétude
Peuplent seuls de nos murs la vaste solitude ;
Une aveugle ignorance y commande au Destin,
L'homme y meurt, l'herbe y croît, et le peuple est sans pain.

Satires de Despage.

Que de Mémoires historiques ! Il ne paraît plus
autre chose depuis quelques années. Toutes les
presses françaises peuvent à peine y suffire; mais
qu'on ne s'en étonne pas : c'est un des produits
inévitables de toutes les révolutions. Les hommes
qui ont joué un rôle de quelque importance dans
ces drames politiques, à peine descendus de la
scène où les circonstances, autant que leurs talens, les avaient fait monter, s'empressent, on
sait dans quel intérêt, de retracer les événemens
auxquels ils ont pris part; et l'exemple une fois
donné, chacun veut le suivre.

Après les grands acteurs viennent les petits,
qui, craignant que l'histoire ne les oublie ou ne-

les siffle, se recommandent à son souvenir, et
s'efforcent aussi, eux, d'atténuer les reproches
plus ou moins fondés qu'elle pourra leur faire;
mais il est bien difficile de se justifier sans en accuser d'autres. Toute attaque provoque nécessairement une défense, et de là cette foule de Mémoires historisques, dont le nombre, déjà si
grand, ne peut que s'accroître encore, car il faut
en prendre son parti, nous en serons inondés.

Comme il nous en avait menacés en nous
quittant pour aller à Sainte-Hélène, Napoléon
publie les siens, et aussitôt d'autres paraissent
pour les réfuter. L'ex-Majesté aurait dû le prévoir:
le temps était passé où cinq cent mille baïonnettes
appuyant toutes ses assertions, elle ne pouvait
jamais avoir tort. Le citoyen Gohier a su le lui
prouver. Cet ancien président du Directoire,
qu'on ne croyait plus de ce monde, est descendu
dans l'arène pour venger ses droits méconnus et
sa magistrature outragée. Les titres de son adversaire ne lui ont pas imposé. Foulant aux pieds les
faisceaux consulaires et le sceptre impérial, il n'a
vu dans le destructeur du gouvernement républicain qu'un chef de conjurés, et il l'a traité en
conséquence, ainsi que ses complices, qui, et
voilà, je le répète, comment les Mémoires historiques se multiplient, qui en ce moment même
taillent leurs plumes pour lui répondre. Quelques-

uns même, notamment M. B.... de la M...., que le
vieux président a plus blessé que les autres, l'ont
annoncé dans les journaux; et, croyez-moi, laissez-
les faire.

C'est un combat entre la république et l'usurpation. La légitimité doit s'en réjouir : n'est-il
pas, je le demande, fort agréable pour elle de voir
les hommes des diverses factions qui l'ont proscrite s'accuser réciproquement, et nous révéler
ce qu'il leur importerait tant de nous cacher? Ces
gens-là font ses affaires mieux que nous. Le plus
ardent de ses défenseurs ne leur dirait pas des
vérités plus dures que celles qu'ils s'adressent eux-
mêmes, et qui d'ailleurs ont dans leur bouche bien
plus de force qu'elles n'en auraient dans la sienne.
On en croit volontiers d'anciens amis, lorsque,
divisés par l'intérêt qui les avait d'abord unis, ils
en viennent à se reprocher mutuellement leurs
petits méfaits.

Une autre cause contribue encore à augmenter
le nombre des Mémoires historiques. Quand les
hommes qui ont figuré dans la révolution prennent le parti de se taire, on parle en leur nom; et
ils sont fort étonnés de voir, un beau matin, leurs
Mémoires annoncés dans tous les journaux. Si
César avait jugé à propos de ne pas écrire ses
Commentaires, il est probable que nous les atten-
drions encore. Qui les eût écrits pour lui? C'est

cependant le service qu'un littérateur, qui connaît tout le parti qu'on peut tirer d'une réputation colossale, vient de rendre à ce César de
notre ancienne garde bourgeoise; il a retracé les
hauts faits et les brillantes campagnes de M. le
général Lafayette, qui ne l'a, dit-on, appris
qu'avec le public, et dont la modestie a beaucoup
souffert. Voilà l'inconvénient des grandes célé-
brités. L'exemple de M. de Lafayette apprendra
à d'autres qu'ils doivent se hâter de publier leurs
Mémoires, s'ils ne veulent pas que M. R..., W...,
ou quelque homme de lettres aussi expéditif que
lui, ne les prévienne.

On ne peut du moins révoquer en doute
l'authenticité de ceux que j'annonce aujourd'hui.
M. Thibaudeau en est bien l'auteur; il nous fait
même connaître le motif puissant qui l'a déterminé à les écrire. « Je ne veux pas, dit-il, qu'on
« me croie pire que je n'ai été..... Je n'ai jamais
« aspiré à la renommée; mais j'ai toujours eu
« quelque soin de ma réputation. Si elle a peu
« d'importance pour le public, elle en a une très-
« grande pour l'homme qui l'a regardée comme
« le bien le plus cher à conserver et à trans-
« mettre. » Mais en parlant de lui, il a fallu qu'il
parlât de beaucoup d'autres, qui se sont aussi fort
mêlés de nos affaires sans que nous les en eussions priés. Or, je ne sais si tous seront également

satisfaits des jugemens qu'il a portés sur leur compte. Quelques uns trouveront peut-être qu'il n'a pas aussi bien soigné leur réputation que la sienne ; mais je suis vraiment bien bon de m'en inquiéter : cela les regarde seuls. Au reste, M. Thibaudeau n'a point de rancune ; il est prêt à *tendre la main*, c'est son expression, à ceux dont il a le plus blâmé la conduite ; car « les « torts et même les délits politiques n'ont jamais « été des crimes à ses yeux. » Une si bonne excuse doit contenter les plus difficiles. Dans le cas contraire, ils publieront aussi leurs Mémoires ; je n'y vois pas d'autre remède.

La révolution commençait. M. Thibeaudeau, jeune encore, en embrassa les principes avec toute l'ardeur de son âge. Il fonda même à Poitiers, c'est de lui que je le tiens, un club patriotique qui « anima et entretint parmi ses concitoyens le « feu sacré de la liberté. » Un si grand service ne peut rester sans récompense : M. Thibaudeau fut nommé député à la Convention, et le premier jour qu'il y siéga, au moment où on s'y attendait le moins, la royauté fut abolie. La Convention nationale, exécutrice testamentaire de l'Assemblée constituante, décréta la république.

Il semble qu'une question de cette importance, qui devait avoir une si grande influence sur nos destinées, eût mérité les honneurs de la discussion. Mais on ne daigna pas les lui accorder; elle fut décidée par *acclamation*, ou plutôt par surprise. « C'était, dit M. Thibaudeau, une chose « convenue d'avance, et qui fut généralement « approuvée. » Rien de moins exact. D'abord la Vendée protesta, et d'une manière assez énergique pour qu'on ne doive pas encore l'avoir oublié. Puis, si les dispositions des esprits étaient si favorables à la république, pourquoi ceux qui venaient de nous la donner ne crurent-ils pouvoir l'établir que par la terreur? Fallait-il tant de prisons et d'échafauds pour faire goûter à la nation « une chose convenue et généralement ap-« prouvée?» Quand M. Thibaudeau aura répondu à cette question, nous passerons à d'autres.

Je trouve au commencement de ses Mémoires un chapitre qui sera certainement remarqué, et que sa brièveté me permet de transcrire. Il s'agit du 21 janvier : « Ici, dit-il, se présente l'événe-« ment le plus tragique de la révolution. Ce n'est « point assez des trente années qui se sont écou-« lées depuis pour aborder ce sujet. » Le chapitre, comme on voit, est fort court; mais si l'auteur m'eût consulté, il le serait encore davantage; car au lieu de trois lignes, il n'en aurait qu'une, et la voici : « Je pardonne de tout mon cœur à ceux « qui se sont faits mes ennemis. » M. Thibaudeau devait se borner à citer ces paroles touchantes

de l'auguste victime; il n'aurait eu qu'à se féliciter de l'impression qu'elles eussent laissée dans
l'âme de ses lecteurs : le repentir désarme les
juges les plus sévères.

L'auteur de ces Mémoires ne fait remonter *la
terreur* qu'au 31 mai. Beaucoup de gens pensent
qu'elle date de plus loin. Quoi qu'il en soit,
M. Thibaudeau n'en fut pas l'apôtre. « Comme le
« commun de la Convention, dit-il, j'étais sous la
« foudre, mais je ne la dirigeais pas. » Il osa même
monter deux fois à la tribune, et « y attaquer les
« tyrans. » Tenons-lui-en compte; mais ce *commun*
de la Convention, dans lequel il se place, n'a-t-
on pas de graves reproches à lui faire? Quelle faiblesse, ou plutôt quelle lâcheté! quelle dégradante servitude!

Ces hommes qui nous faisaient tant de peur
étaient encore plus effrayés que nous; *pavebant
terrebantque.* « La terreur, dit M. Thibaudeau,
« isolait et frappait de stupeur les représentans.
« En entrant dans l'assemblée, chaque membre,
« plein de défiance, observait ses démarches et
« ses paroles, dans la crainte qu'on ne lui en fît
« un crime : rien n'était indifférent, la place où
« l'on s'asseyait, un geste, un regard, un mur-
« mure, un sourire. Le côté droit était désert;
« tout refluait au sommet de la montagne. Quel-
« ques-uns, par pusillanimité, ne prenaient pied

2. 21

« nulle part, et pendant la séance changeaient
« souvent de place, croyant ainsi tromper l'es-
« pion. Les plus prudens faisaient encore mieux ;
« ils ne s'asseyaient jamais, restaient au pied de
« la tribune, et dans les occasions périlleuses se
« glissaient furtivement hors de la salle. . . . » On
parle des sénateurs de Buonaparte : on croit
qu'ils ont manqué de courage et d'énergie ; mais
ils semblent des héros quand on les compare aux
esclaves de Robespierre, qui pourtant juraient
tous les jours de *vivre libre ou mourir.*

M. Thibaudeau nous demande si dans la même
position nous eussions été plus braves : possible
que non ; mais ce moyen de défense est-il admis-
sible ? Je n'insiste pas davantage. M. Thibaudeau,
quand la France entière tremblait, est au moins
très-excusable de n'avoir pas été fort rassuré, et
de s'être réfugié dans le plus obscur des comités,
celui de l'instruction publique ; car, il est bon
qu'on le sache, il y avait alors un comité d'instruction publique, et même peu s'en fallut que,
grâce à ce comité, on ne nous donnât *l'éducation
commune* de Lacédémone. Il en proposa le plan
à la Convention ; et sans la vigoureuse opposition
de M. Thibaudeau, c'était une chose décidée,
nous étions Spartiates, à quelques vertus près.

Les hommes qui, après le 9 thermidor, voulaient rendre à la France le régime terrible dont

elle venait d'être délivrée, et qui, toute réflexion faite, ne jugeaient Robespierre coupable que de trop d'*indulgence*, trouvèrent constamment dans M. Thibaudeau un de leurs plus redoutables adversaires. Mais comme pour le savoir nous n'avions pas besoin de relire les discours qu'il a prononcés à cette époque, ses *opinions* et ses *rapports*, il aurait pu se dispenser de les reproduire dans ses Mémoires. Ce n'est pas que j'aie du mal à en dire : la lecture en est très-supportable; mais je regrette les faits et les anecdotes dont ils tiennent la place; puis ils m'en font craindre d'autres. M. Thibaudeau donne aujourd'hui un exemple qui pourra nous devenir funeste.

Nous avons eu dans nos différentes assemblées représentatives de malencontreux orateurs, qui, grâce à l'ennui qu'ils nous ont causé, ne sont pas encore oubliés. On a dit d'eux, et sans aucune exagération, que lorsque la parole qu'ils ne cessaient de demander leur était accordée, ils la gardaient jusqu'au lendemain. Si, comme nous en sommes fort menacés, ces parleurs éternels publient des Mémoires, il nous faudra donc subir de nouveau leurs fastidieuses harangues, qu'ils ne manqueront pas aussi d'y insérer; et jugez quel supplice! On saura alors ce qu'on ne sait pas encore assez, que le bavardage des orateurs est la grande calamité des gouvernemens représentatifs : on y parle trop. Voulez-vous donc, va-t-on me dire, des législateurs qui ne parlent pas du tout, comme ceux de Buonaparte? Dieu m'en préserve! on me lapiderait. Toutefois la mesure avait un bon côté, et peut-être l'avons-nous trop décriée.

L'opinion de M. Thibaudeau sur le Directoire exécutif, opinion très-différente de celle du président Gohier, et les jugemens qu'il porte sur quelques hommes fort en crédit à cette époque, forment la partie la plus curieuse de ses Mémoires.

La France était depuis bien long-temps fatiguée du gouvernement de la Convention; mais la Convention n'était pas encore lasse de nous gouverner. Un article de la constitution qu'elle venait de faire lui défendait formellement de prendre un seul des cinq directeurs parmi ses membres; elle n'en tint compte, et sur le rapport de M. Lanjuinais, parlant au nom d'une commission qui, nous dit-on dans ces Mémoires, « n'en avait même pas délibéré », elle arrêta, contre l'avis de M. Thibaudeau, que nous aurions pour rois cinq conventionnels de son choix, et non du nôtre, tant ces amis de la liberté ont de peine à quitter le pouvoir quand une fois ils le tiennent !

Deux conseils législatifs allaient remplacer la

Convention, et déjà les honnêtes gens se flat-
taient d'y avoir la majorité; mais c'eût été un trop
grand scandale. La Convention le prévint; elle
décida que les deux tiers des membres des deux
conseils seraient pris dans son sein. M. Thibaudeau, en nous disant « qu'on choisit ce qu'il y
« avait de meilleur ou de moins mauvais », nous
donne lui-même assez clairement à entendre que
cette matière électorale n'était pas d'une très-
bonne qualité.

Quoi qu'il en soit, vous voyez le peu de cas
que vos constituans faisaient de leur propre ouvrage. La constitution de l'an III, au moment où
on nous la présenta, avait déjà été violée deux
fois avec bien de l'impudence, présage certain
de tous les affronts qu'elle devait recevoir plus
tard. On s'en plaignit pour elle ; d'assez vives réclamations se firent entendre de toutes parts;
mais le canon du 13 vendémiaire termina la discussion. C'est dans cette journée qu'un général,
pauvre, *inconnu*, et qui, ajoute M. Thibaudeau,
avait été destitué comme *terroriste*, fit tirer à
mitraille sur les plus honnêtes habitans de notre capitale, qui avaient l'insolence de trouver
mauvais que la Convention gardât un pouvoir
qui lui était cher, et dont elle avait toujours
fait un si bon usage. Ce général, si je ne me
trompe, s'appelait Buonaparte.

L'auteur de ces Mémoires passe en revue les cinq membres de votre Directoire exécutif; et comme il ne veut pas mentir, il convient qu'on aurait pu faire un meilleur choix. Il faut bien se garder de le contredire; mais je suis, je l'avoue, moins scandalisé que lui des protubérances dorsales du directeur la Réveillère-Lépeaux. « Il y « avait, dit M. Thibaudeau, un caractère moral « dans sa conversation et ses discours; mais il « était *contrefait*, et ne paraissait pas heureuse-« ment placé dans une magistrature qui exigeait « de la représentation. » Je ne savais pas qu'on y regardât de si près dans les démocraties; il me semblait qu'un magistrat démocrate pouvait être bossu sans inconvénient, surtout quand « il y « avait un caractère moral dans sa conversation « et ses discours. » M. Thibaudeau est d'un avis différent; il croit que «le défaut physique du directeur prêtait beaucoup au ridicule»; mais ce qui, suivant moi, y prêtait bien davantage, c'est l'extravagante manie qu'il avait de vouloir établir en France une religion nouvelle et de s'en déclarer le pape. On lui eût pardonné facilement de n'être pas un Aristonoüs; mais on vit que chez lui l'esprit aussi était contrefait, et cela ne se pardonne guère dans un homme placé à la tête d'un gouvernement, de quelque nature que soit ce gouvernement.

Voulez-vous avoir une juste idée de celui que vous aviez à cette époque? ce sont les *Mémoires de M. Thibaudeau* qu'il faut lire. Mon témoignage serait suspect : le sien est imposant; on doit y ajouter foi. « Une foule de femmes per-« dues, dit-il, de faiseurs d'affaires, de vampires « affamés, assiégeaient les ministères et le Direc-« toire, et dévoraient la substance la plus pré-« cieuse du peuple. Il se faisait jusque dans les « *salons* du Luxembourg un trafic honteux de « fournitures, de marchés, d'ordonnances et de « négociations qui engloutissaient la fortune pu-« blique. » Tout cela ne doit pas nous surpren-dre : la Convention venait de décréter que la « probité était à l'ordre du jour. »

Voilà cependant votre gouvernement répu-blicain; le voilà tel que le représente un homme qui l'a parfaitement connu. Le voilà... regardez-le de près. N'était-il pas bien aimable, et surtout très-moral? M. Thibaudeau observe que le Di-rectoire, qu'il accuse de *corruption* et *d'impé-ritie*, «ne tarda pas à être déconsidéré. » D'autres diront qu'il n'eut point de considération à per-dre, qu'il fut méprisé dès le jour de son instal-lation, enfin qu'il naquit tout déconsidéré. Au reste, la Convention aurait été peu conséquente si, en nous le donnant, elle nous eût défendu d'en rire. Quand on crée des gouvernemens de

cette espèce, ce ne peut être que pour l'amusement des gouvernés.

Vous n'êtes pas beaucoup plus édifié lorsque,
sortant du bazar directorial, vous entrez avec
M. Thibaudeau dans le palais où les représentans
du peuple, cela s'appelait ainsi, tiennent leurs
séances. En effet, qu'y voyez-vous? Des législateurs sans dignité, qui ouvrent la discussion par
des injures, et quelquefois la terminent par des
voies de fait. C'est que la Convention, qui se
survit à elle-même, est encore là; c'est que, for-
mant la majorité des deux conseils, elle a juré
de conserver tous les atroces décrets qu'elle a
rendus contre les émigrés, contre leurs familles
et contre les prêtres. « Il y avait, dit M. Thibau-
« deau, des représentans qui, au seul nom de
« prêtres, avaient des crispations de nerfs...; il
« fallait de nouveau les déporter tous; puis, s'ils
« rentraient en France, les envoyer à l'échafaud.
« On criait contre le fanatisme, et on voulait l'é-
« teindre dans le sang des martyrs. » En vain
donc le nouveau tiers demande-t-il que les lois
révolutionnaires soient effacées de nos Codes; il
ne peut l'obtenir. Les conventionnels défendent
leur ouvrage : plus ces lois sont barbares, plus
ils y tiennent.

Tout en votant le plus souvent avec les nou-
veau-venus qui formaient le parti modéré,

M. Thibaudeau trouvait que leur conduite n'était pas habile, et qu'au lieu d'irriter et d'exaspérer les conventionnels, en majorité dans les deux conseils, « ils auraient dû chercher à se les ren- « dre favorables, à les émouvoir au nom des prin- « cipes, de la dignité et de l'honneur. » Je ne vois pas, en vérité, ce qu'ils y auraient gagné. Les juges auxquels ils avaient affaire, quoique choisis dans ce que la Convention avait « de « meilleur ou de moins mauvais », n'étaient pas faciles à attendrir, et c'eût été peine perdue que s'adresser à leur sensibilité. Principes, honneur, dignité, tout cela les touchait encore fort peu. Quant aux remords, ils étaient supprimés. Le nouveau tiers connaissait les adversaires qu'il avait à combattre; et c'est pourquoi il leur disait de si dures vérités, en attendant le renfort que les élections prochaines ne pouvaient manquer de lui envoyer. Ce renfort arriva, et les opprimés prirent la place des oppresseurs; mais le Directoire en appela aux armées, et cette fois encore la question fut décidée à coups de canon, argument péremptoire et auquel la révolution, ne pouvant se défendre *sur le terrain des principes*, comme dit M. Guizot, a toujours eu recours.

Que faire des vaincus? Le temps des mitraillades, comme l'observe M. Thibaudeau, était passé;

on ne noyait plus, et la guillotine avait perdu sa popularité. Le Directoire, qui avait mis la dépor-tation à la mode, proposa de s'en servir ; les deux conseils le voulurent bien. « La déportation, dit « le représentant chargé de rapporter cette af-« faire, et dont M. Thibaudeau ne peut être soup-« çonné d'avoir altéré les expressions, la dépor-« tation doit être désormais le grand moyen de « salut pour la chose publique; c'est la peine qu'il « faut faire subir à tous les ennemis irréconcilia-« bles de la république. Il faut déterminer le lieu « où seront transférés tous ceux dont les préju-« gés, les prétentions et l'existence sont incom-« patibles avec le gouvernement républicain. » Le choix du *lieu* fut laissé au Directoire, qui, après en avoir mûrement délibéré, donna la préfé-rence aux marais infects de Synamari : on devait y mourir plus vite.

Le nom de M. Thibaudeau avait été d'abord placé sur la liste des proscrits, et il me serait difficile de dire pourquoi il en fut retiré; je suis même fort tenté de crier ici à l'injustice. La dé-portation était la croix d'honneur de ce temps-là, et M. Thibaudeau l'avait méritée, non qu'il fût *royaliste*, comme Sieyes l'en accusait (ses Mé-moires prouvent le contraire et le vengent com-plètement de cette noire calomnie); mais depuis le 9 thermidor il s'était rendu coupable de quel-

ques bonnes actions, que le Directoire et ses amis
n'auraient pas dû lui pardonner. Ils l'avaient vu
plus d'une fois monter à la tribune pour y combattre « les grands moyens de salut » qu'ils pro-
posaient. Il avait un tort plus grave à leurs yeux,
celui d'avoir fait rayer quelques émigrés; mais
sans doute ils l'ignoraient, car s'ils l'avaient su,
ils l'eussent trouvé bon à déporter.

Les auteurs principaux de la révolution fructi-
dorienne sont nommés en toutes lettres dans ces
Mémoires, et M. Thibaudeau en parle sans beaucoup de ménagemens. Ils voudront lui répondre;
mais je crois qu'ils auront quelque peine à se
laver de tous les reproches qu'il leur fait, excepté
toutefois M. Benjamin Constant, sur le compte
duquel il paraît avoir reçu des renseignemens
peu fidèles. La justification de cet écrivain est
facile.

On ne me persuadera jamais qu'un publiciste
qui depuis plusieurs années cherche la pierre
philosophale en politique, c'est-à-dire l'équilibre
des pouvoirs, ait été l'un des instigateurs les
plus ardens d'une journée qui devait nécessairement être si fatale à cet équilibre, et qu'il ait dit
dans le salon de Mme de Staël, quelques jours
avant le 18 fructidor : « Il ne peut plus y avoir de
« rapprochement entre les deux pouvoirs : le Di-
« rectoire s'est trop avancé pour reculer ; il faut

« en finir, et lui laisser le moyen de relever l'es-
« prit public. » Non, M. Benjamin Constant n'a
point dit cela, il n'a pu le dire.

Nous nous rappelons d'ailleurs que quarante
à cinquante écrivains furent ce jour-là condamnés à la déportation : voilà comment le Directoire
les réfuta. Or, supposerez-vous que ce mode de
réfutation, « ce moyen de relever l'esprit public »,
ait obtenu l'approbation de M. Benjamin Constant, à qui nos libertés, surtout celle de la presse,
sont si chères? J'aime beaucoup mieux croire
que M. Thibaudeau a été mal informé; c'est un
autre qui a tenu l'étrange propos qu'il attribue à
M. Benjamin Constant, qui, au reste, devrait
déjà l'avoir désavoué; car pourquoi fais-je ici
ses affaires? il les ferait si bien lui-même!

M. Thibaudeau avait jusqu'alors regardé la république comme impérissable. « J'avais, vous
« dit-il, une confiance aveugle dans la solidité
« de la révolution, la durée des institutions ré-
« publicaines et la bonté de notre cause. » Mais
la journée du 18 fructidor lui désilla les yeux.
Moins rassuré par la *bonté de sa cause*, il commença à s'apercevoir que la république n'était
qu'un vain mot, et qu'on s'était moqué de lui et
de nous. « Voilà donc, disait-il alors, voilà ces
« institutions dont nous sommes si fiers! Depuis
« dix ans nous parlons de liberté; nous nous en

« sommes *gargarisés* tout à notre aise, mais nous
« n'en avons pas avalé une seule goutte. » Vous
l'entendez, *pas une seule goutte!* Ce n'est pas un
royaliste, c'est un républicain qui nous le dit :
faites donc des révolutions !

Quels sont les motifs qui ont déterminé ce républicain à se réunir à un homme qui ne paraissait pas avoir une affection très-tendre pour la
république? Comment M. Thibaudeau, qui préférait « le nom de *citoyen* à celui de *monsieur* »,
a-t-il pu accepter de Buonaparte un de ces vilains
titres qui sentent si fort la féodalité? La suite de
cet ouvrage nous l'apprendra; car nous n'avons
encore que les *Mémoires du citoyen Thibaudeau.*
Attendons ceux de M. *le comte.*

Des 19 et 26 juillet 1828.

LA MORT DE LOUIS XVI.

« C'était au moment où une race d'hommes
s'élevant tout à coup, se mit, dans son vertige,
à sonner l'heure de Sparte et d'Athènes. »

L'événement a déjà justifié les craintes de l'auteur. Certains journaux, qui apparemment trouvent les révolutions fort aimables, se sont plaints avec amertume que pour peindre la nôtre il eût employé d'aussi horribles couleurs; mais cette critique est un éloge dont il a le droit de s'enorgueillir. On lui reproche, comme il a dû s'y attendre, ce qui fait le mérite principal de l'historien, ce qui est aussi sa principale obligation, la fidélité.

Plus ces tableaux sont affreux et révoltans, mieux on y reconnaît la révolution, ses fureurs et son délire. On ne peut, en les contemplant, s'empêcher de dire : Oui, c'est elle; la voilà telle que du moins on la vit aux sanglantes époques que l'auteur a retracées, dans ces journées noires de crimes, où tous les droits de l'humanité furent outragés, et où la férocité des bourreaux ne fut égalée que par la résignation des victimes. Convenons-en : lorsqu'on traite un pareil sujet, en affaiblir l'horreur est trop facile; mais quoi qu'on fasse, il est impossible de l'exagérer. Au reste, il n'y a pas un mot de l'auteur dans l'ouvrage qu'il publie; toutes ces *Scènes historiques* sont littéralement extraites des Mémoires et des journaux du temps. Enfin, il a voulu que la révolution se peignît elle-même et se montrât à nous dans sa hideuse nudité; et voilà ce que quelques critiques, dont la délicatesse est au moins très-suspecte, ne peuvent pas lui pardonner : ils lui reprochent d'avoir mis en scène des personnages pris dans les dernières classes de la société, et d'avoir reproduit leur langage avec la plus scrupuleuse exactitude. Mais, ils le savent aussi bien que nous, ce langage grossier et souillé de tant de blasphèmes n'a pas été sans influence sur les événemens de l'époque. C'était d'ailleurs ce qu'on appelait alors *l'éloquence populaire*, et malheur à quiconque ne l'admirait pas! « Tant « qu'il y aura, disait un des plus fameux *repré-* « *sentans du peuple*, tant qu'il y aura de ces « oreilles chatouilleuses et aristocratiques qui se « blessent d'un juron, nos affaires n'avanceront « pas. » Puis, il faut rappeler à ceux qui feignent de l'avoir oublié, dans quelles mains le pouvoir était tombé, et à quel état d'abjection la société se trouvait alors réduite. C'étaient, qui peut l'ignorer? ses dernières classes qui la gouvernaient.

On ne doit donc pas s'étonner que l'auteur ait si fidèlement reproduit leur langage.

Il faut bien l'observer encore pour sa justification, cet ignoble langage ne fut pas exclusivement le leur. Des hommes d'une éducation distinguée, et qui jusqu'alors s'étaient fait remarquer par leur bon ton et l'élégance de leurs manières, ne tardèrent pas à l'adopter. On en pourrait même citer quelques-uns qui, grâce à l'ambition ou à la peur, se dégradant pour mieux prouver leur patriotisme, ne rougirent pas de surpasser leurs modèles, et qui, comme le dit si énergiquement le marquis de Ferrières dans ses Mémoires, « *pour se faire populaires se firent po-* « *pulace.* » Ils lui empruntèrent non-seulement son langage et ses *jurons*, mais encore ses formes grossières et sa manière de se vêtir. Vous vîtes donc ces élégans substituer la *carmagnole* à l'habit de cour et les sabots aux talons rouges.

Louis XVI eut de bonne heure le noir pressentiment du sort que ses ennemis lui réservaient; « *ils me tueront*, disait-il, comme Henri IV ; « je connais leur dessein, *ils me tueront.* » Quel roi cependant méritait plus que lui d'être heureux ? Mais ses vertus, qui dans des temps meilleurs l'eussent rendu si cher à son peuple, furent, à l'époque où il a vécu, la cause de sa perte, et même de la nôtre. « J'ai remarqué, dit M. de

« Malesherbes à M. Bertrand de Molleville, dans
« une de ces *Scènes historiques*, que dans des cir-
« constances telles que celles-ci, les vertus d'un
« homme privé, portées à un certain degré, de-
« viennent presque des vices sur le trône. Elles
« sont sans doute très-bonnes pour l'autre
« monde; mais elles ne valent rien pour celui-
« ci. Ce qui m'effraie, c'est la bonté du roi; je
« la redoute autant que son irrésolution. » L'événement a prouvé que les craintes de M. de Malesherbes n'étaient que trop fondées. Cette bonté
excessive et peu éclairée a perdu à la fois le monarque et la monarchie.

« Je ne veux pas qu'une seule goutte de sang
« soit versée pour ma cause. » Louis XVI l'avait
plusieurs fois déclaré, et ses ennemis le savaient.
Cruelle humanité, qui, en épargnant quelques
grands coupables, a fait périr des millions d'innocens! « Je suis résigné à tout ce qui pourra
« m'arriver, disait encore très-souvent ce prince
« infortuné, comme on le voit dans l'ouvrage que
« j'annonce; que la volonté du ciel s'accomplisse.»
Malheur à un roi qui se résigne ainsi; malheur
à ses sujets, dont cette résignation, louable seulement dans une condition privée, compromet
toujours la sûreté et la vie! Telle n'est pas la
volonté du ciel : il veut que, pour défendre leur
trône, les rois déploient tout le pouvoir qu'il

leur a confié. Répétons-le, c'est la bonté de
Louis XVI, bonté dont les méchans ont tant
abusé, qui l'a perdu. On a fort vanté, et je crois
qu'on vante même encore aujourd'hui l'audace
des hommes de la révolution; mais il est bien
facile d'être audacieux contre un pouvoir qui
s'abandonne lui-même, contre un gouvernement
faible, irrésolu, et résigné à périr. Qu'au moins
cette leçon, qui nous a coûté si cher, ne soit pas
perdue pour ceux que la Providence a placés à
la tête des peuples! *Et nunc reges intelligite.*

Quel était le but des révolutionnaires, de ces
chefs de partis ou plutôt de factions, que l'auteur
des *Scènes historiques* fait parler et agir? Leurs défenseurs, car ils en ont encore, prétendent qu'ils
ne voulaient que la destruction des abus, de
plus fortes garanties politiques, enfin une législation plus conforme aux besoins du siècle; mais
à cet égard les intentions généreuses du monarque leur étaient bien connues. Ils eussent
difficilement choisi eux-mêmes un roi plus disposé à seconder leurs désirs et leurs vœux que
celui qu'ils osaient accuser de tyrannie. Ce qu'il
avait fait depuis le commencement de son règne
était pour eux un gage certain de ce qu'ils pouvaient en attendre.

L'histoire le dira : législateur humain, il avait
aboli la torture, délivré les paysans du Jura de

la servitude qui pesait sur eux, et rendu aux pro-
testans, qui s'en souviennent peut-être, des droits
que depuis si long-temps ils réclamaient en vain.
Les nègres de nos colonies étaient, grâce à lui,
soumis à un régime plus doux, et les Américains
devaient en partie leur affranchissement aux secours qu'il leur avait accordés avec plus de bonté
que de prévoyance.

Voici mieux encore : la reconnaissance nationale vient de le proclamer « le restaurateur de
« la liberté française »; toutes les garanties ren-
fermées dans cette charte qui nous régit aujour-
d'hui, il les offre généreusement; il se prive de
ses droits pour ajouter à ceux de son peuple; il
désarme le pouvoir au profit de son peuple ; enfin
pas une concession qu'il ne soit disposé à faire,
pas un sacrifice personnel auquel il ne soit résigné.

Cependant les factieux ne sont pas encore satisfaits; et quand leur roi est leur esclave, on
les entend encore crier à la tyrannie. C'est donc
évidemment à la royauté qu'ils en veulent : il
n'est plus permis d'en douter; mais voyez avec
quelle habile hypocrisie, tout en travaillant si
bien à la détruire, ils protestent publiquement
de leur respect pour elle ; c'est, qu'on s'en sou-
vienne dans l'occasion, leur tactique ordinaire.
« Les hommes libres, disait Pétion au roi, la

« veille même du 10 août, ne peuvent manquer
« à la dignité du trône. » Le lendemain, le trône
est renversé par les hommes libres; le roi et sa
famille sont dans les fers !

Ceux qui n'ont point vu notre révolution apprendront à la connaître en lisant ces *Scènes historiques.* Les chefs des factions qui trop long-
temps ont désolé la France y figurent assistés de
leurs principaux complices; ils préparent ces
affreuses journées que nous voudrions aujour-
d'hui pouvoir effacer de notre mémoire. Malheur
à quiconque ne marche pas avec eux, et recule
devant ce qu'ils appellent les rigoureuses conséquences de leurs principes! Malheur à celui qui
n'est plus, comme ils le disent, à la hauteur des
circonstances! Il est perdu!!! Tous les gages qu'il
a pu donner à la révolution ne le sauveront pas.

Le peuple est un maître bien difficile à servir;
on ne peut long-temps lui plaire. Sa faveur est
cent fois plus inconstante que celle des rois, et
c'est un spectacle curieux et fort instructif de voir
avec quelle facilité il brise ses idoles. Offrons-le
donc à ces hommes que l'idée d'une révolution
nouvelle semble ne pas effaroucher, et qui se fa-
miliarisent volontiers avec elle. Je crois qu'il
pourra leur fournir le sujet de graves et utiles
méditations. Ils apprécieront mieux ce terrible
drame politique où les héros, couronnés de fleurs

au premier acte, sont presque tous, pour notre
édification, pendus avant le dénouement.

Très-peu de jours avant le 10 août, en entendait crier partout : *Vive le vertueux Pétion!* Le
peuple portait en triomphe ce nouveau maire du
palais, non moins puissant que les anciens, enfin
c'était l'idole du moment; mais bientôt la scène
change. Pétion est jugé incapable de seconder les
grandes mesures qu'on se propose de prendre
pour sauver la patrie qui vient d'être déclarée en
danger. Danton et Robespierre l'accusent de pusillanimité; ses *vertus* sont suspectes. « Laissons là,
« dit Manuel dans une de ces *Scènes historiques*,
« laissons là ce mannequin que nous donnons en
« adoration à la multitude; un coup bien porté le
brisera. » On applaudit, on crie : *A bas le roi
Jérôme Pétion!* C'en est fait, l'idole est renversée, le *vertueux* Pétion a perdu toute sa popularité. En vain l'illustre général M. de Lafayette
s'est-il long-temps flatté de conserver la sienne :
déjà la révolution, qu'il a essayé d'arrêter, ne
voit plus en lui qu'un ennemi, et ne lui tient
plus aucun compte des services importans qu'il
lui a rendus. Ce qu'il a fait pour elle et contre la
royauté, sa déclaration des droits de l'homme,
son sommeil dans la nuit du 5 au 6 octobre, le
grand courage qu'il a déployé contre des dangers
imaginaires, tout est oublié; on brise ses bustes,

on déchire ses images; les uns le menacent, les autres se moquent de lui ; ils rient de ses grandes prétentions et de ses petits talens. N'a-t-il pas voulu aussi, lui, passer le Rubicon ? « Rassu- « rons-nous, dit Santerre, son règne est fini ; « *Gilles César Lafayette*, monté sur ses échasses « de l'ancien régime, ne tardera pas à se casser « le cou. » J'avertis de nouveau mes lecteurs que dans l'ouvrage que j'annonce rien n'est de l'invention de l'auteur; c'est une copie fidèle des journaux de l'époque : *Gilles César* le sait bien.

La révolution semblait d'abord n'en vouloir qu'aux deux classes privilégiées; mais après en avoir fini avec la noblesse et le clergé, elle chercha d'autres aristocrates; et, comme on le voit encore dans ces *Scènes historiques,* elle n'eut pas de peine à les trouver. Veut-on savoir à quels signes on les reconnaissait? « Tombez sur ceux qui ont « des voitures, des valets, des habits de soie..... « vous êtes sûr que ce sont des aristocrates. » Ainsi parlait *l'Ami du peuple*, et les patriotes énergiques de cette époque appuyaient son avis. « Une nouvelle aristocratie, disait l'un d'eux, « veut s'élever sur les débris de l'ancienne. Je la « dénonce : c'est celle des maisons de banque; il « est prouvé qu'elles se sont liguées pour affamer « le peuple, et le ramener au despotisme par la « disette. » Dès ce moment, la guerre fut déclarée

à la *coalition* des capitalistes : ils étaient riches,
pouvaient-ils donc ne pas être aristocrates? En
vain nièrent-ils l'accusation; ils ne furent pas
écoutés : la révolution ouvrit leurs coffres-forts,
et y trouva des preuves convaincantes de leur
aristocratie.

Voilà une leçon qui, je l'espère, arrivera à son
adresse. Nos banquiers, nos capitalistes sentiront qu'ils ne doivent être libéraux qu'avec mesure; car si une nouvelle révolution nous arrive,
ils auront infailliblement des comptes à régler
avec elle; heureux si elle veut bien se contenter
de vider leurs caisses! Mais c'est une faveur
qu'elle leur accorderait difficilement, et sur laquelle par conséquent ils ne doivent pas trop
compter.

Aussi, pourquoi sont-ils si riches? pourquoi
ont-ils des voitures, des valets...? C'est ce que
disaient les gens de boutique, qui s'imaginaient
que la révolution ne descendrait pas jusqu'à eux.
Ces bonnes gens se trompaient; ils étaient beaucoup plus aristocrates qu'ils ne le pensaient.

L'ouvrage que j'annonce le prouve encore.
« Pendez, dit un des interlocuteurs, pendez à
« leur porte les marchands, les épiciers...... ces
« *modérés* toujours prêts à nous compromettre,
« et je réponds de la patrie. » L'idée fut jugée
très-heureuse; on s'étonna même de n'avoir pas

songé plus tôt à ce grand moyen de salut public, et le lendemain tous les magasins d'épiceries et d'autres encore furent mis au pillage. Or, il faut bien s'en souvenir, car ce que fut la première révolution, la seconde le serait nécessairement. On voit comment l'une sauvait la patrie; l'autre la sauverait de même : les révolutions se font sans variantes.

Dans une partie de ces *Scènes historiques*, l'auteur s'est attaché spécialement à «faire res-« sortir les douleurs royales d'un monarque qui, « en allant à la mort, formait des vœux pour les « Français, et les consacrait par un noble pardon « signé sur l'échafaud même. » Tel est, comme il le déclare, le but qu'il s'est proposé, et je crois qu'il peut se flatter de l'avoir atteint. On voit à la fois dans ces *Scènes historiques* tout ce que le crime a de plus odieux, et la vertu de plus touchant et de plus sublime.

NAPOLÉON

DEVANT SES CONTEMPORAINS.

Il aurait été bien plus, s'il avait voulu être
moins.

MALLET DU PAN, *Considérations politiques*.

IL y a des gens qui depuis la restauration sont
devenus bien difficiles à contenter. L'auteur de
l'ouvrage que j'annonce ne serait-il pas par hasard de ce nombre? Nous avons beau jouir de
toute la liberté des saturnales, il se plaint avec
amertume de ne pas en avoir encore assez. Mais
je me trompe fort, ou il était naguère, lui et bien
d'autres qui crient aujourd'hui à l'oppression,
d'une humeur plus accommodante. Il demandait
moins de liberté à cet homme *taillé à l'antique*,
dont il célèbre les hauts faits et révère la mémoire avec une sorte de culte. Qu'en dit-il? Alors,
si je m'en souviens bien, on se contentait de peu,
et il le fallait.

Que Napoléon ait été un prince très-absolu,
que son règne ait offert le beau idéal du despotisme, c'est une vérité que ses contemporains,
qui ont senti sa verge, ne peuvent contester; ses
amis eux-mêmes sont obligés de convenir qu'il

n'a pas toujours montré un respect très-profond pour les libertés constitutionnelles; et vraiment je le crois bien, Buonaparte et la liberté n'auraient jamais pu s'accommoder ensemble. Il y avait entre eux une antipathie naturelle et invincible.

On le savait long-temps avant qu'il parvînt au pouvoir suprême. Déjà, sous la république, lorsqu'il nous envoyait d'Italie ces belles proclamations qui faisaient tressaillir de joie tous nos Romains de tabagie, malgré sa profonde dissimulation, il se trahissait lui-même par des mots que l'événement a pu faire regarder comme prophétiques. « Je serai, disait-il un jour, le Brutus des « rois et le César de la France. » C'est l'auteur lui-même qui nous l'apprend, et cet ami de la liberté, qui, je l'observe encore, proteste « qu'il ne « cherchera point à le louer », consacre cependant plus de quatre cents pages à la louange d'un homme à qui la liberté déplaisait tant, que sa première pensée, bonne ou mauvaise, je ne la juge pas, a été de nous en débarrasser. Concluons-en que ceux qui attribuent cet ouvrage à l'un de nos anciens patriotes sont fort mal informés. Le moyen de croire qu'un vieux républicain monte à la tribune aux harangues pour y prononcer l'oraison funèbre du César de la France! C'est Antoine qui a rendu ce service au César de Rome, et non Cassius ou Cimber.

Ces partisans de l'égalité attachent plus de prix qu'on ne croit à la noblesse des origines qu'ils feignent de voir avec une philosophique indifférence. J'en juge par le soin fort inutile que prend notre historien de rehausser celle de son héros. Selon lui, les Buonaparte ne sont pas moins anciens que les Montmorency. « Leur famille a été « souveraine à Trévise. » Ce fait historique, qu'on ne trouve nulle part, lui paraît si bien démontré qu'il croit n'avoir besoin d'aucune pièce justificative pour l'appuyer. Ne serait-ce pas ici le cas de dire avec les charlatans : *Se no e vero, e bene trovato?* Au reste, l'auteur ne sait pas tout. Des généalogistes fort habiles, et surtout très-consciencieux, ont prétendu, ils ont même imprimé que la famille des Buonaparte, pendant qu'elle régnait à Trévise, s'était alliée en très-bon lieu, notamment avec la maison d'Est, et que le prince régent d'Angleterre, qui descend de cette illustre maison, était par conséquent cousin de Napoléon, et aurait dû tenir un peu plus de compte de la parenté ; mais on a raison de le dire : Un bon ami vaut mieux qu'un parent, surtout en politique.

C'est au siége de Toulon que Buonaparte se fit d'abord connaître ; et la Convention, qu'il servit si utilement alors, s'en ressouvint au 13 vendémiaire. Menacée par les sections de Paris, elle lui confia le commandement des troupes destinées à la défendre. Son historien nous assure qu'il se conduisit dans cette sanglante journée « sans « passion personnelle et avec tous les ménage-« mens possibles. » Le nombre des victimes n'en fut pas moins très-considérable; et c'est bien vainement que l'anonyme s'efforce de le diminuer : on les a comptées avant lui. Mais puisque Buonaparte les a mitraillées *avec tous les ménagemens possibles*, il n'y a pas le moindre reproche à lui faire. Quel était d'ailleurs le but des insurgés de vendémiaire? Je frémis quand j'y pense : ils voulaient, l'auteur nous l'apprend, « préparer le retour de la dynastie des Bour-« bons! » Puisqu'il en est ainsi, je ne les défends plus. N'étaient-ils pas bien coupables? En vérité Buonaparte les a trop ménagés.

Quoi qu'il en soit, il dut à cette déplorable journée le commandement de l'armée d'Italie, et les rares talens qu'il y déploya le placèrent, très-jeune encore, à côté de nos généraux les plus renommés. Demandez-vous aux militaires quelle est la plus belle de ses campagnes, ils vous répondent : c'est la première. Son historien affirme que « jamais il ne se montra plus grand « homme de guerre. » Je suis de son avis; mais je pense qu'il aurait encore mieux atteint le but qu'il s'est proposé, s'il eût mis plus de simplicité dans ses récits et moins d'exagération dans

ses louanges. « Les savantes combinaisons de
« Turenne, unies, dit-il, aux inspirations soudai-
« nes du grand Condé, ne donneraient qu'une
« faible idée des opérations de leur jeune rival. »

Ailleurs il met Alexandre, César, Annibal,
Gustave-Adolphe, au-dessous de Napoléon qui,
aux précieuses qualités dont ils étaient doués,
« ajoutait des avantages qui lui étaient particu-
« liers. » Quant à Moreau, qu'on veut encore lui
comparer, il ne lui va pas au genou.

Et qui donc se permet de juger et de toiser
ainsi les plus grands capitaines du monde ? quels
sont ses titres ? où a-t-il étudié la grande guerre ?
Était-il à Arcole ou à Lodi ? Combien a-t-il fait
de campagnes ? combien a-t-il de chevrons ? Peut-
être n'a-t-il servi comme moi que dans la garde
bourgeoise.

Quand un historien a de si belles campagnes
à décrire, de si beaux faits d'armes à raconter, il
doit bien se garder d'y mêler de puériles anecdotes, pâture ordinaire des gobe-mouches, dont
elles charment l'ennuyeuse oisiveté. Je suis donc
surpris de lire dans cet ouvrage que Napoléon,
qu'on trouvait partout, et à la vigilance duquel
rien ne pouvait échapper, visitant pendant la
nuit les avant-postes de son armée, aperçut un
factionnaire endormi, prit le fusil et continua la
faction. J'en suis bien fâché pour l'auteur, mais

il n'y a pas dans tout cela un mot de vrai; et j'ai
pour le prouver une autorité devant laquelle il
doit s'incliner avec respect. C'est son héros, c'est
Napoléon lui-même qui va lui apprendre que
l'anecdote est fausse, et qu'elle n'est pas même
vraisemblable. « On me fait, dit-il dans le *Mé-*
« *morial de Sainte-Hélène*, prendre pendant la
« nuit le poste d'une sentinelle endormie. Cette
« idée peut être d'un bourgeois, d'un avocat,
« mais à coup sûr elle n'est pas d'un militaire. »

Le démenti est un peu dur : celui qui le donne
n'a pas tenu assez de compte des bonnes intentions de l'inventeur de cette anecdote; mais aussi
chacun ne devrait parler que des affaires auxquelles il s'entend. Si les avocats veulent écrire
l'histoire de nos guerres, il est à craindre que
l'envie ne vienne aux militaires d'user de représailles, et de composer des traités de procédure.

L'anonyme qui présente aujourd'hui Napoléon
à ses contemporains, a grand soin de ne le leur
montrer que par le beau côté; on le voit dissimuler avec art tout ce qui pourrait faire le
moindre tort à sa gloire; ainsi, dans l'esquisse
rapide qu'il a tracée de l'expédition en Syrie,
toutes les fautes commises devant Saint-Jean-
d'Acre, fautes si funestes à notre armée, sont
prudemment passées sous silence. Des historiens,
qu'on peut croire bien informés, nous parlent

de prisonniers massacrés, de malades empoisonnés... Celui-ci n'en dit pas un mot. Ces peccadilles
seraient des taches dans une si belle vie; en conséquence, il faut les effacer : et voilà comme on
écrit l'histoire, même en présence des contemporains.

C'est une chose humaine que de faillir, même
souvent; mais notre historien ne veut pas que
son héros ait failli, même une seule fois : il justifie donc, et avec une habileté que je ne puis
m'empêcher d'admirer, toutes les entreprises de
Napoléon, celles même que ses plus grands admirateurs lui ont souvent reprochées. S'agit-il,
par exemple, de l'infâme guet-apens de Bayonne,
qui fut à la fois un crime et une faute, il se borne
à dire que « la conduite de Napoléon, à cette
« époque, eut les *apparences* de la trahison. »
Certes, on ne pouvait se tirer plus heureusement d'un pas aussi difficile. Les apparences sont
si trompeuses !

Quant à l'expédition de Russie, elle était in-
dispensable. Alexandre étant l'agresseur, Napoléon, quelque aversion qu'il eût pour la guerre,
si pacifique que fût son humeur, pouvait-il ne
pas se défendre quand on l'attaquait? Puis, devait-on s'attendre que les Russes mettraient le
feu à leur ville et détruiraient leurs magasins
au lieu de nous les livrer? Voilà ce que l'auteur

ne leur pardonne pas. Et, dans un généreux dévouement, que les vieux Romains eussent admiré,
il ne voit, lui, qu'un crime épouvantable. Le
comte Rostopchine, qui, en brûlant Moscou, a
sauvé la Russie, lui paraît un monstre digne de
l'exécration de tous les peuples. Sans doute que,
pour lui plaire, les Russes auraient dû nous
aider à conquérir leur pays. Au reste, sa colère
ne m'étonne pas, c'est Moscou incendiée qui a
perdu Napoléon; mais pourquoi y est-il resté si
long-temps, lorsque tout lui commandait d'en
sortir? Pourquoi y a-t-il attendu cet hiver rigoureux si facile à prévoir, qui devait infailliblement détruire les restes de sa brave armée?
Ce n'est pas à l'auteur qu'il faut le demander, il
a de trop bonnes raisons pour ne pas le dire.

Les choses, suivant lui, sont arrivées au point
qu'écrire contre Napoléon paraît une chose hors
de propos. « Le peuple français, ajoute-t-il, de-
« mande un récit naïf et sincère de la vie de
« ce grand capitaine, de ses triomphes, de ses
« revers. . . . » Voilà donc ce qu'il nous promet;
mais nous le donne-t-il? Je cherche dans son
ouvrage la journée mémorable qui décida de
la campagne de 1814, et j'ai la plus grande
peine à la découvrir sous le voile dont il l'a couverte. De sorte que, si on n'avait d'autre histoire
à consulter que la sienne, il serait impossible

d'expliquer la marche rapide des alliés sur la capitale ; c'est lorsque vous les croyez vaincus et exterminés sur tous les points, que tout à coup ils se présentent miraculeusement à vos portes. Il est pénible sans doute de s'appesantir sur des revers ; mais c'est un sacrifice auquel tout historien doit savoir se résigner. Sa tâche serait trop agréable si, pour la remplir, il lui suffisait d'orner d'un style élégant et pur des relations fort suspectes, et de mettre en bon français les bulletins de la grande armée. « La « vérité seule est bonne » ; c'est l'auteur lui-même qui l'assure. Eh bien ! puisqu'elle est bonne, il faut la dire tout entière.

Amant passionné de la liberté, l'historien de Napoléon ne lui fait qu'un seul reproche, c'est de n'avoir pas donné une charte au peuple français. « Il ne manquait, dit-il, à son gouverne-« ment que la liberté constitutionnelle. » Croyez qu'elle lui aurait manqué long-temps ; ceux qui l'attendaient étaient bien dupes. La liberté et Napoléon ! Une telle alliance était impossible ; et comme deux affections contraires se concilient difficilement ensemble, l'auteur doit opter entre son cher despote et sa chère liberté.

Il termine son ouvrage par une réflexion au moins très-singulière. « Napoléon, dit-il, ne re-« pose pas dans sa terre natale ; peut-être eût-il

« été digne des nobles princes qui nous gou-
« vernent de demander ses cendres. » Et où nos
princes les placeraient-ils ? Serait-ce à côté de
celles du duc d'Enghien ?

Du 12 juin 1826.

<hr>

LA CHRONIQUE INDISCRÈTE.

Il nous faut du nouveau, n'en fût-il plus au monde.
LA FONTAINE.

Un jour passé sans scandale est un jour perdu
pour nous. On nous a habitués à ce régime, et il
ne sera point facile de nous y faire renoncer. Du
scandale, et encore du scandale, voilà ce que
nous ne cessons de demander, et ce qu'à toute
force il nous faut donner, si on veut nous plaire :
les plus honnêtes gens du monde ne vivent aujourd'hui qu'à cette condition.

L'auteur de cette *Chronique* a travaillé en conséquence, et pourtant je n'oserais lui garantir
tout le succès qu'il s'est sans doute promis, et qui
est bien dû à ses charitables intentions : il ne sait
pas à quel point nos jouissances en ce genre nous

ont rendus difficiles. Le scandale, s'il est ancien, n'a plus pour nous rien de piquant : il nous le faut, si je puis m'exprimer ainsi, dans toute sa fraîcheur; ce n'est que faute de mieux que nous nous contentons des feuilles quotidiennes : ces paresseuses arrivent beaucoup trop tard; elles annoncent le scandale de la veille à des gens affamés, dont l'avide curiosité voudrait tenir pour le dévorer le scandale du lendemain. Il paraissait autrefois un journal à chaque heure de la journée : ah! c'était le bon temps; la malignité ne chômait pas.

Ces graves considérations paraissent avoir échappé à la malignité de notre chroniqueur, puisque je vois qu'il nous reporte à des temps qui sont déjà bien loin de nous : ses anecdotes théâtrales ont eu le temps d'arriver en Chine et d'en revenir. On nous parle aujourd'hui de certain mariage de coulisse qui nous intéresserait fort, j'en conviens, si nous l'apprenions pour la première fois; mais au moment même où la *Chronique* écrite, qui se croit pourtant *très-indiscrète*, nous annonce ce mariage, sa rivale éternellement redoutable, la chronique orale, travaille déjà à la layette du second enfant. Voilà cependant à quoi l'on s'expose en ne voulant être indiscret qu'un an après l'événement.

On ne sait que penser de divers renseigne-

mens que nous donne le chroniqueur. Les acteurs qu'il brouille semblent s'être réconciliés tout
exprès pour lui faire pièce; les actrices lui ont
joué des tours encore plus sanglans. Mlle ***, dont
il déplore l'excessive maigreur, a un embonpoint
qui charme l'œil, tandis que Mlle ***, qu'il dit
trop *grasse*, s'est si complètement défait du sien,
qu'elle passerait maintenant par le trou d'une
aiguille; consultez-le donc pour la taille de ces
dames! J'ai un reproche plus sérieux à lui faire :
que dans un siècle où l'on ne croit à rien, on
élève même des doutes sur la vertu des actrices,
je le conçois; mais vous ne devez jamais oublier que c'est leur talent qu'elles abandonnent à
la critique, et non pas leur honneur. Celui-ci est
sacré, n'y touchez pas plus qu'elles.

Le plaisir de siffler est si grand, que l'auteur
de la *Chronique* n'a pu s'empêcher de siffler de
nouveau, et pour mémoire, toutes les pièces,
tragédies, comédies, opéras, vaudevilles, mélodrames qui ont été sifflé l'année dernière; mais
depuis nous en avons sifflés bien d'autres, qu'il
pourra, puisque le jeu l'amuse, *resiffler* l'année
prochaine. Savoir : une de M. ***, deux de M. ***, et
je ne sais combien de M. ***; avec ce dernier nous
ne comptons plus. Calcul fait, le chroniqueur
est en retard au moins de trente chutes, sans préjudice du courant. De tous ses torts, au reste,

c'est celui que j'excuse le plus volontiers; il n'a déjà que trop exhumé de ces pauvres ouvrages dont les auteurs eux-mêmes seraient bien fâchés de se souvenir. En lisant quelques unes de ses pages, on se croit dans les catacombes : triste régal pour la malignité, que des squelettes littéraires!

Est-il question encore d'un *Traité de morale politique*, par M. Léocade Delpierre? Je veux le croire excellent; mais dans quelle olympiade a-t-il paru? Et la *Lettre* de M. Marreux *sur le Gouvernement représentatif*; et *un Roi, un Ministère et une France*, par M. Dup...; et les *Principes généraux de politique*, et enfin cent autres brochures sur le même sujet, les connaissez-vous? Le chroniqueur lui-même, qui s'en amuse, les a-t-il lus? Qu'il soit de bonne foi; on l'embarrasserait fort, si on le sommait de prouver juridiquement leur existence: combien trouverait-il de témoins qui pussent certifier le fait? C'est que si les uns s'obstinent aujourd'hui à écrire, les autres, par un caprice tout contraire, s'obstinent à ne pas les lire; et je réponds que la plupart des ouvrages publiés en 1817 ont encore leur virginité; tant il est vrai que dans l'ordre moral, comme dans l'ordre physique, la Providence place toujours le remède à côté du mal.

On devine maintenant sans peine que la *Chro-*

nique indiscrète est assez souvent calquée sur le
Petit Almanach des grands hommes. Même malice dans les intentions ; je voudrais pouvoir ajouter même sel, même agrément dans les plaisanteries ; mais Rivarol est mort sans laisser d'héri-
tiers, au moins en ligne directe.

On sait quel parti il sut tirer du rapprochement de certains noms d'une bizarrerie fort innocente, mais malheureusement favorable à ses
perfides desseins ; pour moi, je m'en souviens
comme si cela datait d'hier. Il me semble encore
voir défiler processionnellement deux à deux, et
venir se ranger autour de l'autel élevé aux *Dieux
inconnus*, MM. Briquet, Braquet, Mitraille, Pis-
tolet, Muribarou, Thomas-Minau de La Mes-
tringue, et bien d'autres qui n'ont pas osé re-
paraître depuis cette cérémonie, excepté néanmoins M. Regnault de Beaucaron, qui a tenu
bon, et qui nous donne quelquefois de ses chères nouvelles. Ce fut un cri général de surprise ;
chacun demandait à son voisin si ces gens-là
étaient chrétiens ; et Rivarol de s'en gaudir et de
se féliciter de sa diabolique invention ; car c'était
un méchant homme.

L'auteur de la *Chronique*, quoiqu'il ne soit
pas aussi méchant, à beaucoup près, a pourtant
voulu voir si ce petit moyen lui réussirait également ; mais soit que Rivarol, pour me servir de

ses plaisantes expressions, ait eu le bonheur de rencontrer des noms plus *chers à l'harmonie* et plus propres à *charmer les oreilles délicates;* soit que le temps ait changé mes dispositions, je n'ai rien trouvé de très-piquant dans cette accumulation de nouveaux noms qui ne vous semblent bizarres que parce qu'ils vous sont inconnus; et j'aurais beaucoup mieux aimé compter dans cette *Chronique* cinquante noms de moins et une bonne plaisanterie de plus. Ainsi les honnêtes écrivains, soit en prose, soit en vers, dont le chroniqueur s'est servi pour composer ses paquets, MM. F. Hay, de Ratte, Chuvance, Cousselle, P. Colau, Ecrement, Carpon, Festeau, Conelois, Bigelot, Galland, Ronden, Pierre Hugue, Trigoris, etc., etc., etc., auraient bien tort de se montrer trop sensibles à ce léger désagrément; ce serait en vérité se décourager pour bien peu de chose. Leurs noms ne sont pas encore très-célèbres, j'en conviens; mais patience, cela viendra; et peut-être trouverez-vous un jour, dans quelque coin de la *Chronique indiscrète*, le successeur de Jacques Delille. Sachez donc attendre.

Ces gens de lettres sont toujours les mêmes; ils ne se lassent pas de tirer sur les leurs, et, au lieu de se réunir contre l'ennemi commun, ils se font un jeu cruel de pilorier d'innocens confrères, qui ont, comme eux, le travers de chercher la gloire et la fortune au fond de leurs cornets, et le malheur de n'y trouver ni l'une ni l'autre. Il me semble cependant que la satire a mieux à faire dans un temps si fertile en contrastes, dans une société mise deux ou trois fois sens dessus dessous, et où tant de gens ayant changé de rôles, jouent nécessairement fort mal ceux que les circonstances leur ont donnés. Je voudrais donc que le chroniqueur, suivant cette indication, dédaignât de petits ridicules et de petits scandales très-peu dignes de mémoire. C'est en visant plus haut, c'est en choisissant de plus grasses victimes qu'il viendra à bout de donner à son recueil tout l'intérêt dont il est susceptible.

J'ai un autre avis à lui faire passer : il dit toujours du mal; c'est fort bien. Si cependant il consentait à mettre quelque différence entre un bon et un mauvais écrivain, entre un homme d'esprit et un sot, cela serait encore mieux; car, en faisant même part à tout le monde, il court le très-grand risque de ne mécontenter personne, ce qui ne peut être dans ses intentions. Qu'il traite donc désormais chacun selon ses mérites; cette justice distributive doit d'autant moins lui coûter, qu'elle n'est, à vrai dire, qu'un raffinement de malignité, et, sans cette considération, oserais-je la lui recommander?

Du 11 août 1818.

BIOGRAPHIE DES HOMMES VIVANS.

On doit des égards aux vivans;
On ne doit aux morts que la vérité.

Autrefois on courait après la célébrité, et le plus souvent sans pouvoir l'atteindre : c'est elle aujourd'hui qui vous poursuit, et malgré tous vos efforts, vous ne sauriez lui échapper. L'auteur de cette Biographie n'en consacre-t-il pas une autre à la mémoire de ceux qui ne sont plus? Ainsi, mort ou vif, vous passerez pas ses mains; il faut vous résigner à voir votre nom inscrit sur les tablettes historiques qu'il adresse à la postérité.

L'honneur est grand, sans doute; mais je crains qu'il ne blesse la modestie de plusieurs des élus qui viennent de l'obtenir. Il est plus que probable que si, avant de le leur accorder, on leur avait fait la politesse de les consulter, ces hommes modestes, et non moins prévoyans, auraient répondu : « Tant de gloire nous touche peu; de « grâce, Monsieur Michaud, ne nous imprimez « pas sitôt! Nous sommes très-reconnaissans des « *égards* que votre société de gens de lettres et « de savans croit nous devoir en notre qualité

« de *vivans* ; mais qu'elle attende; elle pourra
« nous traiter un jour plus sévèrement. *La vérité*
« toute nue dont elle nous menace ne nous effraie
« guère, pourvu qu'on ne nous la dise que lors-
« que nous ne serons plus en état de l'entendre :
« les morts ont l'oreille dure, mais les vivans
« l'ont très-délicate. Ainsi, Monsieur Michaud,
« ne nous imprimez pas encore; ne nous placez
« point dans votre histoire par ordre alphabé-
« tique. » Malheureusement le public était d'un
autre avis; et c'est toujours lui que les éditeurs
consultent, parce que les intérêts sont communs.
La *Biographie des hommes vivans* a donc paru;
et je crois pouvoir l'annoncer sans danger, puisque je suis déjà prévenu par la curiosité publique, le succès des ouvrages de ce genre est
rarement douteux; on peut s'en fier à la malice humaine. Je sais que cette observation fait
peu d'honneur à notre espèce, et que des moralistes plus indulgens ont de nous une meilleure idée; mais pourquoi mentir? La vérité est
que nous ne valons pas grand' chose.

Les biographies après décès n'excitent jamais
un très-vif intérêt. Qu'avons-nous à démêler avec
les défunts? Sont-ils nos rivaux, nos compéti-
teurs? ont-ils des prétentions? Non, aucune; mais
ces vivans incommodes, nous les trouvons toujours sur nos pas. Nous sommes à chaque instant

exposés à traiter avec eux, et pour ne point parler de rapports plus sérieux, il est peut-être tel d'entre eux avec qui nous dînerons aujourd'hui. C'est donc, avant de se mettre à table, un avantage de connaître et de savoir, non ce qu'il pensera demain, peut-on prévoir les événemens? mais ce qu'il pensait hier; on évite alors certaines méprises toujours fort désagréables dans le commerce de la vie. Ainsi, quoique la nécessité d'une biographie moderne ne me paraisse pas rigoureusement démontrée, et que j'en sente les inconvéniens, je veux bien convenir qu'elle n'est pas sans utilité après un long carnaval politique, et lorsque la société ressemble encore à un bal masqué, où chacun, pour désoler les curieux, change à toute heure de domino.

Point de doute aussi qu'à une telle époque l'histoire et la satire ne semblent se confondre, et que le narrateur le plus ingénu ne puisse être soupçonné d'avoir composé un libelle, d'avoir calomnié, lorsqu'il n'a fait que médire. C'est la faute des circonstances; mais nos biographes, qui l'ont sûrement prévu, devaient-ils de gaîté de cœur s'exposer à ce soupçon? Pourquoi d'ailleurs, leur dira-t-on, pourquoi remarquer des *actions* et des *écrits* que personne ne remarque plus depuis long-temps? Pourquoi rappeler, à côté des crimes qu'il faut toujours détester, des erreurs que le repentir a peut-être expiées, et qu'il est au moins très-politique de pardonner et d'oublier? Cette objection a quelque poids; mais connaissez-vous le vrai coupable? C'est le *Moniteur*, triste dépositaire des souvenirs les plus affligeans, des plus affreuses vérités et des mensonges les plus ridicules. C'est le *Moniteur* qu'il faudrait condamner au feu, ne fût-ce que pour le punir de l'ennui qu'il nous a si souvent causé. Tant que vous le laisserez subsister, on analysera, on abrégera, on réduira ses fastidieuses colonnes, et peut-être fera-t-on un jour des *Moniteurs de poche* à l'usage de la malignité.

Au moins rendez-vous cette justice aux auteurs de la biographie moderne, qu'ils ne vont pas chercher dans la vie privée des individus cités à leur tribunal ces anecdotes *secrètes* que les lecteurs croient toujours d'autant plus volontiers qu'elles sont plus scandaleuses; et lorsqu'ils parlent de ces vivans *malades*, avec lesquels on se met aujourd'hui fort à l'aise, et à qui on croit pouvoir sans risque dire toute la vérité, ils se bornent à nous montrer le point d'où chaque personnage est parti, celui où il est parvenu, et ce qu'il a fait en chemin afin d'arriver de meilleure heure, et n'ajoutent point à la rigueur des faits l'outrage des commentaires. J'en fais la remarque, parce que depuis que ces grands personnages sont devenus petits, et qu'ils ont eu la maladresse impardonnable de perdre les honneurs qu'ils avaient si bien acquis, ils se sont vus traités, dans des *Mémoires* particuliers ou autres écrits, avec moins d'égard et de mesure, même par leurs plus humbles serviteurs, par les adorateurs les plus fervens de leur fortune. Il m'est souvent arrivé de les plaindre en lisant, en entendant ce que quelques uns de leurs *amis* ont écrit et dit sur leur compte, une heure après leur déconfiture; mais aussi n'étaient-ils pas bien fous de croire à la sincérité, de compter sur la reconnaissance des flatteurs, et de prendre au sérieux des éloges qu'ils payaient si cher! Quoi! ils ne voyaient pas que c'était pour se moquer d'eux qu'on célébrait leurs talens, et, le dirai-je? leurs vertus, car on allait même jusque-là! Les plus belles, les plus rares qualités ne sont-elles pas toujours inséparables d'un grand pouvoir? Un sot en faveur peut-il manquer de génie, et un manant d'amabilité et de grâces séduisantes? Tout suit la fortune, tout s'évanouit avec elle. L'insulte succède bientôt à l'adulation : puissant, on vous chantait; déchu, on vous chansonne. C'est, depuis quelques mille ans, une règle invariable, et on a toujours l'air de l'ignorer! J'ose encore espérer que la comédie où ces personnages ont joué des rôles si brillans, n'aura pas une seconde reprise; mais, le cas échéant, ils seraient encore dupes; car la bassesse et la vanité ne sont jamais brouillées assez sérieusement pour être irréconciliables.

On voit que j'écarte avec une sorte d'affectation ce qui dans cette Biographie peut flatter la malignité; mais le moyen de ne pas sourire un peu lorsqu'on y rencontre ces bons *vivans*, qui, grâce à leur tempérament, se sont toujours fort bien portés, et que nous avons vus rester debout sur les débris de tous les gouvernemens qui se sont succédés en France pendant vingt-cinq ans? Un homme d'esprit vous a enseigné l'art d'obtenir des places. Ces gens plus habiles vous enseignent l'art plus important de les conserver. Ils ont résisté à toutes les tempêtes; le vent le plus violent n'a pu les déraciner. Ils tournaient avec lui : esclaves ou libéraux, selon les circonstances, liberté, servitude, tout fut indifférent, tout leur convint. D'un caractère facile et d'une humeur traitable, ils s'accommodèrent de toutes les formes de gouvernement, et eurent le bon esprit de ne voir dans les événemens que les avantages qu'ils en retiraient; criant sans cesse : Sauvons nos places, et les principes seront sauvés. . . .; ayez-nous, et tout ira bien. Ayez-les donc, ces fermes soutiens de l'Etat. . . . jusqu'au jour du danger. Leur conduite est admirable; elle montre comment on prospère en révolution, comment les chaumières se transforment en châteaux, et la bure en pourpre. La mobilité perpétuelle de ces *immuables* n'est pas certainement ce que la biographie moderne offre de moins piquant à l'observateur.

Plus d'un vivant, que personne ne connaît, a son article dans cet ouvrage ; et je suis sûr que ce qui l'étonnera le plus en le parcourant, ce sera de s'y voir ; mais la surprise des lecteurs sera plus grande encore. Un écrivain bizarre publia en 1794 la *Science sanculotisée*, ou *Essai sur les moyens d'opérer une révolution dans l'enseignement.* Malgré la folie de l'époque, on se garda bien de faire attention à cet ouvrage, et c'est aujourd'hui qu'on le remarque ! Un auteur n'a osé mettre son nom en tête d'un badinage fort innocent, et voilà qu'on révèle un secret qui lui était si cher ! La rougeur monte au front timide de ce pauvre auteur, tout honteux d'être *célèbre*, et tremblant qu'on ne le montre au doigt quand il passera dans la rue. Maudits dénicheurs d'anonymes ! que le ciel vous pardonne ! mais on ne peut plus avec vous jouir des douceurs de l'obscurité.

Mais je m'arrête à des peccadilles. Les biographes ont senti qu'il était bien difficile que, dans un ouvrage de la nature de celui qu'ils publient, ils n'eussent des torts plus graves à se reprocher, et d'avance ils s'engagent à les réparer dans un supplément. C'est donc les obliger que de leur faire remarquer les erreurs qu'ils ont commises. Or, celle que je vais signaler ne peut être indifférente, puisqu'elle se trouve dans un article consacré au plus fameux, sans contredit, de tous les vivans. « On se rappelle, dit le biographe, que « lors de l'ascension de Blanchard dans un bal« lon, au Champ-de-Mars, un jeune élève de « l'Ecole-Militaire voulut monter dans la nacelle : « c'était Buonaparte. » Non, ce n'était point Buonaparte, assez riche d'ailleurs pour qu'on n'ait pas besoin de lui prêter cette héroïque étourderie ; c'était un autre. Je le sais pertinemment, car j'étais là. Cet autre, qui se nommait Dupont, avait bien aussi un petit grain d'héroïsme, et ce n'est point tout-à-fait sa faute s'il est mort ailleurs qu'à Charenton.

Du 25 mars 1817.

TRAITÉ DU MÉLODRAME.

Trop heureux Cuvelier *, tu braves la satire ;
Tu n'écris que pour ceux qui ne savent pas lire.

Le mélodrame avait jusqu'ici échappé aux rhéteurs, et au moins sur les boulevards le génie avait encore ses coudées franches; mais voilà qu'on le force dans ce dernier retranchement, dans un siècle où, s'en trop s'entendre, on ne parle que de constitutions; le mélodrame aussi aussi aura la sienne. On soumettra à des lois sévères un genre ami de l'indépendance, et qui ne doit qu'à l'anarchie ses succès et sa gloire! On nous parlera de convenances; on nous apprendra à raisonner nos jouissances et notre admiration; comme si le mélodrame avait quelque chose à démêler avec la raison! comme si l'art ne devait pas périr le jour même où ceux qui le cultivent seront obligés d'avoir le sens commun! Tel est pourtant le but du traité que je vais parcourir.

L'auteur, M. A! A! A!, recherche d'abord l'origine du mélodrame. Elle est, suivant moi,

* Auteur connu aux boulevards par de nombreux succès.

2.   24

beaucoup plus récente qu'il n'ose l'affirmer; pourquoi nous déshériter, au profit de nos devanciers, d'une de nos plus belles découvertes? Disons-le à notre éternel honneur et à celui de la Mortellière, auteur de *Robert, chef de brigands*, l'an X a vu naître le mélodrame en France. Il est vrai qu'on en aurait joui plus tôt, si l'impulsion que nos anciens tragiques avaient donnée à l'art dramatique eût été suivie après eux : mais Corneille et Racine reculèrent; ils choisirent d'autres modèles. Vous eûtes donc *le Cid* et *Polyeucte*, *Phèdre* et *Iphigénie*, mais vous n'eûtes pas de mélodrames. Tant de gloire n'était pas réservée au siècle de Louis XIV; il en aurait été trop fier. Puis ce Boileau vint exprès pour tout gâter; il ne parla que de raison, de sens et de goût. C'est bien tout cela vraiment qu'il faut au mélodrame!

On nous dit encore que, dans le XVIIIᵉ siècle, Diderot et Mercier devinèrent le mélodrame. C'est en vérité leur faire trop d'honneur : l'un et l'autre ont sans doute bien mérité de l'art dramatique, en lui donnant des lettres de bourgeoisie, en élevant Melpomène et Thalie à la dignité de filles de comptoir; mais le drame n'est pas le mélodrame; l'immensité les sépare. Et Mercier, qui avant de mourir a vu jouer plusieurs mélodrames, n'en a certainement pas reconnu le pathétique, qu'il tirait en abondance d'un tonneau d'où vous et moi n'aurions tiré que du vinaigre. C'est de nos jours que le mélodrame a été deviné, et qu'il pouvait l'être; on doit le regarder comme un des produits de la révolution. Bouleversez les empires, agitez, tourmentez les esprits par le spectacle des grandes catastrophes, alors seulement, blasé sur ses plaisirs ordinaires, le peuple éprouve le besoin de plus fortes émotions, et vous le trouvez préparé à apprécier le charme des épouvantables beautés du mélodrame. La Grève suffit dans des temps plus tranquilles.

Qu'on essaie donc de contenir dans d'étroites limites un genre qui est né d'un tremblement de terre, et dont l'origine indique assez la destination; mais en avançant dans la lecture du Traité que j'ai annoncé, on s'aperçoit qu'il n'a point été écrit sérieusement. C'est une constitution pour rire que M. A! A! A! donne au mélodrame; elle n'en est peut-être que meilleure; et d'ailleurs le fonds inépuisable de gaieté dont le ciel a doué tous les auteurs de mélodrames ne leur permet pas de se fâcher d'une plaisanterie qui ne porte point la plus légère atteinte à leur honneur et ne pourra leur enlever un seul de leurs admirateurs. Les critiques passeront, le mélodrame restera.

« Pour faire un bon mélodrame, dit l'auteur, il « faut d'abord choisir un titre. » On savait cela tout aussi bien que ce M. A! A! A!, chez qui tout, jusqu'au nom qu'il porte, qu'il a pris peut-être, est une épigramme. Racine regardait une tragédie comme terminée, chez nous un mélodrame est fait lorsqu'on en tient le titre, et la moitié du succès repose sur l'affiche. Quant au sujet, l'histoire et les romans peuvent nous le fournir. Je ne saurais trop recommander ici les ouvrages de M. Ducray-Duménil; cet auteur est parfait dans tout ce qui tient au sentiment.

Le Quintilien des boulevards, qui se croit sans doute fort généreux, resserre « l'unité de lieu « dans une des quatre parties du monde », et donne « sept mois pour le temps moral de la « durée d'un mélodrame. » Il n'y pense pas. N'avons-nous pas vu dans un drame célèbre le héros partir de l'Odéon à trois heures précises, et arriver à neuf en Amérique, tant le vent était favorable? Pourquoi ne pas donner la même latitude aux mélodrames? Est-ce parce que leurs auteurs ne sont pas de l'Académie?

C'est au Traité même que je renvoie les lecteurs qui voudront admirer la superbe ordonnance d'un mélodrame. L'auteur, après l'avoir tracée, passe en revue les principaux personnages.

Un tyran cruel, atroce, abominable, que l'enfer dans sa fureur a vomi sur le boulevard du Temple. Ce scélérat effraie les spectateurs, soit qu'il mugisse, soit qu'il chante ou qu'il danse. Un

tyran qui chante! un tyran qui fait des entre-
chats! Et on dirait que ces coquins-là ne pouvaient
même pas dormir. Mais n'avez-vous pas entendu
ce mot sacramentel dans tous les mélodrames, ce
mot terrible : *Dissimulons!* Si on ajoute : *pour
mieux feindre*, la terreur est au comble.

Une victime aussi innocente qu'infortunée. Le
mauvais garnement veut lui ravir tout ce qu'une
fille honnête a de plus cher au monde, mais il
ne l'aura pas; ce que le ciel garde est bien gardé.

Le chevalier de l'innocence. Il arrive toujours
à temps pour empêcher le plus grand de tous les
crimes d'être consommé : il tue le tyran; c'est
un obstacle.

Le niais, qui est là pour le contraste. Dès qu'on
l'aperçoit, tous les visages s'épanouissent, chacun
lui sourit; on voit qu'il est de la famille. Des
juges sévères ont prétendu que l'invention des
niais déshonorait l'art dramatique; mais il paraît
qu'il n'est pas facile de déshonorer le mélodrame,
car les niais en sont l'ornement.

Notre auteur place avec raison parmi les principaux personnages un animal bien appris,
n'importe de quelle espèce. Après la pie, nous
venons de voir les corbeaux; après les corbeaux,
nous verrons... tout le règne animal : les heureuses dispositions des spectateurs nous font espérer que les bêtes de tout poil et de tout plumage

obtiendront leurs suffrages. Je crains cependant
que si, comme le désire ardemment M. A! A! A!,
on nous montre un soir la baleine avalant Jonas,
cette plaisanterie ne paraisse difficile à digérer,
même au boulevard : la pièce pourrait chanceler
à la première représentation, mais on y reviendrait.

Ne négligez pas cependant les agrémens du
mélodrame : creusez l'abîme, soignez la romance,
rembourrez d'épines l'oreiller du remords. L'auteur du Traité que j'examine veut que le style du
mélodrame ait tantôt la naïveté de la *Cuisinière
bourgeoise*, et tantôt l'obscurité profonde des
oracles. Il ne dit pas un mot de la correction,
parce qu'il sait apparemment qu'ici la grammaire
est de luxe; mais il estime que la philosophie ne
saurait être employée à trop forte dose dans un
mélodrame, et il cite comme modèles plusieurs
pensées extraites des chefs-d'œuvre du genre.
Jugez si le choix est bien fait! je n'en ai pas compris une seule. Je le remarque à l'éloge de ceux
qui les ont écrites, car l'obscurité est le sublime
du mélodrame.

Quand on a fait un chef-d'œuvre, on n'a rien
fait encore; et le plus beau mélodrame tomberait
comme *Athalie*, si vous négligiez de prendre
certaines précautions dont une expérience de tous
les jours prouve la nécessité : soignez votre par-

terre; c'est sans contredit le plus important de tous les préceptes que renferment les poétiques. Mais il en coûte quand on veut le suivre. M. A! A! A! ignore peut-être que « ces gens à « talent, capables de faire sentir fortement les « beautés d'un ouvrage », veulent aujourd'hui être payés en raison des dangers qu'ils courent; qu'ils portent sur votre mémoire tous les coups de canne qu'ils reçoivent, et ne vous font pas grâce d'un seul horion. Si du moins leurs mains et leurs épaules étaient toujours à votre disposition! Mais le soir où vous les appelez aux boulevards, ces Messieurs travaillent aux Français, souvent avec moins d'espoir de réussir. On demande à cette occasion pourquoi des tragédies, où brillent des beautés même dramatiques d'un ordre très-élevé, sont cependant si mal accueillies? pourquoi, par exemple........ Mais n'affligeons personne; bornons-nous à observer qu'il y a du danger à réunir ainsi les deux genres. On paraît craindre que le mélodrame ne gâte la tragédie : je crains, moi, un malheur plus grand, je crains que la tragédie ne gâte le mélodrame.

Le *Traité du Mélodrame* est une plaisanterie ingénieuse : mais l'auteur a un trop bon esprit pour s'enorgueillir de cet éloge; il sait que rien ne prête plus au ridicule que le sublime. Se moquer des mélodrames est une chose aisée; mais en faire un bon est difficile. Qu'en pense notre Quintilien pour rire? est-il homme à accepter le défi? J'aimerais à voir et à siffler un mélodrame de M. A! A! A!

Du 11 février 1817.

TESTAMENT POLITIQUE

DE M. LE COMTE R. DE P.

> Tyrannie pour tyrannie, j'aime mieux être dévoré par un gros lion que par douze cents rats mes confrères.
>
> Voltaire, *Dict. philosophique.*

Le but de cet ouvrage est de prouver que le pire des États est l'État populaire. S'il y avait autrefois une vérité généralement reconnue, c'était celle-là. On la trouvait écrite en caractères de sang dans les annales de plus d'un peuple ancien et moderne, et on n'exigeait pas d'autre preuve; mais les grands politiques de nos jours ont tout remis en question. L'histoire leur parle en vain; ils dédaignent ses leçons, et le monde, témoin

toujours bon à interroger, n'est pour eux qu'un
vieillard insensé qui radote. A chaque fait que
vous leur citez, ils opposent une théorie ; à chaque vérité, une abstraction. Et comment profi-
teraient-ils de l'expérience d'autrui ? celle qu'ils
ont faite eux-mêmes n'a pu les corriger ; ils ca-
ressent toujours leur chimère favorite, et veulent encore à toute force nous régénérer malgré
nous.

Demandez-vous à quelques uns de ces songes-
creux, qui se décorent du beau nom de *penseurs*,
pourquoi les sept ou huit constitutions populaires que nous avons été condamnés successive-
ment à subir nous ont si mal réussi, ils vous
répondent que ce n'est pas la faute de la démocratie, qui est chose excellente, mais des ouvriers qui l'ont mise en œuvre et qui ne savaient
pas leur métier. Que ne s'adressait-on à eux ? Ils
avaient et ils ont encore à votre service un
Code démocratique tout-à-fait neuf, qui ne ressemble à aucun de ceux que vous avez vus, et
qui offre mille avantages sans un seul inconvénient. Essayez leur admirable utopie ; ils vous assurent, foi d'idéologues, qu'elle fera merveilles.
Eux seuls ont trouvé cette pierre philosophale
que tant d'autres ont si long-temps et si inutilement cherchée ; eux seuls ont résolu le grand
problème de la régénération complète des so-

ciétés; enfin, que vous dirai-je? il n'est pas un de ces rêveurs qui ne croie avoir le bonheur des peuples dans son portefeuille; et quoi que vous fassiez, vous ne viendrez jamais à bout de le convaincre qu'il est dans l'erreur. Un philosophe peut-il se tromper?

On lit dans la *Correspondance* de Buonaparte une pièce fort curieuse qui, selon moi, n'a pas été assez remarquée, et dont je puis parler sans sortir de mon sujet. C'est une lettre du *citoyen* G...; car alors, s'il vous plaît, nous étions citoyens. Buonaparte aspirait déjà au pouvoir suprême; mais jugeant que le moment favorable à l'exécution de ses desseins n'était pas encore arrivé, il se gardait bien de les manifester. Ce César, comme ils l'appellent, pour mieux cacher son jeu, s'enveloppait de la toge de Brutus; et les libéraux, qui veulent pourtant qu'on les croie bien fins, n'avaient pas l'esprit de s'en apercevoir. Le citoyen G... lui-même paraît y avoir été pris comme un sot.

Ce philosophe avait depuis long-temps dans la tête une très-belle constitution dont il désirait ardemment de faire l'essai, aux risques et périls des parties intéressées. Or, ne s'imagina-t-il pas que Buonaparte se prêterait sans difficulté à cette niaise fantaisie? « Général, lui écrivit-il, j'ai « beaucoup médité dans ma vie sur les moyens

« de rendre à toutes les institutions d'un peuple
« les grands tributs de quelques législations an-
« ciennes sur les moyens de rendre toutes les
« classes d'une nation capables d'exercer à la fois
« leurs bras et leur intelligence, de faire *sortir*
« *des travaux mêmes de la main les belles sen-*
« *sations et les pensées justes.* Le résultat de tou-
« tes mes méditations a été de me persuader pro-
« fondément qu'avec de la force et du pouvoir,
« en prenant l'espèce humaine telle qu'elle est,
« *on pourrait en créer une autre*, dans laquelle
« on ne verrait presque rien de la stupidité et
« des folies de la première... » Admirez donc avec
moi ces *belles sensations* et ces *pensées justes*
que le citoyen G... fait sortir si ingénument *des
travaux mêmes de la main.* Admirez surtout cette
autre espèce humaine, qu'il se charge de *créer*,
pourvu toutefois qu'on lui donne *de la force et
du pouvoir*; car il en faut, et beaucoup pour
opérer de si beaux prodiges. La philosophie
toute seule y échouerait.

Le début de cette lettre est, comme on voit,
passablement gai; mais la conclusion l'est bien
davantage. Aussi amusa-t-elle beaucoup Buonaparte, qui en riait encore à Saint-Hélène, et la
citait comme une preuve démonstrative de l'in-
curable présomption des philosophes. « Eh ! bien,
« général, disait le citoyen G...; vous allez avoir

« plusieurs îles et plusieurs peuples à votre dis-
« position. Toutes sont placées dans les climats
« les plus propres aux expériences sociales que
« je me propose de faire. *Je vous en demande une*
« *ou deux*, comme un peintre qui a des desseins
« dans la tête et des pinceaux dans la main, de-
« mande une toile et des couleurs. » Buonaparte
se moqua du citoyen G..., et mit néant au bas
de sa requête. Il avait pourtant bien des peupla-
des à sa disposition; mais par pitié pour elles
il ne les fit pas gouverner par des idéologues, et
je l'en remercie très-sincèrement. Les expériences
de ces gens-là ne sont pas sans danger : il en coûte
cher aux nations qu'ils entreprennent de régénérer. Ils ne considèrent, disent-ils, que les espèces, et ils croient qu'il faut peu s'embarrasser
des individualités; mais moi, pauvre et chétif individu, je raisonne tout autrement; et si jamais
le citoyen G... a comme Sancho Pança une île
à gouverner, malgré tout le plaisir que j'aurais à
voir comment « les belles sensations et les pensées justes sortent des travaux de la main », je
n'irai certainement pas y vivre.

La démocratie sans mélange est une chimère;
il n'y a que des politiques échappés des Petites-
Maisons qui puissent le nier. L'auteur de l'ouvrage que j'annonce n'a aucune peine à prouver
que les républiques auxquelles d'imprudens lé-

gislateurs ont fait ce présent funeste s'en sont fort mal trouvées. Elles ont bientôt, ainsi qu'il l'observe, disparu dans la scène du monde. Témoin la nôtre, que ses fondateurs proclamaient *immortelle*, *impérissable*, et qui n'a vécu que quatre ou cinq ans, et encore Dieu sait comment!

Le mal une fois connu, on a cru en trouver le remède dans l'équilibre des pouvoirs. Malheureusement cet équilibre n'est facile à établir, et surtout à conserver, que sur le papier. La démocratie, et ses amis ne craignent même pas de vous le dire, tant ils comptent sur votre bonhomie, la démocratie est un torrent qui finit tôt ou tard par renverser les digues qu'on lui oppose; et alors adieu la liberté : l'anarchie la remplace, on ne voit plus qu'oppresseurs et opprimés. « La « république romaine, dit l'auteur du *Testament* «*politique*, périt noyée dans son sang, lorsque « la démocratie eut vaincu. » N'êtes-vous donc pas disposés à conclure avec lui que cette démocratie est un ingrédient dangereux, qu'il ne faut employer dans vos constitutions politiques qu'avec une sage parcimonie et à très-faible dose? Il y en a un peu trop dans celle que M. Canning a octroyée aux Portugais. Aussi la pauvre charte où en est-elle? Vit-elle encore?

Il y avait également trop de démocratie à Athènes, et les citoyens paisibles eurent souvent le droit de s'en plaindre. D'ailleurs, cette Athènes dont les écoliers, jeunes et vieux, parlent avec tant d'admiration, comment traitait-elle ses plus grands hommes? de quel prix payait-elle leurs services? qu'a-t-elle fait d'Aristide, de Socrate?... Quel gouvernement que celui où l'homme de bien expie ses vertus par l'exil et la ciguë!

Si l'auteur du *Testament politique* n'avait affaire qu'à des hommes raisonnables, sa cause serait bientôt gagnée; il aurait même pu se dispenser de la plaider; mais je connais ses adversaires, et je crains fort que les bonnes choses qu'il leur dit dans son ouvrage, et les solides argumens qu'il emploie pour les vaincre, ne soient en pure perte. Le moyen de convertir ces philosophes incorrigibles, dont j'ai parlé plus haut, qui vous demandent des îles pour y essayer leurs utopies métaphysico-politiques! Ils se sont mis en tête que les peuples, pour être heureux, ne pouvaient se passer d'eux; ils n'en démordront pas. C'est chez eux une idée fixe, une monomanie, dont M. Esquirol, malgré toute son habileté, chercherait inutilement à les guérir. La médecine n'a point de remèdes contre de telles maladies.

Tout ce que dit M. le comte R. de P. sur les révolutions et sur les calamités qu'elles entraînent toujours après elles, ne saurait être contesté; mais je l'en avertis, un très-grand nombre des adversaires qu'il combat, radicaux, carbonari, liberalès, descamisados..., en sera fort peu touché. Ceux-là ne sont pas dans les abstractions , ils ne poursuivent pas de vaines chimères. Leurs idées sont positives, et dans ces bouleversemens politiques, qui nous font reculer d'épouvante, ils ne voient, eux, que l'occasion de corriger la fortune dont ils accusent les rigueurs, et qui, à les entendre, ne les a pas traités selon leurs mérites.

Suivant eux, et malheureusement l'expérience a prouvé plus d'une fois que cette définition était juste, faire une révolution, c'est mettre dessus ce qui est dessous. Or, je le demande, avons-nous des argumens assez puissans pour triompher de ce friand appât que les révolutions offrent à l'ambition et à la cupidité? Je ne le pense pas. Nous prêchons bien, et très-certainement la raison est de notre côté; mais les passions, auxiliaires redoutables, combattent avec nos ennemis; et si, comme M. le comte R. de P. les y invite, les gouvernemens ne se mêlent pas un peu de cette affaire, qui, après tout, les regarde pour le moins autant que nous, il n'est que trop aisé de prévoir l'issue d'une lutte si inégale. Il faut aujourd'hui, pour assurer le triomphe des vrais principes , ce que les philosophes demandent pour appuyer leurs bizarres théories, de la force et du pouvoir. On dit avec trop de confiance qu'à la longue les erreurs disparaissent et que la vérité surnage; oui, mais c'est après le naufrage.

Les libéraux ne nous parlent aujourd'hui que de la constitution anglaise : l'ont-ils bien étudiée? savent-ils à quelles circonstances elle doit son origine, par quelles heureuses combinaisons elle se conserve? S'ils l'ignorent, notre auteur le leur apprendra dans la seconde partie de son ouvrage; mais d'abord il leur demande s'ils s'imaginent « que la constitution anglaise puisse être « exportée comme toute autre marchandise de « ce pays. » Il n'en est pas ainsi; et même tout annonce que cette constitution, transplantée sur le continent, aurait beaucoup de peine à s'y acclimater.

Pourtant on la promène avec pompe de contrée en contrée, on l'offre aux peuples les moins disposés à la recevoir, à ceux dont les croyances religieuses et politiques la repoussent avec le plus d'énergie; on ne voit pas qu'avant tout il serait nécessaire de changer le caractère de ces peuples, de leur donner d'autres mœurs, d'autres habitudes, enfin de créer en quelque sorte, comme l'entend le citoyen G....., une autre espèce humaine qui n'eût rien de commun avec la première : miracle si grand, si difficile, que pour le faire il faut être Dieu ou idéologue.

Sans cesse on répète que la constitution anglaise est un mélange heureux de monarchie, d'aristocratie et de démocratie. Oui, voilà ce qu'elle est en théorie et dans les ouvrages de Delolme et des écrivains qui l'ont copié; mais l'auteur du *Testament politique*, qui a étudié ailleurs que dans les livres, nous en donne une plus juste idée. Cette démocratie, que les publicistes amoureux de la constitution anglaise voient partout, à peine, lui, l'aperçoit-il dans la chambre des communes, où est cependant sa place naturelle; d'abord les catholiques, qui forment plus d'un tiers de la population, ne peuvent y entrer; déshérités de leurs droits politiques, la constitution n'existe pas pour eux : le gouvernement anglais, qu'on nous donne pour le plus libéral de la terre, a ses ilotes, ses parias.

Puis, ne sait-on pas quelle influence la couronne exerce sur les élections, ainsi que cette aristocratie toujours si puissante par ses immenses richesses héréditaires, par ce qui lui reste de ses droits féodaux, et par la haute considération dont elle est environnée? Il est à remarquer que dans un pays si industriel, l'industrie n'a que très-peu de représentans à élire. Tout calcul fait, la démocratie fournit à peine à la chambre, qu'on croit lui appartenir, un nombre de députés suffisant pour jouer la comédie vulgairement appelée *l'opposition parlementaire;* et la constitution ne s'en porte que mieux; car, ainsi que le remarque M. le comte R. de P., une chambre démocratique l'aurait bientôt renversée. Les bourgs pourris sont une de ses colonnes les plus solides, et les radicaux le savent si bien, qu'ils ne cessent de demander à grands cris une réforme électorale. On les laisse crier et s'enivrer patriotiquement dans leurs tavernes : la constitution le leur permet; mais lorsqu'ils s'avisent de soutenir leurs prétentions à main armée, on fait pendre les plus mutins, ce qui est toujours d'un bon exemple.

Quant à ce que dit M. le comte R. de P. de l'état florissant de l'Angleterre, nous en jugerons mieux dans quelques années. Le temps nous apprendra ce que nous devons penser de la prospérité d'un pays où un tiers de la population mendie son pain, qui doit plus que tout le sol ne vaut, et n'offre pour hypothèque de sa dette qu'un commerce que l'industrie toujours croissante des peuples du continent a déjà sensiblement diminué, et un papier-monnaie qui perdra toute sa valeur le jour où un événement, qui n'est peut-être pas très-éloigné, dissipera l'illusion qui le soutient. Attendons.

30 octobre 1826.

UN MOT A TOUT LE MONDE.

> Parler à tout le monde, c'est ne parler
> à personne.
> CHAMPFORT, *Lettres posthumes.*

Les moralistes ont fort à se plaindre de nous.
Leur zèle est désintéressé ; nous corriger est le
seul but qu'ils se proposent, et ingrats que nous
sommes, nous ne prenons même pas la peine de
les lire. M. le chevalier de Salignac-Fénélon le sait
mieux que personne, car il n'en est pas à son coup
d'essai ; et le succès de ses précédens ouvrages a
été fort modeste ; mais l'indifférence ne rebute
pas un écrivain qui cherche beaucoup moins à
plaire qu'à être utile. M. de Salignac-Fénélon continue donc de nous offrir ses leçons et ses conseils.
C'est une honorable mission qu'il se croit obligé
de remplir, et il veut, si nous ne devenons pas
meilleurs, n'avoir au moins rien à se reprocher.
Cette ardente philantropie n'est point assez appréciée de nos jours.

L'auteur a cependant aujourd'hui un tort réel,
c'est d'avoir conservé trop long-temps cette nouvelle production dans son portefeuille ; c'est de
dire un peu tard *un Mot à tout le monde.* Plu-

sieurs chapitres ont trait à des institutions ou
abolies ou modifiées. Par exemple, après avoir
donné de fort bons avis aux puissances de la terre
qui ne manqueront point de les suivre, pourvu
qu'on se hâte de les leur faire parvenir, M. de
Salignac-Fénélon s'adresse au *sénat;* or, ce sénat
qui existait alors, ou qui du moins avait l'air
d'exister, a disparu depuis, à ce qu'on m'assure.
Ainsi, cette belle apostrophe a perdu tout le mérite de l'à-propos :

« Corps auguste et révéré qui pèses nos desti-
« nées, sénat, dont le pouvoir doit s'opposer aux
« volontés du prince, ne souffre aucune innova-
« tion, donne chaque jour de nouvelles preuves
« de fermeté..... détruis tout projet ambitieux.....
« abandonne tes pensions onéreuses. » Voilà sans
doute des conseils fort sages; mais depuis qu'ils
sont devenus inutiles, ils ressemblent à des reproches. Ces reproches sont-ils fondés ? Je ne veux
pas même effleurer une question aussi délicate;
il me serait d'ailleurs impossible d'expliquer comment ces hommes énergiques, qui avaient crié si
haut et si long-temps à la tyrannie, n'eurent
plus de voix lorsque nous leur aurions su si bon
gré de parler.

Quant à ce traitement onéreux que l'auteur les
invitait à abandonner, comme ils n'y tenaient
guère, ils y auraient renoncé sans regret, si M. de

Salignac-Fénélon les eût avertis à temps. Mais ceux qu'il prêche ne sont plus là pour l'entendre. Ainsi ses conseils au *sénat*, aux *ministres*, aux *conseillers d'Etat*, sont hors de saison, puisque c'est à d'autres qu'il les adressait, et que tout a bien changé depuis l'époque déjà très-reculée où il a composé ses mercuriales.

Grâce aux circonstances, le chapitre où il traite du *Corps-Législatif* sera lu avec plus de fruit : « Lé-« gislateurs, dit-il, lorsqu'on est chargé, comme « vous l'êtes, d'une mission aussi délicate, on doit « se mettre en garde contre le monarque. Il a tant « de moyens de vous faire agir, que vous pour-« riez un jour rougir et vous repentir de l'avoir « rendu l'arbitre du sort de vos concitoyens, dont « les intérêts doivent vous être plus chers que les « siens. Vous ne pouvez, sans être criminels, sanc-« tionner tel ou tel projet qu'après une longue et « vive discussion, etc. etc. »

On devine aisément qu'une opposition serait assez du goût de M. de Salignac-Fénélon, et qu'il a fort peu d'estime pour un parlement qui ne parle pas, pour des législateurs-chartreux, con-damnés par leur règle à un silence perpétuel que le prieur a seul le droit de rompre pour faire un remercîment au nom de sa communauté qui l'ap-prouve en s'inclinant. Tous les esprits éclairés se-ront ici de son avis. Ils savent, comme lui, que les bonnes lois ne peuvent être le fruit que d'une discussion libre, et ils se défient avec raison d'une prétendue unanimité qui, dans aucun cas, n'est faite pour plaire au chef du gouvernement, parce qu'elle souille à la fois l'obéissance et l'autorité.

M. de Salignac-Fénélon, pour justifier le titre de son livre, dit, comme il l'a promis, *un Mot à tout le monde*, passe en revue toutes les conditions ; il prêche aux prélats une vertu qui leur est aujourd'hui plus nécessaire que jamais, le mépris des richesses ; mais en même temps, et je ne sais pourquoi, il leur défend de porter perruque ; « qu'un front chauve et quelques cheveux « blancs annoncent votre présence. » Il invite ensuite les juges à adoucir, autant qu'il est en eux, la rigueur de leurs condamnations, et les avocats à ne point se charger de mauvaises causes, quoiqu'on risque souvent de perdre les meilleures.

Enfin, après avoir recommandé fortement aux inspecteurs des prisons de surveiller les geôliers, et parlé d'humanité à ces derniers, M. de Salignac-Fénélon songe à ceux qu'on oublie trop souvent, aux *détenus*, et cherche à les consoler de leur infortune. « Détenus, leur dit-il, résignez-vous à « votre sort, crainte d'échauffer vos esprits et « d'aigrir votre caractère. La réclusion par elle-« même est une source d'ennui qu'il faut dissiper

« par de sages réflexions. » Cette recette est excellente ; on peut la prendre sur ma parole ; car ayant
eu naguère occasion de l'employer, je m'en suis
fort bien trouvé.

L'auteur, dont la philantropie embrasse tout,
n'a pas craint de descendre aux derniers étages
de la société. Un chapitre entier de son ouvrage
est consacré aux *filles de joie*. Ne croyez pas qu'il
conçoive le fol espoir de les rendre à la vertu, et
qu'il exige d'elles un vœu de continence : cette
cure est trop difficile. Il se borne à leur tracer un
plan d'économie domestique qu'elles feront bien
de suivre, si elles le peuvent. « Victimes des per-
« fides humains, s'écrie-t-il dans l'ardeur de sa
« charité, pourquoi êtes-vous irréfléchies ? Pensez
« à l'avenir, et qu'une sage économie vous em-
« pêche de mourir à l'hôpital. » M. de Salignac-
Fénélon, après avoir calculé la recette et la dé-
pense, estime que, si les intéressantes victimes
des perfides humains voulaient mettre de côté le
dixième de leurs honoraires, elles pourraient se
faire, au bout de quelques années, un revenu fort
honnête. Il est permis d'en douter, car les temps
sont durs et on gagne bien peu ; mais les intentions de l'auteur n'en sont pas moins louables.

C'est encore l'économie qu'il prêche aux *vo-
leurs* et aux *filoux*. Qu'ils prennent le bien d'autrui,
à la bonne heure ; de grands exemples militent en

leur faveur ; mais M. de Salignac-Fénélon s'indigne avec raison de voir ces coquins-là « dérober
« vingt-cinq louis par jour, et les dépenser en
« choses frivoles. » Il est certain que si, dociles
aux conseils de l'auteur, ils envisageaient les ac-
cidens de leur profession, on les verrait se préparer d'utiles ressources pour le temps qu'ils doivent passer aux galères, où ils arriveront tôt ou
tard ; car ce serait un grand scandale si, dans un
Etat civilisé, les petits vols restaient impunis;
mais, quoi que puisse dire M. de Salignac-Fénélon, il ne viendra pas à bout de les corriger : il
perd son temps à les prêcher, eux et bien d'autres.

Toutefois il ne sera pas dit que son *Mot à tout
le monde* n'a servi à personne; et puisqu'il blâme
la sévérité des critiques du jour, je veux user envers lui d'une grande indulgence. Je fermerai les
yeux sur les nombreuses incorrections de style
que j'ai remarquées dans son ouvrage, et j'ap-
prouverai toutes ses leçons de morale, sauf une
seule qui m'a paru trop philantropique, et que
je soumets à la discrétion des mères de famille.

M. de Salignac-Fénélon qui, à l'exemple de l'illustre prélat dont il porte le nom, s'est beaucoup
occupé de l'éducation des filles, dit et répète qu'il
faut qu'une fille connaisse de bonne heure « le
« pouvoir de l'homme, ses goûts et ses caprices;
« qu'elle sache enfin à quinze ans ce qu'elle sau-

« rait à trente. » *A quinze ans !* n'est-ce pas déjà un peu tard?

Du 11 juin 1815.

———◦⊙⊛⊙◦———

MON RÊVE.

> Sa vie ne fut qu'un rêve, celui d'un honnête homme.
>
> N.

Je rêvais la nuit dernière : on fait quelquefois des rêves bien singuliers ; je rêvais..... devinez : je vous le donne en dix, en cent, en mille ; je rêvais que..... au moins vous me promettez bien de ne pas vous moquer de moi ; je rêvais que j'é- tais procureur général. J'avais sur mon bureau les journaux de toutes les couleurs, et le moment de les examiner était venu. Allons, me dis-je, prenons la loupe et épluchons-les ; ce serait jouer de guignon si je n'y trouvais pas le sujet d'un ou de deux réquisitoires. Surtout point d'indulgence ; M. le garde des sceaux a bien défendu d'en user. Et en vérité la défense était fort inutile ; est-ce que je ne suis pas procureur général ?

« Pour les journaux ministériels, je n'ai pas
même besoin de les regarder. Ils pensent si bien !
D'ailleurs ceux-là sont sans danger; ils n'ont pour
lecteurs que leurs amis, et le nombre n'en est pas
grand. Ce sont les feuilles carlistes et républicaines qui doivent exclusivement fixer mon attention. Il y a du venin dans cette mauvaise
presse; mais pour que je ne l'aperçoive pas, il
faudra qu'il se cache bien. Le ciel nous a doués,
nous autres, d'une si grande sagacité, qu'il nous
arrive parfois de voir dans un article ce que l'auteur n'a pas songé à y mettre, et d'y découvrir de
malignes allusions qui ne se sont pas présentées
à son esprit : c'est une grâce d'état.

Encore les états-généraux ! la *Gazette de
France* ne cessera donc pas de les demander, et
peut-être les obtiendra-t-elle; mais, en attendant, je vais donner l'ordre de la saisir à la poste :
le procès suivra de près ; et si elle n'est pas condamnée, il n'y aura pas de ma faute. Le délit est
manifeste, et la loi des doctrinaires l'a prévu. Interroger la nation ! et dans quel but, je le demande? C'est, dit-on, pour savoir ce qu'elle veut ;
et si, par hasard, elle allait s'aviser de vouloir
tout autre chose que ce que nous avons aujour-
d'hui, voyez où tout cela nous conduirait ! Que
deviendraient alors et la nouvelle charte et le
nouveau roi ? Que deviendraient le juste-milieu

et la France, que, depuis bientôt deux ans , il sauve régulièrement trois ou quatre fois par mois sans qu'elle le sache ? Il y a donc dans cet appel à la nation une provocation au renversement de tout ce qui a été fait, et si bien fait le 7 août, y compris Louis-Philippe. Le prouver me sera facile. Que ne prouve-t-on pas quand on sait aider un peu à la lettre ! Oh ! l'heureuse invention que le système interprétatif ! Avec lui je trouverais cent hérésies dans le *Pater*, et je me chargerais de faire condamner le *Credo* par l'inquisition.

En vain la *Gazette de France* , dans l'intérêt de sa défense, observera-t-elle que jamais elle ne sort des bornes d'une sage et paisible discussion ; que, loin de chercher à exciter les passions, elle met au contraire tous ses soins à les calmer ; enfin que ce n'est pas du progrès de l'émeute , mais seulement du progrès de la raison qu'elle attend le triomphe de ses opinions. Moi, je crierai à MM. les jurés : Ne soyez pas ses dupes; sa modération est une perfidie , sa belle maxime qu'elle répète tous les jours, *la révolte n'est jamais permise,* est une attaque très-directe contre le gouvernement sous lequel la France et les procureurs généraux ont le bonheur de vivre, et dont le plus beau titre de gloire est de devoir son existence à une insurrection. Proscrire la révolte, n'est-ce pas faire le procès à la révolution de juillet et à la royauté sortie de ses barricades?

Oui, la *Gazette de France* raisonne. Mais, de tous les journaux, les plus dangereux, et par conséquent les plus coupables, ce sont, comme je ne manquerai pas de le faire observer à MM. les jurés, ce sont les raisonneurs. On a des baïonnettes pour réprimer les émeutes ; mais qu'opposer à des raisonnemens quand ils sont bons? Qu'opposer à je ne sais quelle inconnue nommée, je crois, la logique, qui nous cause tant d'embarras, et qui sans la loi dite de Broglie, nous en causerait bien davantage? Cette loi, il faut en convenir, nous met bien à notre aise, et, en vérité, tout procureur général que je suis, je ne l'aurais pas si bien faite. On lui reproche de n'être pas facile à comprendre. Et voilà précisément ce qui nous la rend si précieuse. En s'en servant avec habileté, on pourrait aisément, si les jurés voulaient se prêter à cette bonne œuvre, envoyer tous les gérans des journaux de l'opposition coucher ce soir à Sainte-Pélagie. » . . . .

. . . .

Ici Colnet a posé la plume, cette plume aimable et facile qui, depuis plus de trente ans, charmait ses contemporains. La mort venait lui rendre visite dans son modeste hermitage des champs, et le rêve ne devait pas s'achever, et le rêve même de la vie allait finir pour lui, et la vie réelle commencer. Pauvre Colnet! c'est la première fois qu'il ne nous fait point rire.

Mercredi 18 mai 1832.

TABLE.

—◦+◦—

ERRATA DU TOME PREMIER.

Pag. 107, épigraphe, La *Dixmenie* : lisez La *Dixmerie*.
250, ligne 2, l'Émigration et les *Colons* : lisez *Colonies*.
372, épigraphe, Mlle de *Sonnary* : lisez *Somery*.